植松三十里
Ieyasu no ko
Uematsu Midori
家康の子
中央公論新社

家康の子　目次

装画　勢克史

装幀　芦澤泰偉

家康の子

第一章　秘められた出生

於義丸《おぎまる》は母のお万《まん》に手を引かれ、見たこともないほど大きな屋敷に連れていかれて、座敷の縁側に、ひとり取り残された。

夕暮れ時で、すでに障子の内側には灯がともり、松平信康《まつだいらのぶやす》の若い声と、もうひとり年嵩《としかさ》の男の声が、洩《も》れ聞こえる。信康は、三歳の於義丸よりも、十五歳上の異母兄だ。

あらかじめ信康から命じられたことがある。ここで障子《しょうじ》を揺すって、大声で「ちちうえ」と呼べというのだ。そうすれば於義丸の父が出てきてくれるという。

於義丸は父を知らない。幼心に、自分には父がいないのだと思っていた。それが今日、ここに来るから会わせてやると、信康が約束してくれたのだ。

だが本当に父が出てきてくれるのか。於義丸は不安でたまらず、お万が去った方向を見た。

そこには誰もいない。背後を振り返ると、薄暗い庭が広がり、黒々とした大木が風に揺れて、妖怪でも襲ってきそうだった。心細くて、涙が込み上げる。大声で泣き叫びたい。でも兄の手前、ここで泣くわけには、いかなかった。

信康とは、めったに会うことはない。けれど会えば優しく、りりしく、於義丸のことを、ふざけて「おぎい」と呼ぶ。於義丸という名前に加えて、顔が、ぎいという魚に似ているというのだ。於義丸は信康から、そう呼ばれるのが好きだった。

そんな兄が約束してくれたのだから、従わないわけにはいかない。於義丸は小さなこぶしを握りしめ、頬の涙を拭き取った。そして勇気を振り絞り、障子に手をかけて、力いっぱい揺すった。出せる限りの声を張り上げて叫んだ。

「ちちうえ、ちちうえ」

於義丸は夢中で揺すり、叫び続けた。

「ちちうえ、ちちうえ」

早く出てきて欲しい。早く父に会ってみたい。その思いだけで、懸命に叫んだ。

だが誰も出てくる気配はない。代わりに信康の声が聞こえた。

「父上、今日こそ私の弟を、お見せしたい」

聞いたことのないような厳しい声で、於義丸は怖くなった。もう、このまま逃げてしまいたかった。

突然、障子が音を立てて開いた。於義丸は驚いて身を縮ませた。

しかし目の前に立っていたのは信康だった。いつもの笑顔ではなく、少し硬い表情で、幼い弟に向かって、黙って手を差し出す。於義丸は兄の手にすがって、おそるおそる座敷に入った。

するとそこには、見知らぬ男が座っていた。からだが大きく、よく張った顎先と口元に髭《ひげ》をたくわえて、戸惑った顔をしている。

於義丸は、いよいよ不安を感じた。自分は、けっして歓迎されていない。幼心にも、そう直感したのだ。

信康が、その男の前に於義丸を連れていき、片膝《かたひざ》をついて言った。

「父上、於義丸です。浜名湖畔の代官屋敷で、生まれ育ちました。母親はお万の方。父上には憶えがございましょう」

突っ立ったままの於義丸を前に、なおも父は硬い表情を崩さない。

於義丸の不安が増す。やはり父ではないのか。自分には父がいないのか。泣きたくなって、口がへの字に曲がった。でも泣いてはならない。男のくせに泣くようでは、父にも兄にも嫌われる。そう思って、懸命にこらえた。

その時、目の前の男が、ようやく口を開いた。

「そうか。こんなに大きくなったか」

優しい声だった。そのひと言で、於義丸の涙は、堰《せき》を切ったように溢《あふ》れ出した。泣いてはいけないと思うものの、しゃくりが止まらなかった。

「泣くな、泣くな」

かたわらから信康が声をかけた。

「よかったな。わしと、そなたの父上だぞ」

於義丸は、ふたたびこぶしで涙をぬぐい、何度もうなずいた。この兄と同じ父を持っていることが、心の底から誇らしかった。

父は於義丸の顔を、まじまじとのぞき込んだ。信康も弟の顔を見て言った。

「私の幼い頃に、よく似ていると、言われます」

父は少し頰を緩めたが、何も言わず、ただ於義丸の顔を見つめていた。

それが父、徳川家康《とくがわいえやす》との初めての対面だった。場所は三河国《みかわのくに》の岡崎城。信康が父からもらった城だった。

それまで於義丸は、遠江国《とおとうみのくに》の浜名湖畔で育った。岡崎三奉行のひとり、本多作左衛門重次《ほんださくざえもんしげつぐ》が、腹の大きかったお万を、浜名湖東岸の代官屋敷に連れていき、無事に出産させて、そのまま母子を預けていたのだ。

なぜ三つにもなるまで放っておかれ、父と会えなかったのか。その理由は、ずっと後になるまで、於義丸にはわからなかった。


かつて三河の知立《ちりゅう》というところに城を持つ、永見《ながみ》という豪族がいた。代々、知立神社の神主も兼ねた名家だった。

東隣の岡崎城は松平家、西隣の刈谷《かりや》城は水野という家が支配していた。永見家は双方から脅《おびや》かされつつも、両家と婚姻関係を結ぶことで、戦国の世を生き延びてきた。

永見家二十九代目の当主、永見志摩守貞英《しまのかみさだえい》の時に、水野家から姫が嫁いできた。そして生まれたのが、お万だった。

水野家にはもうひとり、お大という姫もいた。これが先に岡崎の松平家に嫁いでおり、竹千代、後の家康を産んでいた。つまり、お大とお万は伯母姪の関係であり、家康とお万は、いとこ同士という血縁だった。

それから時は流れ、永禄三年（一五六〇）に桶狭間《おけはざま》の合戦が起きた。この時、永見貞英は今川《いまがわ》義元《よしもと》に味方した結果、敗軍に属してしまった。

家康は十九歳になっており、これを機に、一挙に三河で覇権《はけん》を築いた。負けた側の永見貞英は、家康に誼《よし》みを通じるため、先々、お万を差し出す約束をした。

お万は幼い頃から際立った美少女で、その後、さらに美しく成長していった。漆黒のお垂髪《すべらかし》に、くもりのない白い肌。黒目がちの大きな瞳は、濃いまつげに縁取られ、赤いくちびるを賢《さか》しげに結んでいた。

そんなお万が十六歳になった元亀三年（一五七二）の秋、約束通り、十五歳上の家康のもとに送られた。すでに家康は、三河のみならず遠江まで覇権を広げ、姓も松平から徳川に改めていた。

家康には築山御前《つきやまごぜん》という正妻がおり、岡崎で暮らしていた。そのため、お万は側室として遠江の浜松城に入った。

この時、本多作左衛門という奉行が、お万を知立まで迎えに来た。鬼作左と呼ばれる猛将で、髭の剃り跡が青々として、目鼻立ちも恐ろしげだった。しかし話をしてみると実直で、お万を心から迎えてくれた。

「実は、わしは今年、四十四にして、初めて子を授かったのでござる。男の子でしてな。これが可愛いて、可愛いて。殿にも、なんとか二人目の若君が欲しいところじゃ」

家康には、築山御前が産んだ信康がおり、この時、十四歳になっていた。ただ築山御前は家康よりも年上で、夫婦仲もよくはなく、もはや子が望めそうにない。

作左衛門は少し言いにくそうに続けた。

「実は殿には、もうひとり、ご側室がおいでてな。西郡《にしごおり》の方さまといって、何度も子を産まれたが、育ったのは姫がひとりだけじゃ」

だからこそ、お万には、なんとしても男児を産んで欲しいという。

「何かあったら、わしでも、わしの女房にでも言うてくだされ。できる限りの手助けをしましょう。お城の西の端に、屋敷を賜《たまわ》っているゆえ、いつでも呼んでくだされ」

そう言って、お万を浜松城本丸の奥まで送り届けてくれたのだった。

この頃、徳川家をめぐる情勢は、非常に厳しくなっていた。甲斐《かい》の武田信玄《たけだしんげん》に攻め込まれて、家康は浜松城の北、三方原《みかたがはら》で大敗を喫したのだ。その後も武田家との対立は続いていた。

そんな最中の天正元年（一五七三）、お万は子を宿した。家康は喜んでくれたものの、お万には一抹の不安があった。というのは実家を出る前に、母から言い聞かされたことがあったのだ。

「お万、そなた、子ができたら、くれぐれも気をつけよ。双子が生まれるかもしれぬゆえ」

お万は驚いて聞き返した。

「双子が？」

「そうじゃ。今まで隠していたが、そなたが生まれる前に、わらわは双子を産んだことがある。女の双子であった」

お万は衝撃で言葉を失った。双子は小さく生まれることが多く、育ちにくい。母体への負担も大きい。それが高じて、毛嫌いされる。お万は自分に双子の姉がいたなど、夢にも思わなかった。

母は、すまなそうに続けた。

「片方は、すぐに養女に出すつもりであったが、その前に、ふたりとも育たなかった」

双子を隠すために、片方を遠くにやってしまうのは、よくあることだった。お万は、こわごわと聞いた。

「ですが、わらわも双子を産むとは限らぬでしょう」

母は首を横に振った。

「わからぬ。ただ、ほかの親族にも、双子が生まれたことがあるらしい。生まれるたびに、片方をよそにやってしまうので、親族のほかは知らぬ。そういう血筋なのかもしれぬ」

お万は総毛立った。

「では、では、もしも徳川さまのお城で、双子が生まれてしまったら？」

母は、いっそう申し訳なさそうに応えた。

「そうならぬよう、子を宿したら、ここに帰してもらうか、それとも遠くに産屋《うぶや》を造ってもらって、内々に産み落とすか」

もしも双子だったら、家康に知られないうちに、密かに実家に使いを出せという。そうすれば片方は永見家で引き取るという。

そんな約束をした上で、お万は浜松城に送られて来たのだった。

だがお万が身重になってほどなく、実家で大変なことが起きた。同盟関係にあったはずの水野家に攻め込まれ、知立城が脅かされる事態に至ったのだ。

お万は家康にすがった。

「どうか、知立のお城を助けてくださいませ」

しかし家康は一蹴した。

「今は、それどころではない」

武田家との対立で手一杯だという。

「されど、わらわが上さまのもとに参りましたのは、永見にお味方していただくためでございます」

懸命にかき口説いたが、家康は突き放すように応えた。

「自分の城も守れないのであれば、いっそ知立の城は水野家に任せて、永見どのは神官に徹すればよかろう」

この言葉に、お万は我慢がならなかった。

「よくぞ、そのようなことを仰せになれますこと」

立ち上がり、白いこめかみに筋を立てて言い募《つの》った。

「わらわの実家を見捨てられるのですかッ。二十九代も続く家に、城を手放せとはッ」

家康も仁王《におうだ》立ちになって応えた。

「姫育ちは、何かといえば実家、実家という。嫁いだ限り、実家など、どうでもよかろうッ」

姫育ちとは正室の築山御前のことも意味した。築山御前は今川義元の姪に当たるが、義元亡き後、家康は今川家の旧領を奪った。そのことを築山御前は今も快く思っておらず、家康との夫婦仲は、きわめて悪い。

お万としても築山御前には、いい印象は持っていない。そんな正妻と一緒にされたのが、いっそう腹立たしかった。

それからは同じ口論を、何度も繰り返した。しだいに家康は、お万の部屋を訪れなくなり、男女の関わりは途絶えた。翌年の二月には、子が生まれようというのに、二人の間には、修復できないほどの溝ができてしまっていた。

まもなく知立城は水野の手に落ち、家康の言う通り、永見家は城主から、神社を護《まも》るだけの立場になってしまった。

そんなこととは関わりなく、秋が深まるにつれ、お万の腹は大きくせり出し始めた。出産経験のある侍女が言った。

「月の勘定を間違えておいでてでしょう。まだ七カ月とは思えぬ大きさですもの。きっと今年中には生まれましょうぞ」

侍女たちは、誰ひとり双子などとは思いもよらない。ただ、お万だけが密かに恐れおののいていた。

次第に胎動がわかるようになり、胎児が足で蹴るのも感じた。同時に別の場所が蹴られる。もはや双子だと確信せざるを得なかった。

お万は迷った挙げ句、昼間、家康の前に進み出て、お垂髪《すべらかし》の頭を下げた。

「わらわを知立に帰していただけませせぬか」

家康は不機嫌そうに聞き返した。

「身重のそなたを、なぜ帰す必要がある?」

前から考えていた言い訳を口にした。

「知立では、実家に帰って、子を産むしきたりで、ございますゆえ」

「実家で子を産む？　三河で、そのような話は聞いたことがないな」

「知立辺りだけの、しきたりと聞いています」

「ならば帰るな。ここは浜松じゃ。知立とは違う」

「ですが」

「しのごの申すな。だいいち、そなたが知立に帰ったら、人質に取られたようなものじゃ」

お万が実家にいる間に、永見家が再起を図って、水野家を攻めるようなことがあれば、家康は永見に味方せねばならなくなる。家康は、それを案じていた。お万は精一杯の皮肉で応えた。

「いえ、上さまは、わらわの身など顧《かえり》みられませんでしょう。ならば人質の意味などございませんん」

「そなたにはなくても、腹の子にはある」

家康は、なおさら不機嫌そうに言った。

「とにかく子供は、この城で産めばよい」

お万は取りすがるようにして頼んだ。

「では、せめて生まれる時に、お城の外に、産屋を建ててはくださいませぬか」

家康は不審顔を向けた。

「なぜ城では産めぬ？」

お万は、うつむいて口を閉ざした。双子の件は、口が裂けても言えない。

「そなた、何か隠しておろう」

家康は疑わしげに言った。

「よもや、不義の子でも、はらんだか」

お万の顔に、かっと血がのぼった。

「何をおっしゃいますッ。上さまのお子であることは、誰よりも上さまが、ご存知でしょうッ」

家康は冷たく言い放った。

「とにかく産屋は、城の隅にでも建ててやる。作左衛門に命じて建てさせるゆえ」

お万は途方に暮れた。家康との仲が、余計にこじれてしまった。こんな状態で、双子が生まれたことが知られたら、生まれた子供まで厭《いと》われそうで怖かった。

年末になると、鬼作左こと本多作左衛門が、普請方《ふしんがた》を指図して、城内の外れに産屋を建てた。出産のためだけの仮設の小さな建物だ。

お万は産み月のように膨れ上がった腹を抱えて、作左衛門と、その妻のお濃《のう》に案内されて、出来上がった産屋の下見をした。

建物に足を踏み入れると、木の香りがした。半分が土間、残りが板の間だった。土間の片隅に竈《かまど》がしつらえてあり、大鍋で産湯《うぶゆ》がわかせるようになっている。そこに寒さしのぎの火が焚《た》かれていた。

作左衛門は強面《こわもて》をほころばせた。

「まあ、急ごしらえではあるが、悪くない造りでありましょう。ここで元気な子を産んでくだされ」

お濃も一粒種《ひとつぶだね》の仙千代《せんちよ》を抱いて、笑顔で言う。

「お産が始まったら、私も、お手伝い致します。もう産着も縫ってありますし」

お濃は丸顔で、気だてのいい女だった。しかし双子の誕生に、どれほど驚くか。どれほど忌み嫌われるか。それを思うと、お万は、たまらなくなる。

憂《うれ》い顔に気づいて、お濃が聞いた。

「心配なさいますな。腕のいい取り上げ婆もおります。うちの仙千代の時も、よくしてくれた者です」

年が明ければ、仙千代は三歳になるが、ようやく授かった子で、始終、お濃が抱いている。夫婦で待ちかねて、生まれた子なのだ。それに引き換え、お万は、わが身が情けなかった。

突然、感情が高ぶり、涙がこらえられなくなった。お濃が驚いて聞いた。

「お方《かた》さま、どうなさいました」

作左衛門は、しきりに引き戸の立てつけを気にしていたが、涙に気づいて駆け寄り、いきなり妻を叱った。

「お濃、何か余計なことを申したのかッ」

お万は涙をぬぐい、慌てて否定した。

「そうでは、ないのです。お濃どのは、何も」

涙で言葉が続かない。お濃が丸顔を近づけ、真剣なまなざしで尋ねた。

「何か、ご心配ごとがあるのでしたら、どうか、お聞かせください。精一杯のことは、させていただきますので」

いっそう声をひそめて促した。

「わたしどもで、できることでしたら、何なりと」

お万は両手で顔を覆《おお》い、くぐもった声で聞いた。

「ここではなく、どこか、そなたたちの遠縁の家の離れでも、産屋として借りられぬか」

「ここが、お気に召しませぬか」

「そうではない。そうではなくて」

お万は覚悟を決め、顔から手を離して言った。

「双子、なのじゃ」

さすがに、お濃は息を呑み、夫と顔を見合わせた。

それから、お万は何もかも打ち明けた。自分の姉が双子で生まれたこと。親族にも双子がいること。ふたり分の胎動を感じること。生まれたら、実家から片方を引き取りに来てくれる約束まで、包み隠さずに話した。

聞き終えるなり、作左衛門が力強く言った。

「わかりました。任せてくだされ。安心して、お子を産めるよう、よい場所を探しましょう」

お濃も、お万の背中をさすって言う。

「ご心配なさりますな。誰にも申しませぬ。今のお話は、お方さまと、わたしら夫婦だけの内々の話に致しましょう」

「されど、上さまには、何と申し上げる？」

作左衛門は笑った。

「元気に生まれてしまえば、なんとでも言い訳はつきまする。お叱りを受けたら、わしが腹でも切れば、すむことじゃ」

お濃も、しきりにうなずく。

「後のことは後で考えればよいのです。今は元気なお子を産むだけです」

お万は、お濃の腕にすがって泣いた。今までひとりで耐えていたものが、安堵の涙になって止まらなかった。

それからまもなく、お濃がお万の部屋を訪れた。お濃は侍女たちに気づかれぬよう、小さくたたんだ手紙を手渡し、普段通りの挨拶を交わして立ち去った。

お万は侍女たちの目を憚《はばか》りつつ、そっと開いてみた。すると一行だけ走り書きがあった。

「今宵、おむかえにまいり候《そうろう》」

どこか適当な家でも見つかったらしい。お万は胸の高なりを抑え、手紙を小さく握りしめて、手あぶりの炭火に、そっとくべて燃やした。

夜になると、いつもと変わらずに夕餉《ゆうげ》を口にし、夜も更けてから床に横になった。

手紙には、具体的な手はずは書いてなかったが、迎えに来るとしたら、庭先からに違いない。お万は床の中で、耳をそばだて続けた。

はたして夜半近く、侍女たちも寝静まった頃、かすかに雨戸を叩く気配がした。お万は手早く着物を重ね、そっと寝床を抜け出した。音を立てないように雨戸を引くと、月明かりの下、お濃が緊張の面持《おもも》ちで立っていた。

「お方さま、お履物《はきもの》を」

そうささやいて沓脱《くつぬ》ぎ石の上に、草履《ぞうり》を揃えてくれた。お万は急いで履《は》いて庭に降りた。寒さで凍えそうな夜だった。

「まずは、わが家に」

浜松城は小高い丘の上に、本丸や二の丸が点在する城だ。お万の部屋は本丸にあり、作左衛門の屋敷は城の西、丘の坂下だ。途中の斜面には、鬱蒼《うっそう》とした木立《こだち》が続いている。

「松明《たいまつ》は使えませんので、どうか足元に、お気をつけください」

城内は夜間でも見まわりがいる。松明など掲《かか》げていたら、たちまち見とがめられるに違いなかった。お万は腹をかばいながら、お濃に手を引かれ、月明かりを頼りにして、小走りで本丸から離れた。

すぐに石段に至る。右手は崖、左手は木立だ。しかし月が雲に隠れ、足元が見えなくなった。石段で転んだりしたら危ない。お濃がささやく。

「月が出るのを待ちましょう」

お万はお濃とふたり、木立に身を潜《ひそ》めて、雲の切れ間を待った。

ふと気づくと、石段の下から、誰かが松明を手にして登ってくる。見まわりの足軽に違いなかった。お万は慌てて、その場にしゃがんだ。もっと木立の奥に隠れようとしたが、闇の中で、お濃が袖を引いてささやいた。

「ここで、じっとしていた方が」

木立も急斜面続きなだけに、下手に動けば、足を滑らしかねなかった。

石段の下から松明の火が、ゆらゆらと揺れながら近づく。どうやらふたり組で、気楽に話などしながら登ってくる。

「寒いなァ。こんな夜の見まわりは願い下げじゃ」

「しょんねえ。役目だけん」

声が、すぐ近くまで迫る。夜気が肌を凍えさせ、それでいて手の平は汗ばむ。

「この寒さじゃ、からだが冷えきってしまうだ」

ふたりは松明の影を揺らしながら行き過ぎる。お万が、ほっとした瞬間だった。しゃがんでいた足が滑って、ずるっと音がした。

ふたり組みの片割れの足が止まった。

「何か、音がしなかったか?」

お万の全身が粟立《あわだ》つ。松明で照らされたら万事休すだ。松明は別の男の手にある。その男は欠伸《あくび》をしながら応えた。

「いたちでも通ったんだらァ。寒いけん、早く戻ろうや」

お濃と握り合う手がふるえる。どうか立ち去って欲しい。懸命に祈った。

すると立ち止まった男は、洟水《はなみず》をひとすすりして、ふたたび歩き出した。ふたりの足音が遠のくにつれ、安堵の思いが広がる。

気がつけば、雲が晴れ、ふたたび月が出ていた。お濃が小声で促す。

「急ぎましょう」

お万はお濃の腕につかまって、注意深く石段を降りた。

しかしゆっくり歩いていると、不安でたまらなくなる。もしかして今頃、侍女たちが気づいて、騒ぎ出してはいまいか。今にも誰かが追ってきそうな気がして、何度も後ろを振り返った。

その時だった。草履が滑った。からだが傾《かし》いでいく刹那《せつな》、頭の中が真っ白になった。腹や腰が石段に叩きつけられれば、流産は免れない。

お濃が、とっさに背後にまわり、お万を抱きかかえ、ふたりで、もつれ合うように倒れ込んだ。気がついた時には、お万は、お濃の上に重なるようにして倒れていた。お濃が自分のからだを下敷きにして、お万の全身を受け止めたのだ。

激しい息で、お万の肩が大きく上下する。恐怖でふるえがくる。それでも腹や腰に衝撃はなく、どこにも怪我もなかった。

お濃が声を殺して、ささやいた。

「お方さま、お腹は、お腹はッ?」

お万は、お濃の手を借りて立ち上がった。無事だったという思いが湧きあがる。それでも声がふるえた。

「た、助かった。そ、そなたの、おかげで」

ふたりは気を取り直し、ふたたび石段を降りた。さらに坂道も下り、二の丸の裏手を抜けて、なんとか本多家の屋敷門に駆け込んだ。

そこには作左衛門が、松明を掲げて待ち構えていた。そして休む間もなく、お濃と交代し、お万を連れて、密かに城下を離れることになった。

仙千代を抱いて、門まで見送りに立つお濃に、お万が別れを惜しんだ。

「お濃どの、心から礼を言います」

お濃は首を横に振った。

「私など何も。それより、どうか、元気なお子を。双子でも丈夫に育つ子は、いくらでもおりましょう」

お万はうなずき、作左衛門と西に向かった。

浜松城から直線距離で半里あまり西に、佐鳴湖《さなるこ》という南北に細長い湖がある。その東岸に着いた時には、白々と夜が明けていた。船着き場で、手配してあった小船に乗り込んだ。

船縁《ふなべり》に沿うようにして薄氷が張っており、吐く息が白く染まる。湖面は朝霧が立ちこめて、どこまでも乳白色の世界だ。早朝で、まだ船の行き来はなく、船頭が漕ぐ櫓の音と、わずかな水音だけが響く。

そのまま佐鳴湖を横切って、新川に入った。佐鳴湖と浜名湖を結ぶ運河だ。霧の向こうに、川岸の裸木の影が、うっすらと見える。

浜名湖に出る手前で、作左衛門は船頭に命じ、右岸に着けさせた。宇布見《うぶみ》という浜名湖東岸の船着き場で、何艘もの船が舫《もや》われていた。岸に面して、立派な屋敷門がある。

「中村源左衛門《なかむらげんざえもん》という代官の屋敷です。ここで内々に、お方さまを預かってもらう話がついております。当主の源左衛門は、家中の船奉行も務めており、口の堅い誠実な男ゆえ、安心して、お子をお産みなされ」

上陸して屋敷に入ってみると、当主の中村源左衛門と、妻のお波が温かく迎えてくれた。ふたりとも三十代半ばで、穏やかな風貌だった。

「よく、おいでくださいました。命に代えても、お身柄をお預かりいたします。この家で、元気なお子を産んでいただきましょう。双子の件も、どこにも洩れぬようにいたします」

作左衛門が、お万に向かって言った。

「知立のご実家には、わしから伝えておくゆえ、何も心配はいりませぬ」

お万は船着き場に立ち、作左衛門を見送った。

「本多どの、心から礼を言います。でも、わらわがいなくなって、お城では、さぞ大騒ぎでしょう」

作左衛門は強面の頬を緩めた。

「元気なお子が生まれさえすれば、何もかも、うまくいきましょう。何も案ずることはありませぬ」

そして、ふたたび小船に乗り込み、すっかり霧の晴れた新川を、浜松に向かって帰っていった。

すぐに源左衛門が母屋とは別棟の離れ家に、案内してくれた。

「ここを、お使いくださ い。お産の時は、口の堅い産婆を呼びます。お波もお手伝いしますが、あとはご実家から、どなたかおいでになるまで、誰も離れには入れませんので」

お万は初めて安堵することができた。


中村家には源左衛門夫婦と、五人の子供たち、それに先代当主の老夫婦が暮らしていた。お波は末の赤ん坊を背負って、くるくるとよく立ち働く。

離れ家で冬を越し、正月を迎えると、さらに腹は大きくせり出し、動くのも辛くなった。お万は離れ家にこもり、元気な赤ん坊が生まれることを、神仏に祈って暮らした。

天正二年（一五七四）の二月八日、庭の梅の木が盛りを過ぎた頃、ようやく産気づいた。お波が付き添い、産湯の準備もした。陣痛の間隔が短くなり、村の産婆が駆けつけた。

お産は順調に進み、お万は苦痛の絶頂で、ひとり目の子を産み落とした。すぐに産声があがる。

産婆の腕の中の子を、ひと目見て、お波が歓声を上げた。

「男の子ですよッ。元気な男の子ッ」

お波は赤ん坊を受け取り、産湯をつかわせる。しかし、お万の苦しみは、なおも続く。産婆がお万の腹を探って、眉根を寄せた。

「やはり、もうひとり入っていそうじゃな」

覚悟していたはずなのに、現実となると、新たな緊張が湧く。

お波が産湯を終えて、赤ん坊に新しい産着を着せ、お万に顔を見せた。

「ほら、顔立ちのいい若君さまですよ」

赤ん坊は顔を真っ赤にして泣き続ける。その間にも、ふたたび堪え難い陣痛が襲いくる。

苦しんだ挙げ句、ようやくふたり目が生まれ落ちた。だがぐったりして産声があがらない。ひとり目よりも、体もずっと小さい。

お万は密かに願った。いっそ、このまま産声をあげずに、逝ってはくれないかと。そうすれば、ひとりだけが生まれたことになる。

しかし産婆が赤ん坊の口を開かせ、羊水を吐かせると、思いがけないほど元気に泣き始めた。

お波が、ふたり目にも産湯をつかわせた。

お万がひとり目に乳を与えていると、産婆が言った。

「ふたり生まれてもいいように、もともと乳房はふたつある。だから双子を恥じることはない」

お万は小さくうなずき、ふたり目の産湯が終わるのを待って、もう片方の乳を与えた。小さな赤ん坊は懸命に吸う。お万は愛しさを覚え、逝ってしまえばいいなどと、恐ろしい考えを持ったことを悔いた。

　すぐに本多作左衛門が見舞いに来て、その足で三河の知立神社まで知らせに走り、お万の兄、永見貞親《さだちか》を連れて戻った。貞親は双子を見るなり、硬い表情で聞いた。

「どちらを残す？」

　お万としては、どちらも手放したくはない。すると、お波が、後から生まれてきた弟の方の、産着の裾をめくって見せた。

「こちらの方は、おみ足が少し、お悪いようで」

　右の足首が、不自然に曲がっている。腹の中にいた時か、最初の子が生まれ出る時にでも、骨折したらしい。育っても歩けないかもしれなかった。

　それに気づいた時、お万は双子だと知った時よりも、なお胸がつぶれる思いがした。不憫《ふびん》でたまらず、だからこそ手元に残したかった。

　しかし貞親が、きっぱりと言った。

「わかった。この子は体も小さいし、武将には向くまい。わが家で神官として育てよう。それが、この子のためだ」

　貞親には、すでに跡取りの男の子がいる。その弟として育てるという。

「お万、心配するな。知立で乳母も探してある。そなたは最初に生まれた兄の方を、立派に育てよ。徳川家の若君として」

　お万は心もとないほど小さな赤ん坊に、最後の乳を与えてから、そっと抱きしめ、柔らかい産毛に頬ずりをした。そして、おずおずと貞親に差し出した。

「兄上、どうか、可愛がってくださいませ」

貞親は深くうなずくと、赤ん坊を懐に抱いて、すぐさま離れ家から出ていった。馬が走り去る蹄の音が聞こえる。お万は残った子を抱きしめて、愛し子との別れに耐えた。

翌日も本多作左衛門が現れて言った。

「殿にお伝えして来た。元気な若君が、お生まれになったと」

「よもや、双子だということは」

「それは申し上げなかった」

「では腹を立てておいででしょう。わらわが勝手に、お城を抜け出して」

「そのようなことはない。名前もつけていただいた。於義丸さまという。上さまは義を大事になさる。上さまらしい命名じゃ」

義という文字は、儒教では仁義礼智信の五常のひとつとされ、人として行うべき正しい道を意味する。たしかに家康が、もっとも大事にしていることだった。

「於義丸」

お万は声に出して、わが子の名を呼んでみた。作左衛門も愛しげに於義丸を見て、それから溜息をついた。

「ただ殿の頭は、次の合戦で一杯じゃ」

武田家とは相変わらず対立が続いている。武田信玄の死が、ささやかれているものの、それを確かめる術もない。

「それで、しばらくは、この屋敷で、若君を育てよとの仰せじゃ」

お万の不安がぶり返す。

「やはり腹を立てておいでなのでしょう」

於義丸という名も、本当に家康の命名か怪しい気がした。作左衛門が、いかにも家康らしく考えたようも思える。

「いや、そうではない。もともと殿は親の縁に薄く、幼い頃から御家のために人質として出されたお方じゃ。それゆえ人一倍、お身内には厳しい」

家康の生母であり、お万の伯母にも当たるお大の方は、家康が物心つく前に、実家の水野家に帰されていた。

当時、三河の東には織田《おだ》、西には今川が勢力を振るっていた。その間で水野家や松平家は、両方の顔色を窺《うかが》いながら、どうにか生き延びていた。知立の永見家など名家ではあるものの、なお弱小豪族だった。

お大が松平家に嫁ぎ、家康を生んで二年後、突如、水野家が織田方についた。そのため松平では今川の手前、お大を離縁して、実家に戻したのだ。その後、お大は他家に再縁させられた。

一方、松平家に残された家康は六歳で、今川家に人質として差し出された。この時、駿府《すんぷ》の今川家に向かう途中で、だまされて三河湾の渡し船に乗せられ、そのまま船ごと拉致されて、逆に敵方である織田家の人質になってしまった。

二年後、人質の交換により、織田家から戻されたものの、またすぐ今川家に送られ、そのまま駿府で人質として育った。そして今川義元が桶狭間の合戦で、織田信長《のぶなが》に討たれるまで、都合十三年間も人質暮らしを余儀なくされたのだ。

作左衛門は家康の心情を推し量って、お万に言った。

「殿は、いずれは我が子も、人質に出さねばならぬと、覚悟しておいでじゃ」

だからこそ情が湧かないように、あえて冷淡にしているのだという。

「わしのように年がいってから、子に恵まれると、もう文句なしに可愛いてならぬが、殿のお立場では、そういうわけにも、まいらぬのだろう」

お万も理屈ではわかる。ただ城に戻ることを許されないのは、わが子として認知されなかったも同然だ。先行きが不安でならない。

「そのうち時期を見て、お城に帰れるように、取り計らうゆえ、心配めされるな」

作左衛門の慰めに、お万は黙ってうなずくしかなかった。

於義丸が生まれて一年あまり後の天正三年（一五七五）五月、甲斐の武田勝頼《かつより》との大きな合戦が、長篠《ながしの》で繰り広げられた。長篠は三河国ではあるが、浜名湖から北へ直線距離で、わずか四里ほどの山間《やまあい》の地だ。

家康は織田信長の援軍を得て、武田軍に立ち向かった。この時、信長は、三千丁という途方もない数の鉄砲を用意していた。鉄砲は命中率が悪く、飛び道具は卑怯だと言って、嫌う武将も多い。ただ信長の意図は、弾を当てることだけではなかった。

武田軍の強さは騎馬武者にある。しかし馬は繊細な生き物で、大きな音や不慣れな匂いを嫌う。炸裂音や火薬の匂い、火花などに驚いて、馬が制御できなくなれば、それで充分だった。この目論見は見事に当たり、織田と徳川の連合軍は圧勝。武田方の死者は一万ともいわれた。

その戦勝祝いが浜松城で行われたと、浜名湖畔の中村家にも聞こえてきた。お万は、これで家康の目が、於義丸に向いてくれることを願った。だが、なおも帰城は許されないままだった。

それから間もなくのことだった。近くを軍勢が通りかかり、その大将が数人の側近を連れて、突然、中村家を訪ねてきたのだ。

それが家康の長男、松平信康だった。十七歳の若武者で、上背があり、華やかな陣羽織《じんばおり》がよく似合う。長篠の合戦で初陣を飾り、岡崎に帰る途中だった。岡崎城は信康が十二歳の時に、家康から譲られており、すでに若き城主だ。

「本多作左衛門から聞いて来た。ここに、わしの弟がいるとな」

信康は気さくな様子で、庭先に入ってくるなり、縁側越しに、お万に声をかけた。

「そなたが、お万の方か」

お万は慌てて、両手を前について頭を下げた。よちよち歩きの於義丸が奥から出てくると、信康は笑顔を向けた。

「於義丸か」

そして縁側に腰かけて手招きをした。

「こっちへ来い。そなたの兄者ぞ」

お万は、信康が於義丸を弟として認めてくれているのが嬉しくもあり、意外でもあった。信康の母親は家康の正室、築山御前で、側室のお万を快く思っているはずがない。その息子が、これほど気さくに訪ねてきてくれようとは、夢にも思わなかった。

しかし幼い於義丸は少し警戒して、お万の背中に隠れてしまった。お万は肩越しに言い聞かせた。

「於義丸、そなたの兄上さまですよ」

信康は弟の顔を、のぞき込んだ。

「於義丸、そなた、ぎいに似ているな。魚の」

ぎいとは淡水魚で、大きなものは一尺ほどにもなる。鼻先が丸くて、丸い目の、かわいらしい顔の魚だ。驚いた時など、ぎぎぎっと音を出すことから、ぎぎとか、ぎいなどと呼ばれる。

「のお、似ておろう」

従者にも同意を求めると、誰もが笑顔でうなずき、口々に言う。

「かわいらしい、お顔立ちです」

「ご兄弟、よう似ておいでじゃ」

信康は弟に向かって、からかい気味に言う。

「於義丸とは、ちょうどいい名じゃのォ。これからは、おぎいとでも呼ぶか」

だが嫌な感じではなく、弟を愛しく思っているのが伝わってくる。於義丸は、お万の背中に半分隠れながらも、少し笑顔を見せた。

信康は口調を改めて、お万に言った。

「城に戻れずに、つらかろう。おぎいは父上と会ってもいないのであろう」

お万は黙ってうなずいた。

「父上は女子供に冷たいところがあるしな」

信康は家康の態度を心得ていた。

「だが、もうしばらく待つがよい。来年には、わしにも子が生まれる。さすれば父が、浜松から岡崎に来る。その時までに城に戻れぬなら、わしが、おぎいを父に引き合わせよう」

信康の妻は、織田信長の長女お徳だ。その腹に、すでに最初の子が宿っているという。

「浜松の父は、子が生まれたとなれば、何をおいても駆けつけるはずじゃ」

家康は信長の顔色を窺い、お徳が子を産んだとなれば、真っ先に祝いに来るという。家康の態度に、少し反感を持っていそうな口調だった。

「弟の顔も見たことだし、そろそろ出立しよう」

信康は自分の両膝を叩いて立ち上がった。

「わしは、この年まで兄弟がおらず、寂しい思いがあったが、弟ができて嬉しい。大事に育てよ。わしの、たったひとりの弟じゃ」

信康は馬を引かせ、その背に軽々とまたがって、中村家の門を出ていった。従者たちも後に続く。お万は於義丸を抱いて、門の外まで出て見送った。

今まで頼りにできるのは、本多作左衛門と、この家の中村源左衛門だけだった。だが、そこに信康が加わった。これほど心強いことはない。遠のいていく華やかな陣羽織の背中が、この上なく頼もしく見えた。

翌天正四年（一五七六）、信康とお徳の間に姫が生まれ、予想通り、家康が浜松から岡崎まで、祝いに出かけることになった。

信康は迎えをよこし、お万と於義丸を密かに岡崎城に迎え入れて、手順を説明した。

「お万の方、よいか。夕方、わしは父と、この座敷に入る。外の縁側まで、おぎいを連れてきて、そなたは部屋に戻るがよい。さすれば、わしが父に引き合わせる」

お万がうなずくと、信康は於義丸の前にしゃがんだ。

「おぎい、いいな、ひとりで障子を叩くのじゃ。そうして父上を呼べ。大声でだぞ。できるか」

三歳になった於義丸は、少し顔をこわばらせながらも、しっかりとうなずいた。

「賢い子じゃ。われらの父上だ。怖がることはない。きっと可愛がってもらえよう」

夕方、お万は言われた通りに、於義丸を縁側に残して、その場を立ち去った。於義丸からは見えない場所に、身を潜ませて、そっと様子をうかがった。

薄暗い縁側で、於義丸は不安そうな顔をしていたが、思い切ったように障子の桟をつかんで、揺すり始めた。甲高《かんだか》い声が響く。

「ちちうえ、ちちうえ」

お万は胸が張り裂けそうな思いがした。わずか三歳の子に、こんなことをさせなければならないとは。自分が家康と仲たがいしなければ、双子の件も、打ち明けられたかもしれないのに。

その時だった。急に障子が開いて、於義丸が中に導かれた。お万はかたずをのんだ。耳の奥で、自分の鼓動が聞こえる。

家康は我が子として受け入れるのか、それとも勝手に出ていった女が産んだ子として、撥ねつけてしまうのか。冷たい態度だけは取って欲しくなかった。それでは、あまりに於義丸が哀れだった。お万は祈るような思いで時を過ごした。

しばらくして於義丸の泣き声が聞こえた。お万は両耳に手を当てて、かたく目をつぶった。もしかして於義丸は父に甘えようとして、厳しく叱られたのではなかろうか。それとも家康と信康とが、父子《おやこ》で言い争いになり、そのかたわらで怯えているのではないか。

悪いことばかりが頭をよぎる。こんなふうにして家康と会わせなければよかったと、悔いが湧く。

また、しばらくして、ふたたび障子が開き、於義丸が信康に手を引かれて、座敷から出てきた。少し鼻を赤くしているが、笑顔で跳ねるような足取りだ。

お万に気づくと、いっそう笑顔になって、両手を広げて走り寄る。お万も手を差し出して、幼いわが子を抱き留めた。

「於義丸、いかがであった？」

お万が聞くと、於義丸は満面の笑みで、何度もうなずく。信康が、ゆっくりと近づいて、お万に言った。

「対面は、うまくいった。父上は、わが子と認められた。これで浜松の城に帰れるぞ」

お万は安堵のあまり、於義丸を抱きしめて泣いた。ようやく実子と認められたのが、心の底から嬉しかった。

母子が浜松城に迎えられたのは、それから間もなくのことだった。ただ暮らしが保障されると、お万は手放した子を思い出す。知立からは時々、便りがある。やはり歩くことはできず、病気がちだという。

自分たちばかりが幸せになって、もうひとりの子が遠くに追いやられているのが、不憫でならない。お万の胸の痛みは、消えることがなかった。

第二章　憧れの兄者

浜松城本丸の奥で、於義丸が六歳になった天正七年（一五七九）の八月上旬のことだった。突然、侍女が血相を変えて部屋に駆け込み、お万に何か耳打ちした。

於義丸は、一瞬にして母の顔色が変わったのに気づいた。双方、小声でやり取りが続き、信康の名前が、何度も聞こえる。於義丸は気になって、母に聞いた。

「兄上に、何かあったのか」

お万は一瞬、顔を強ばらせ、それから、ぎこちなく応えた。

「何もありませんよ。何も」

於義丸は母が嘘をついていると直感した。

半月あまり後に、もういちど侍女が駆け込んで、何かを知らせた。今度は前よりも、なお衝撃的な話らしい。於義丸は黙って聞き耳を立て、おおまかな事態を察した。

誰かが殺されたらしい。それも家康の命令で。殺されたのは身分の高い女。築山御前とか、築山殿とかいう名前が聞こえる。築山御前といえば、信康の母親だ。殺された場所は小藪《こやぶ》。それが、どこなのかも、於義丸には見当がついた。

三年前に浜松城に来て以来、お万に連れられて、生まれ育った中村家を訪ねていったことが、何度かある。途中、佐鳴湖という小さな湖のほとりから、船に乗る。その船着き場付近が小藪だった。船待ちの宿が一軒あるだけで、鬱蒼《うっそう》とした竹藪の中に、浜松城までの一本道が続く、寂しい場所だ。

於義丸は、お万に確かめずにはいられなかった。

「兄上の、母上さまが殺されたの？」

お万は慌てて、次の間に声をかけた。

「誰ぞ、於義丸を、外に遊びに連れてまいれ」

ひとりの侍女がまかり出て、於義丸に作り笑いを向けた。

「お庭に、こおろぎを探しに参りましょう。石の下に隠れておりますよ」

「こおろぎなど、いらぬ。それより兄上は？」

信康は憧れの兄だ。顔かたちはりりしく、いつも優しく、立ち居振る舞いは品がよくて、かつ勇ましい。大きくなったら、兄のような武将になりたいと、いつも於義丸は願っている。そんな兄の母が殺されたとは。それも父の命令で。兄の身の上に、何か恐ろしい事態が起きているに違いなかった。

「兄上は？　兄上は？」

夢中で聞いたが、誰もが口を閉ざし、何も応えてはもらえなかった。

それから半月も経たないうちに、三度目の騒ぎが起きた。お万と於義丸の部屋に、本多作左衛門と、もうひとりの侍が何か説得に来て、お万が激しく拒んだのだ。

「そのようなところに、於義丸を行かせるわけには、まいりませぬッ」

作左衛門が困り顔で説得を続ける。

「されど信康どのの、たっての望みなのですぞ。於義丸さまと、お会いになりたいと。この対面は、殿も、お許しになっておいでじゃ」

於義丸は板戸の陰で聞き耳を立て、兄が自分を呼んでいるのだと察した。そして迷いなく、母と作左衛門たちの前に走り出て、大声で言った。

「わしを連れていけッ。兄上のところに」

お万も作左衛門も驚いて、目を見張っている。もうひとりの体格のいい侍が、小さくうなずいた。

「さすがに殿のお血筋じゃ。勘がよいし、幼いのに肝も据わっておいでじゃ」

そして改めて名乗った。

「お見知りおきくだされ。石川数正《いしかわかずまさ》と申します」

すでに五十を超えた本多作左衛門よりも、少し若いが、於義丸には同じような年配に見える。ただ目元が涼しく、端整な顔立ちで、作左衛門のような強面ではない。家康の信頼も篤く、長年、信康の後見役を務めてきたという。

「於義丸さま、ならば、まいりましょう。兄上さまが、お待ちです」

しかし、お万が激しく首を振った。

「ならぬ、ならぬ、於義丸は連れていかせぬ」

そして我が子を抱きかかえようとした。於義丸は母の腕をすり抜けて、急いで作左衛門の背中にまわった。

兄の母親が殺されて、兄が自分に会いたがっている。ならば行かないわけにはいかない。於義丸の幼い心の中は、そんな思いで一杯だった。

お万は半狂乱になって、にじり寄る。それを石川数正が押し留めた。

「何も心配はござらぬ。ただ於義丸さまが信康さまに、お会いになるだけじゃ」

作左衛門も言葉を添えた。

「ほかならぬ信康さまのお望みじゃ。どうか、かなえて差し上げていただきたい。信康さまが一肌脱いでくださらなければ、於義丸さまは、この城に入ることもできなかったのですぞ」

於義丸は母に向かって、あえて元気に言った。

「母上、大丈夫じゃ」

すると、お万は目を血走らせて言った。

「ならば、わらわもまいる。大事な於義丸を、ひとりでは行かせられぬ」

作左衛門と石川数正は、戸惑い顔を見合わせつつも、お万の同行を認めざるを得なかった。

浜松城は天竜川の造った平地の西にある。その天竜川をさかのぼり、険しい山にかかろうという際《きわ》に、二俣《ふたまた》城という城があった。武田方との激しい攻防の中心にもなったことのある城だ。

於義丸とお万が城の本丸に案内されて、薄暗い奥の間に入ると、信康がひとりで待っていた。

「よく来たな」

無精髭が生え、月代《さかやき》も伸びかかっている。いつもとは別人のような様子に、於義丸は、いっそうただならぬものを感じた。

母子で並んで下座につくなり、信康は穏やかな口調で話し始めた。

「於義丸に言っておきたいことがあって呼んだ。お万の方も、一緒に聞け」

於義丸は黙ってうなずいた。

「於義丸、そなたには今後、いろいろなことが起きよう。父上との間にも、辛いこともあるかもしれぬ。父は身内には厳しい方ゆえ」

信康は真剣なまなざしで続けた。

「だが何があっても、父上に逆らってはならぬ。何があってもじゃ」

於義丸は、わけがわからないながらも、黙ってうなずいた。

「それから武術には励め。強い男になるのじゃ。さすれば父上に可愛がってもらえよう」

それから信康は、お万に視線を移した。

「お万の方は余計な口出しはならぬ。もし出すぎた真似をすれば、わしの母の二の舞じゃ」

お万は両手を前にして、ひれ伏した。

「よいか。不服が山ほどあっても、耐えるのじゃ。父上は女に指図されるのが、何よりお嫌いじゃ。そなたが於義丸を無事に育て上げたいと願うなら、ただ口を閉ざせ」

もういちど於義丸に視線を戻した。

「於義丸、父上の言うことを、よく聞いて、そなたが徳川の家を継げ」

於義丸は不審に思った。徳川家の跡継ぎは長男の信康だ。それは幼いながらも心得ている。

「兄上は？」

「兄は遠くへ行く。だから、そなたが父上の跡を継ぐのじゃ」

「遠く？」

「遠くじゃ」

於義丸は気づいた。遠くとは、あの世を意味するのだと。だからこそ最後の別れとして、自分が呼ばれたのだ。

「兄上は行ってはならぬ。遠くになど行ってはならぬ」

信康は黙ったままで応えない。於義丸は思わず前ににじり寄って、信康の膝をつかんだ。

「嫌じゃ、兄上は死ぬのじゃろう。嫌じゃ」

声が潤み始める。

「兄上は死んではならぬ。死んだら嫌じゃ」

信康は穏やかな口調を変えずに言った。

「於義丸、男には死に時がある。天寿をまっとうする者もあれば、妻《めと》も娶らず、子もなさぬうちに、戦場で若くして死ぬ者もいる。わしの死に時は、今なのじゃ」

「なぜ今なのじゃ。もっと後でよい。もっと、ずっと後で」

信康は、わずかに頬を緩めた。

「わしは徳川の家中のために死ぬ。父上や、そなたや、大勢の家臣を活かすために。そのためならば喜んで死のう」

於義丸は泣きながら聞いた。

「父上が死ねと言うたのか」

信康は黙って目を伏せた。於義丸は確信した。築山御前が父の命令で殺されたのと同じく、兄も父から切腹を命じられたのだと。

「ならば、ならば、父上と戦えばよい」

岡崎城でも、この二俣城でも立て籠って、父の軍勢と戦えばいいと思った。

「わしは兄上の味方じゃ。作左衛門も味方じゃ。ほかにも味方はいる。だから父上と」

信康は大きく息をついた。

「正直に言えば、わしも、そう考えなかったわけではない」

「ならば、そうすればよい。父など討ってしまえ」

「だが、もう決めたのだ。わしが腹を切ってすむことなら、腹を切ろうと」

「でも、でも、兄上の母上も殺されたのであろう。そんなことをする父上など、もういらぬ」

浜松城に来てからも、於義丸は父に可愛がられたことがない。子供に距離を置く父親だった。だから於義丸にとって、同じ城に住む父親よりも、岡崎で離れて暮らす兄の方が、ずっと身近な存在だった。

信康は弟の目を見つめて言った。

「於義丸、そなたには難しかろうが、いちおう話しておこう。わしが死ぬ理由を」

かたわらのお万を目で示した。

「いつか大きくなった時に、もういちど、そなたの母から聞き直すがよい」

そして家康と築山御前、さらには自分の妻をめぐる葛藤を語り始めた。それは織田家や武田家まで広がる話だった。

そもそも織田信長と家康との関わりは、天文十六年（一五四七）から始まった。六歳だった家康が、人質として駿府の今川家に向かう際に、船ごと拉致され、逆に織田家に連れていかれたことから、信長と出会ったのだ。信長は八つ上の十四歳だった。

二年後、いったん家康は実家に帰されたものの、わずか十日で、今度は今川の駿府城に送られた。それから十一年もの間、今川家の人質として過ごし、その間に今川義元の姪、築山御前を娶《めと》って、信康が生まれた。

十九歳の時に、思いがけない転機が訪れた。信長が桶狭間の合戦で、今川義元の首を取ったのだ。家康は今川家の混乱に乗じて、松平家の岡崎城まで馬で駆け戻った。ただ築山御前と幼い信康が駿府に残され、今川義元の子、今川氏真《うじざね》の人質になってしまった。

これを救ったのが石川数正だった。今川方の城を攻め、氏真の従兄弟《いとこ》に当たる子供たちを生け捕りにして、人質の交換を提案したのだ。おかげで築山御前と信康は、無事に岡崎の家康のもとに戻された。

桶狭間の合戦から二年が経ち、永禄五年（一五六二）になると、家康は信長と同盟を結んだ。この時も石川数正が手腕を発揮した。織田家と交渉し、力の差が歴然としているにも拘わらず、対等な同盟にまで持ち込んだのだ。

朴訥な三河武者揃いの家中で、数正は頭の回転が速く、弁が立ち、交渉事に抜きんでていた。その後も数正は、織田家との交渉役を務め、信長の長女お徳を、信康の妻に迎えることにも成功した。双方九歳の幼い結婚だった。

この時、信長は尾張《おわり》の北隣、美濃《みの》を攻めようとしていた。そのために東隣の三河の家康との仲を、いっそう強めておく必要があったのだ。だからお徳は花嫁とはいえ、人質の意味が大きかった。

そして信長は美濃を攻略。家康も遠江に進出して、浜松城を手に入れた。これを機に家康は浜松に移り、それまでの居城だった岡崎城を、十二歳になった信康とお徳夫婦に譲り渡した。まだ幼い城主だけに、家康は後見役として、石川数正を岡崎に残した。

一方、信長は天下統一をめざし、邪魔するものを蹴散らし始めた。この信長の歴戦に、家康も同盟者として加勢し、越前《えちぜん》へ北近江《きたおうみ》へと、精いっぱいの軍勢を繰り出した。しかし危うくなると置き去りにされ、それでいて勝ち戦では、織田本隊よりも目覚ましい活躍を見せた。

だが家康が浜松の北、三方原で、武田信玄と戦った時には、信長は、わずかな援軍しか送ってこなかった。その結果、家康は大敗してしまった。

三年後、今度は信玄の子、武田勝頼と、長篠で戦うことになると、今度は信長も本腰を入れ、大軍でやって来た。

ここで武田を叩いておかなければ、三河が武田のものになり、いずれ尾張も危うくなる。だから三千丁もの鉄砲を準備し、万全をつくした上で、合戦に挑んだのだ。その結果、圧倒的な勝利を収め、長篠の合戦は、信長の功績として広く喧伝された。

十七歳になっていた信康は、この頃から疑問を覚えるようになった。越前や北近江への出陣では、徳川の軍勢は、信長に利用されたも同然だった。それでいて長篠の合戦では、手柄が横取りされた気がした。

まもなく信康とお徳は、改めて婚礼を挙げ、正式な夫婦となった。この手筈を調えたのも石川数正だった。数正は徳川家と織田家が対等な立場であることを、改めて世に示したのだ。

若い夫婦の仲は悪くはなかった。ただ婚礼を機に、新たな侍女たちが織田家から送り込まれ、彼女たちの態度によって、信康は同盟が対等でないことを思い知らされた。

まったく徳川家は見下されていたのだ。このままでは徳川家は、遅かれ早かれ織田家の家臣に成り下がる。それでいいのかという危機感を、信康は抱いた。

直接、家康に諫言もした。そこまで信長の顔色を窺わなくても、いいのではないかと。だが家康は吐き捨てるように応えた。

「おまえに何がわかる」

一方で武田勝頼との戦いも続いていた。信康は家康に従い、武田勢との一進一退の攻防の中で、父に進言した。

「このままでは無駄に合戦が続きます。いっそ武田と手を結んでは、いかがでしょうか」

信玄亡き後、武田家の力は全盛期ほどではなく、近づいて呑み込まれてしまう恐れはない。それに徳川と武田が合戦で疲弊した後、信長が漁夫の利を得そうな気がしたのだ。だが家康は、これも一蹴した。

この頃、築山御前は、岡崎城下にある尼寺で暮らしていた。家康との仲は険悪になる一方で、夫が岡崎から浜松に移った時にも、ついてはいかなかった。それでいて、嫁のお徳が暮らす岡崎城で、同居するわけにもいかなかった。

築山御前は織田家に遠慮する形で、城から追い出されたのだ。今川義元の姪だった誇りは地に落ち、ただ自分が産んだ信康と、亀姫の幸せだけを祈って暮らしていた。亀姫は信康の一歳下の妹だ。

だが亀姫の嫁ぎ先のことで一悶着起きた。家康は亀姫を、奥三河の小領主のもとに嫁がせてしまったのだ。長篠の合戦の褒美だった。これには築山御前だけでなく、信康も猛反対した。徳川家の長女だけに、相応の大名家に嫁がせるのが筋だった。

すると家康は息子の反対を封じるため、信長に伺いを立てた。そして信長の意向として、亀姫の輿入れを決定してしまったのだ。

信康は黙らざるを得なかったが、不満はくすぶった。家族の問題の決断を、わざわざ信長に仰ぐなど、父の不甲斐なさに歯がみした。

築山御前も惨めさをこらえて、最愛の娘を嫁がせ、以来、いっそう鬱々と過ごした。

体調も思わしくないところに、滅敬《めっけい》という唐人の医師が現れた。本場の漢方薬を用い、これが気鬱によく効いた。そのため築山御前は、自分専用の侍医として召し抱えてくれるようにと、信康に頼んだ。

信康は、日頃から愚痴の多い母とは、一線を画していたものの、医者くらいで機嫌が直るならと、母の望みをかなえてやった。ただ滅敬は甲斐にいたことがあり、何かと武田方の情報を、もたらし始めた。

お徳が二年続きで姫を産むと、滅敬は信康に、側室を迎えるよう勧めた。早く男児を産ませるべきだというのだ。具体的に武田勝頼の重臣が、姫を差し出すとまで申し出た。

信康は断るべきとは思いつつも、念のため数正に相談した。

「やはり断るべきであろうな」

　すると数正は難しい顔で応えた。

「それが、よろしいかと」

　信康はうなずきながらも、かつて父に進言したことが捨て切れなかった。

「ただ、わしとしては、武田と縁を持つことも、いずれ考えるべきではないかと思う」

　何もかも信長の思い通りにさせておけば、いずれ徳川家は織田の家臣に成り下がる。そうならないためには、武田勝頼の存在を利用して、信長を牽制《けんせい》するのも手だった。

「それも、よいかもしれませぬが、今は、まだ織田さまを頼りにされていた方が、よろしゅうございましょう」

　数正の判断に、信康は従った。

　そんな中、家康が三十八歳で、久しぶりに男児をもうけた。生母は西郷局《さいごうのつぼね》といって、家康の気に入りの側室だった。信康が二十一歳、於義丸が六歳で、新しく弟ができたのだ。

　だが、その四カ月後の八月三日のことだった。突然、家康が岡崎城を訪れ、今までにない剣幕で、信康を叱責した。

「そなたの義父上《ちちうえ》さまが、たいそうなご立腹だ」

　信康には寝耳に水の話だった。

「お徳が、そなたの悪行をあげつらって、十二カ条の手紙を、尾張に書き送ったそうだ」

「お徳が？　十二カ条？」

　家康は書きつけを突きつけた。信康が受け取って広げてみると、お徳から父の信長に宛てた箇条書きの写しだった。

一条目から読み始めて、信康は目を見張った。信康が築山御前と謀《はか》って、武田家に通じているというのだ。そのうえ築山御前が医者の滅敬を寵愛し、その手引きで、信康が武田方から側室を迎えたと書かれていた。

信康は父に向かって、正直に弁明した。

「滅敬という医師は、母上の侍医です。たしかに妾《めかけ》を迎えるように、勧められたこともあります。でも、すでに断った話です」

「ならば根も葉もないことでは、ないのだな」

家康は疑い深そうに続けた。

「ならば次はどうじゃ。そなたが、お徳の侍女の口を引き裂いて殺したという」

五番目に、そう書いてあった。

「そのようなことは断じて」

「まったくないというのだな」

「お徳の侍女が、あまりに、うるさく言い立てるので、手で口をふさいだことはあります」

お徳の侍女たちは、織田家から遣わされてきた当初から、信康にとっては煙たい存在だった。

築山御前のことまで、あれこれと口出しされて、信康がかっとなり、襟首をつかんで、片手で口をふさいだことはある。それが口を引き裂いたなどという尾ひれがつこうとは。

「この十二カ条を、お徳が書いたと？」

「信長どのが、これを受け取り、わしのところに真偽を質《ただ》してきた」

「それで父上は？」

「釈明のために、酒井忠次《さかいただつぐ》を尾張に送った」

信康は、いっそう信じがたい思いがした。自分は酒井忠次とは反りが合わない。

「なぜ数正を、遣わせられませんでした」

織田家との連絡は、石川数正の役目のはずだった。

「数正では、そなたに都合のよいことしか言わぬ」

「私の都合の悪いことを、父上は織田の父に伝えたかったのですか」

「都合の悪いことも、よいことも、わしは正しく伝えるだけじゃ」

信康は突き放された思いがした。父は自分をかばってはくれない。以前から自覚してはいたものの、改めて厳しい現実が突きつけられた。信康は、あえて背筋を伸ばして聞いた。

「それで織田の父は、私にどうせよと」

さすがに家康は目を伏せて言った。

「まずは、この城から退《しりぞ》け」

信康は耳を疑った。城を手放すということは廃嫡を意味し、徳川家の世継ぎという地位を、捨てることになる。信じがたい思いで聞いた。

「織田の父の意に染まぬ婿は、徳川の家を継いではならぬと。そういうことで、ございますか」

信康の問いを、家康ははぐらかした。

「とにかく、城を出て、大浜の陣屋にでも移れ」

大浜とは三河湾に面した船着き場だ。

「もしも、私が城を出ないと申したら」

家康は大きく息をついてから応えた。

「その時は、わしが兵を起こさねばならぬ」

「兵を起こして、この城を取り囲むと？」

「そうだ」

さっきよりも、なお強い力で、実の父に突き放された。信康の心が怒りで満ちていく。思わず床を叩き、声を荒立てた。

「父上は、そこまで織田の父が怖いのですかッ」

家康は応えなかった。正面を向いたまま、口を真一文字に結んで、黙り込んでしまった。三十八歳の父と、二十一歳の息子の間に、重い沈黙の時が流れる。

耐え切れなくなったように口を開いたのは、父親の方だった。

「とにかく、そなたは今日、明日にでも、身ひとつで大浜に移れ。よいな」

そう言い残して席を立った。

信康は急いで、妻のお徳の部屋に駆け込んだ。本当に十二カ条の手紙を、信長に送ったのか、問い質すつもりだった。

だが、お徳の部屋は、もぬけの殻だった。侍女ひとりも残っていない。置き手紙さえなかった。

「どういうことだ。私ひとりが何も知らなかったということか」

信康は呆然と立ちすくんだ。

翌四日、信康は言われた通り、大浜の陣屋に移った。

身ひとつと命じられたが、家臣を武装させて二分し、半数を岡崎城の守りとして残し、残りの半数を大浜に引き連れていった。いつでも岡崎に戻れる態勢であり、父に対する精いっぱいの抵抗だった。

信康は大浜に移る途上、母の住む尼寺に立ち寄った。すると築山御前は半狂乱になった。

「このようなことになったのは、お徳のせいでしょう。だから、わらわは織田の娘など娶るのは、反対だったのです」

「母上、落ち着いてください。これは父上の誤解です。必ず誤解は解けますので」

「誤解などではない。家康という男は、わらわと、そなたを憎んでいるのじゃ。信康、今こそ武田と手を組んで、兵を起こすのじゃ。あの男を叩きつぶせッ」

母親に焚《た》きつけられると、かえって信康は落ち着いた。そして石川数正を浜松の家康のもとに送り、釈明に努めさせた。

信康は数正を送り出してから、大浜の陣屋で、目の前に青く広がる三河湾を見つめながら、なぜ、こんなことが起きたのかを考えた。

本当に、お徳が十二カ条の手紙を、実父に書き送ったのか。箇条書きの手紙など、女が書くとは思えなかった。別人が書いたか、それとも誰かの入れ知恵で、お徳が書かされたのか。

とにかく明らかなのは、お徳と侍女たちが、いなくなったという事実だけだ。女たちが不満を抱いていたのも確かだった。十二カ条すべてではないにせよ、何か信長に讒言《ざんげん》したのかもしれなかった。そうでなければ身を隠す理由がない。

お徳が九つで岡崎に来た当初から、築山御前は、幼い嫁に冷たかった。築山御前にしてみれば、大事な伯父だった今川義元の首を、信長に取られた。お徳は、その娘なのだ。仲良くしろという方が無理だった。

正式な婚礼を挙げてからも、嫁姑の仲は悪くなる一方だった。だからこそ信康としても、母とは一線を画してきたつもりだった。ただ女同士のいさかいに、頭を突っ込むのはわずらわしく、見て見ぬふりをしてきた。

お徳が泣きながら、母の仕打ちを訴えてきた時も、突き放してしまった。

「くだらない女のいさかいを、いちいち俺に聞かせるなッ」

それでも妻が夫や姑の悪口を、実家の父親にまで告げ口しようとは、夢にも思わなかった。

別の疑問もある。これから父は自分を、どうするつもりなのか。廃嫡の末、お徳とは離縁。それは信長に見限られるということだ。となれば、信長の顔色を窺う父の行動は、もうわかっている。わが子をかばうはずがない。

切腹という言葉が、頭をよぎる。それも信長の命令で。そして、それが大きく膨らんで、確固たるものになっていく。もしかして何もかも、父の策略ではないかという疑いまで、心に芽生える。

妹の亀姫の嫁ぎ先の一件を思い出す。あの時、父は息子を説得できないと知ると、信長に伺いを立てた。そして信長の意向として、亀姫の縁談を強引に決めたのだ。

今度も本当は、父が息子を亡き者にせんとして、信長を利用しているのではないか。ありもしない十二カ条の手紙をでっち上げ、信長からの命令という形で、息子に切腹させようとしているのではないか。

そう疑う端から、否定の思いが湧きあがる。父が、そんなことをするはずがない。確かに溝はあったものの、自分たちは父子なのだ。でも血を分けた父子なら、かばって欲しい。

こんなことで死んでなるかと思う。いっそ母の言う通り、武田と手を組んで、父に反旗を翻《ひるがえ》すべきなのか。迷いで心が乱れる。

三河湾の海面が、血のような色合いの夕陽で染まり、そして間もなく闇に没した。陣屋の周囲に、煌々《こうこう》と篝火《かがりび》が焚かれ、夜が更けていく。

夜半過ぎに、ようやく数正が馬で戻った。いつもは端整な顔が、疲れ切ってむくんでいる。信康の前に平伏し、絞り出すように言った。

「申し訳ありません。どうしても上さまを、説き伏せられませんでした」

信康が武装解除しなければ、家康は兵を挙げるという。数正ほど交渉に長《た》けた男が、どうすることもできなかったのだ。家康の決意は、それほど堅い。信康はつぶやいた。

「父子で、合戦、か」

下克上の世において、父子や兄弟の殺し合いなど、珍しくはない。信康が戦うと決断すれば、家臣たちは、ついて来てくれるはずだった。

それでも父に向かって弓引くのは嫌だった。甘えた記憶こそないが、信長とのごたごたが起きるまでは、尊敬していたし、誇りにも思っていた。そんな父と戦いたくはなかった。

一睡もしないまま、夜が明けた。三河湾が朝日を受けて、まぶしくきらめく。家臣たちは信康の決断を、じりじりと待っている。

信康は石川数正に声をかけた。

「誰も親兄弟とは、争いたくはなかろうな」

家康の家臣と、信康の家臣の中には、双方に分かれた父子兄弟が、いくらでもいる。合戦になれば、肉親同士の殺し合いは、家臣たちにも及ぶのだ。

数正は黙ったまま応えない。信康は朝の海を見つめて言った。

「徳川の家で内紛が起きれば、どちらが勝ったとしても、家としての力は半減する。そうなれば必ず、織田か武田が牙をむく。どちらかの配下に組み入れられるのは、目に見えている」

そして腹に手を当てて、つぶやいた。

「わしが腹を切ってすむことならば、それで、すませようか」

数正は激しく首を横に振った。

「いえ、お待ちください。どうか、今いちど、私を浜松の上さまのもとに、お遣わしください」

かつて桶狭間の合戦後、数正は、幼かった信康を救った。家康が三河に戻った後、築山御前と信康が駿府に残されたのを、交渉によって取り戻したのだ。そうしてまで救い出した命を、あたら二十一歳で散らせたくはなかった。

しかし信康は微笑んで応えた。

「もうよい。父上の覚悟は変わらぬ」

そうしているうちに、早馬で知らせが届いた。家康が武装した軍勢を引きつれて、西尾城に入ったという。西尾城とは、岡崎城と大浜の陣屋の、ちょうど中間にある城だ。

信康は自覚した。父と戦う気など、最初からなかったことを。本気で戦うつもりなら、西尾城に兵を入れておくのが当然だった。そして数正に使者を命じた。

「父上に伝えてくれ。わが軍勢は、岡崎の城に戻すと。わしはひとりで、ここで沙汰《さた》を待つと」

もう心に迷いはなかった。

その後、家康は兵を引き、信康は船に乗せられて大浜を出た。そして三河湾から遠州灘を経て、浜名湖の湖畔に上陸し、さらに二俣城まで移送されたのだった。石川数正と本多作左衛門だけがつき従った。

二俣城で日を過ごすうちに、衝撃的な事実が伝えられた。浜名湖畔の小藪で、築山御前が斬り殺されたという。それも家康の命令で。信康は自分がこうなった限り、母も無事ではいられないと覚悟はしていた。だが父が母を殺させるなど、息子として耐え難いことだった。


信康は話し終えると、目の前の於義丸に向かって、諭すように言った。

「だから兄者は死ぬ。このような結果になったことに、もはや悔いはない」

於義丸は目に涙を浮かべて聞いた。

「でも、でも、兄上の母上さまは？」

「母上は先に、あの世に旅立った。そして、わしが行くのを待っている」

於義丸は聞きたかった。母親を殺されて、それでいいのかと。だが幼すぎて、うまく言えず、地団駄を踏むばかりだ。信康は弟の意図を察して言った。

「自分が死ぬのは何でもない。それよりも辛いのは、父の意思で、母が命を奪われたことだ」

於義丸は兄の腕に、むしゃぶりついた。

「ならば父上と戦えッ。そんな悪い父上なら、殺してしまえッ」

信康は一転、険しい表情に変わった。

「戦わぬと、わしが決めたのだッ」

しかし於義丸は、なおも泣き叫んだ。

「わしは嫌じゃ。兄上が死ぬなど、嫌じゃ、嫌じゃッ」

「於義丸、男は泣くなッ」

於義丸は兄の腕をつかんだまま、必死に涙をこらえた。だが口はへの字に曲がり、肩が小刻みにふるえる。

信康は穏やかな口調に戻った。

「於義丸、わしは、おまえがいるからこそ、安心して死ねる。おまえが父の跡を継ぐのじゃ。だから男らしく、しっかりせよ。この兄のためにも」

於義丸は小さな握り拳で、湧きあがる涙を、手荒くぬぐった。

その様子を見ていた信康の目にも、光るものがある。そして、こらえ切れなくなったように、かたわらのお万に言った。

「もう、連れていけ」

於義丸は必死に兄の腕にしがみついた。だが信康は、手荒く振りほどいた。

「早く、連れていけッ」

お万が慌てて於義丸を背中から抱えて、信康から引きはがした。信康は潤んだ声で言った。

「いいな、お万、けっして出すぎた真似は致すな。わしと母のように、なりたくなければ」

お万は暴れる於義丸を抱きすくめて、何度も深くうなずいた。だが於義丸は母の腕の中で、精いっぱい身をよじって叫んだ。

「兄上、嫌じゃ、死んではならぬッ」

それでも無理やり部屋から連れ去られた。最後に見た兄の姿は、うつむいて目元に手を当て、肩をふるわせていた。

信康は、わずか二十一歳の若さで、実父の命令により、切腹して果てたのだった。

第三章　知立の社《やしろ》

十二月の曇り空の下、浜松城本丸内の広場で、本多作左衛門が白い息をはき、周囲に鳴り響くほどの声を上げた。

「かかれッ」

木刀をかまえていた於義丸は、対峙《たいじ》した仙千代に向かって、裂帛《れっぱく》の気合いで踏み込んだ。

年が明けて天正十三年（一五八五）を迎えれば、於義丸は十二歳、仙千代は十四になる。どちらも前髪立ちの少年だ。上背は二歳の年齢差通り、仙千代の方が、ひょろりと高い。目と眉が少し下がり気味で、右頰に大きな黒子《ほくろ》がある。

剣の稽古は、同じ時期に始めており、腕は於義丸が勝る。いつも於義丸がやり込めて、仙千代が泣いて終わる。今も於義丸が攻め込み、仙千代は防戦一方だ。木刀同士がぶつかる甲高い音が続く。

防具は籠手《こて》と肩当てと胴だけだ。甲冑《かっちゅう》を一式まとうと、相当な重さになり、少年では動きが取れなくなる。だから今の段階では、防具のない首から上と腰から下は、攻撃が禁じられている。

これから成長に合わせて、臑当《すねあて》や草摺《くさずり》などを、ひとつずつ増やし、からだを重さにならしていく。甲冑すべてをつけて動けるようになったら、初陣に出られるのだ。

於義丸は仙千代に向かって攻め込み続け、接近戦となった。九分九厘、勝ちを確信した。後は足でもかけて、地面に引き倒し、馬乗りになってしまえば、勝負が決まる。

そう楽観した時だった。突如、仙千代が思いがけない力で木刀を跳ね上げ、反撃に出た。とっさのことで於義丸は慌ててしまった。肩口に振りかざされる木刀を、自分の木刀で受け止めるのが精いっぱいだ。

次の瞬間、あっと息を飲んだ。仙千代に足をかけられ、於義丸は大きくよろけたのだ。体勢を立て直す間もなく、地面に転がった。

土煙が舞い上がる中、仙千代は意外な素早さで、於義丸の胴体の上に馬乗りになった。於義丸は何もできないうちに、木刀の切っ先が、喉元に突きつけられていた。ついさっき思い描いていた戦略が、まったく逆に自分に向けられたのだ。

「そこまでッ」

作左衛門の声が響き、仙千代が力を抜いて、切っ先を引く。

その時、於義丸は土煙の先に、家康が立っているのに気づいた。広場の隅で、こちらを凝視している。顔に血が上るのを感じた。よりによって父が見ている時に、こんな無様な負け方をしようとは。

父との仲は、けっして心通じ合うものではない。信康の切腹から五年も経ってはいるが、於義丸には、いまだこだわりが捨てられない。

それでいて無様な姿は見せたくなかった。いつもならば泣き虫の仙千代などに、負けはしないのにと思うと、悔しさで涙が出そうだった。だが泣いたりすれば、なおさら無様だ。なんとか涙をこらえ、木刀を手に持って立ちあがり、仙千代に向かって一礼した。

ゆっくりと家康が近づいて声をかけた。

「仙千代、腕を上げたな」

於義丸は父が仙千代を誉めたのが、余計に悔しかった。一方、仙千代は、いかにも嬉しそうな笑顔を見せた。作左衛門も笑顔だが、言葉では息子をくさす。

「なんの、まぐれでござる。お仙など、まだまだ若君には及びませぬ」

いまだ作左衛門は、強面に不釣り合いなほど、ひとり息子の仙千代を可愛がり、お仙と呼ぶ。

「作左、後で於義丸を連れて、広間に参れ」

家康は作左衛門に命じると、先に広間に戻っていった。作左衛門は於義丸に言った。

「急いで手足を洗ってきなされ。上さまを待たせてはならぬ」

於義丸は着物についた土を払い、井戸端に走った。仙千代が追いかけてきて、下がり目を余計に下げ、申し訳なさそうに言う。

「申し訳なかったです。上さまが、おいでだったのに」

於義丸は不機嫌に聞き返した。

「どういう意味だ」

「私が勝ってしまって」

「たわけッ」

於義丸は吐き捨てるように言った。

「手加減すればよかったとでも言うのか」

「そういうわけでは」

仙千代もむくれはしたものの、井戸から水を汲み上げて、於義丸の手足に水を注いでくれた。手足が冷え切って、井戸水が温かく感じる。

手足を拭いて広場に戻ると、作左衛門が待っていた。於義丸が家康に呼ばれることなど滅多にない。それだけに何の用か尋ねたかったが、何とはなしに聞きにくい雰囲気があった。

作左衛門の後をついて本丸の広間に赴くと、すでに家康は上座で待っており、対峙する形で、敷物がふたつ置いてあった。

「そこに座れ」

命じられるまま、作左衛門と並んで座った。すぐに家康が話しかける。

「於義丸、元気であったか」

父とは同じ浜松城に暮らしていながら、滅多に会うこともない。特に、ここ半年以上、家康は隣国の尾張に長滞陣していた。最近、ようやく和議が調って、浜松に帰って来たばかりだった。

於義丸は両手を前についいて頭を下げた。

「おかげさまで、元気にしております」

家康は、それきり黙り込んだ。手に持った扇を少し開いては、また閉じ、それを何度か繰り返してから、ようやく於義丸に向かって言った。

「於義丸、大事な話をする。よう聞け」

改まった様子に、於義丸は身を硬くした。

「そなたを大坂にやることになった」

よく意味がわからなかった。大坂に行くというのならともかく、やるとはどういうことなのか。何か大事な使者でも命じられるのか。

家康は息子の不審顔に気づき、重ねて言った。

「そなたは羽柴《はしば》家の養子になる」

於義丸は耳を疑った。養子とは、よその家の子になるという意味だ。それも羽柴といえば、この半年間、敵対してきた相手だ。

作左衛門が、かたわらから言葉を添えた。

「於義丸どのは、羽柴どのの子として、大坂の城に貰われていくのじゃ」

思いもかけなかった話だった。

於義丸が六つのときに弟の長松丸が生まれ、その五カ月後に兄の信康が死に、翌年、もうひとり福松丸という弟が生まれた。さらに去年、万千代丸という赤ん坊も生まれている。

その中で、於義丸が長子の立場だ。それに信康が死ぬ前に言った。

「於義丸、父上の言うことを、よく聞いて、そなたが徳川の家を継げ」

武芸に励めとも言われたから、その通りにしてきた。そんな自分が徳川家から出されて、なぜ養子にという思いが心に湧く。だが、あからさまに口には出せなかった。

家康は扇に目を落として言った。

「言葉を飾っても、いつかはわかる。だから、ありのままに話そう。そなたは人質に出るのじゃ」

ああ、そういうことかと、於義丸の中で、妙に納得できるものがあった。父が子煩悩ではないことはわかっている。小さい弟の長松丸にも福松丸にも、相好《そうごう》を崩すようなことはない。

それでも自分よりも、弟たちの方が愛されているという感覚は、ずっと前からあった。弟たちの部屋には、父は繁く足を運ぶ。ふたりの母親、西郷局が気に入りだからだ。それに対して、お万が疎《うと》まれているのは、子供心にもわかっている。

長松丸や福松丸に対して、嫉妬の気持ちは薄い。そういうものだと、ずっと前から思い切ってしまっている。

それにしても長子であるはずの自分が、人質に出されようとは。戸惑う反面、いつか、こんな日が来るような気もしていた。だからこそ、むしろ納得がいく。

「この半年ほど、父が合戦を繰り返していたのは、そなたも知っておろう」

家康は扇を軽く握り直し、これまでの状況を説明し始めた。

二年前の天正十年（一五八二）、織田信長が本能寺の変で、明智光秀《あけちみつひで》に討たれた。天下統一を果たす直前の出来事だった。

羽柴秀吉《ひでよし》をはじめとする信長の遺臣たちは、すぐさま光秀を討ち果たし、主君の仇《かたき》を取った。その後、信長の遺領は、信長の息子である織田信雄《のぶかつ》が、大部分を受け継いだ。尾張、伊勢で百万石を有した。

羽柴秀吉は土地の領有については、信雄に譲ったものの、信長の後継者気取りだった。かつての同輩たちを攻め滅ぼして、その広大な所領をうばい、いずれ天下を手にしようと目論んでいた。その象徴として大坂に壮大な城を造った。

かつて大坂は、本願寺の信徒たちが造った城郭都市で、十年もの長きにわたって、信長に、しぶとく抵抗を続けた。何度も合戦と和議を繰り返した末に、ようやく信長が手に入れた土地だった。

そこを秀吉は、みずからの拠点としたのだ。さらに築城の手伝いを、大名たちに命じた。人を出させ、石垣の巨石を競い合わせるようにして運ばせた。手伝うということは、秀吉への臣従を意味する。当然、家康も織田信雄も、手伝う気などなかった。

秀吉は自慢の城を見に来いと、しきりに諸大名を誘うようになった。城を見に行くということは、秀吉に挨拶することであり、これまた臣従を意味した。

これを信雄が拒んだ。信雄は織田家の所領を受け継いでおり、秀吉には主筋に当たる。挨拶に行く筋合いではなかった。

信雄には三人の家老がいて、秀吉との交渉に当たっていた。三人は秀吉の力量を目の当たりにし、大坂城に挨拶に行くようにと、主人である信雄に勧めた。

この時、秀吉は工作をした。わざと信雄の耳に入るように、噂を流させたのだ。三人の家老は、すでに秀吉に寝返っていると。

信雄は、これを真に受け、三人の家老を殺してしまった。交渉役を殺したということは、手切れを意味し、秀吉には兵を挙げる口実ができた。

信雄は家康に援軍を求めた。いずれ家康にも大坂城に挨拶に来いと声がかかる。ならば一緒に手を組んで、秀吉に対抗しようと誘ったのだ。家康は、これに応じた。

しかし秀吉が動員できる軍勢は十万に及び、家康と信雄は合わせても五万。各地の反秀吉勢と手を結んでも、まだ数では及ばない。

ただ秀吉は今まで策によって勝ち残っており、戦そのものは、けっして上手くはない。家康が策に乗らず、長期戦に持ち込んで、各地で小競り合いを繰り返せば、勝利を重ねられるはずだった。

まず手始めとして、家康は、信雄の所領である尾張に進軍し、小牧城に陣取った。その後、戦場は長久手《ながくて》周辺に移り、小牧長久手の戦いと呼ばれた。

家康の目論見通り、尾張での合戦は、織田徳川軍有利で進んだ。ただ伊勢と伊賀では、信雄の旗色が悪くなった。そこに、すかさず秀吉が和議を申し入れ、信雄は単独で、これに応じてしまった。

家康は戦う大義名分を失い、兵を引かざるを得なくなった。もともと信雄の援軍として立ったのに、その大本《おおもと》が戦線離脱してしまったのだ。

やはり秀吉の策が勝ったのだった。その後、秀吉から家康のもとにも、和議の使者が来て、縁者を養子に欲しいと申し出があったのだ。

家康は於義丸の目の前で、ふたたび手元の扇を半開きにしては、また閉じて言った。

「だから、そなたは和議のために人質に出る。ただし養子である限り、わしとそなたの、父子の縁は切れる」

あまりに厳しい立場だった。於義丸が言葉を失っていると、家康は唐突に話題を変えた。

「わしの家来どもは、わしのために命をかけて戦う。それは、なぜかわかるか」

於義丸は少し考えて、思うままを口にした。

「父上が亡くなれば、徳川の家もなくなり、皆、生きてはいかれぬからで、ございましょう」

「いや、生きていかれぬこともない。浪人して、新たな主君に仕えればよい」

家康は扇を握り直した。

「そうではなく、家来どもが命がけで戦ってくれるのは、わしが子供の頃、家のために人質に出たからじゃ」

人質になるということは、命をかけることであり、それに対して家臣たちが、心の底から感謝しているのだという。

「幼い時は死が怖い。大人になると、いつかは死ぬものだと覚悟ができるが、子供の頃は怖い。わしも怖かった。まして、わしはいちど父に見捨てられた。それを知った時は、本当に哀しく、情けなく、怖かった」

それは家康が今川家の人質になるはずが、船で拉致されて、逆に織田家の人質になってしまった時のことだ。

家康の父、松平広忠《ひろただ》は、織田側から脅された。今川から離れて、織田に味方しなければ、人質の命はないと。広忠には苦渋の選択だったが、結局、幼い家康を見捨てた。どうしても今川から離反することができず、わが子を殺されても仕方ないと判断したのだ。

家康は扇の先を、於義丸に向けた。

「よいか、於義丸。そなたは人質になる限り、殺されることになるかもしれぬ。まして羽柴どのの養子になるのだから、わしには、かばえなくなる」

さらに言葉に力を込めた。

「生き延びられるかどうかは、そなたの運次第だ。だが生き延びた暁《あかつき》には、そなたには、とてつもない力が備わるだろう。わしに命を預けてくれる家来ができたように」

於義丸は衝撃が大きすぎて、何も言えなかった。もし殺されそうになっても、父は見捨てると宣言したのだ。

「ただな、於義丸。命を惜しんで、羽柴どのに、おもねってはならぬ。誇りを忘れるな。そなたは徳川家康の血を受けた子だと、胸を張って生きよ。わしも、そなたが誇りに思える父であり続ける」

家康は扇を持つ手を膝の上に置いた。

「それに、わしは人質に出たことを、けっして悪いことだったとは思うておらぬ。信長どのと出会えたし、今川に移ってからは、学問も兵法も身につけられた」

幼い家康は素直で、織田信長にも今川義元にも気に入られた。特に駿府では、太原雪斎《たいげんせっさい》という禅宗の僧侶の教えを受けた。雪斎は京都で修行をした僧侶であり、今川家の軍師でもあった。

家康は人質の立場ながら、漢学の基礎から兵法、領地の統治方法まで学べたのだ。当時、駿府は都に次ぐ文化都市であり、三河にいたら、雪斎のような一流の師と巡り合うことはなかった。

「わしが、ほかの武将と違うのは、学問や兵法を身につけていることじゃ。わしが戦上手と言われるとしたら、雪斎禅師のおかげじゃ」

家康は扇を帯に戻して、話を締めくくった。

「わしは今川義元どのには恩こそ感じれども、恨みは持ってはおらぬ。羽柴どのが、そなたをどう扱うかはわからぬが、きっと誰かが目をかけてくれよう」

於義丸には何ひとつ返す言葉がなかった。

お万は本多作左衛門から話を聞くなり、取り乱して叫んだ。

「なぜ於義丸が人質に出されるのですッ。人質は定勝《さだかつ》どのではなかったのですかッ」

定勝とは家康の異父弟で、すでに二十五歳になる。家康の母、お大の方は、かつて家康を生んだ後、松平家から離縁され、その後、別の家に再縁して、三人の男児を産んだ。その三男が定勝だった。

お万は、なおも作左衛門に詰め寄った。

「以前にも、お大の方さまのお子が、人質になられたのだから、今度もそれで、よろしいではありませんか」

作左衛門は言いにくそうに応えた。

「だからこそ今度は別の者をと、お大の方さまの、たってのお望みで」

かつて、お大の次男である康俊《やすとし》が、今川氏真の人質になったことがあった。この時、康俊は十二歳だったが、その後、甲斐に移送され、十九歳の冬に逃走を図った。だが裸足同然で雪道を駆け通したために、足の指が凍傷にかかり、すべて落ちてしまった。

「それがために、また子を人質に差し出すのは、どうしても嫌だと、お大の方さまが仰せで」

作左衛門の言葉に、お万はいっそう怒りを募らせた。

「お大の方さまが、お嫌なら、わらわとて嫌です。だいいち於義丸は、この徳川の跡取りになる子でございましょう。それを人質になど」

「だから単なる人質ではなく、ご養子と申しておる。羽柴どのには、お子がないゆえ、徳川のお子を貰い受けたいと」

「ならば、長松丸どのが行けばようございましょう。もう六つなのですから、人質でも養子でも出られましょう」

「いや、これは羽柴どのの望みでもあるのです。於義丸さまが来られると聞いて、羽柴どのは大喜びされているとか」

お万は挑みかかるように聞いた。

「ならば於義丸が先々、羽柴家の跡取りになるとでも？」

作左衛門は困り顔で応えた。

「それは、そのような見込みが、ないわけでは」

「ほら、ないのでありましょう。実の子がなければ、血のつながりのある養子を迎えて、家を継がせるのが、当たり前ではありませぬかッ」

元来、口下手な作左衛門は、やり込められて、不機嫌そうに黙ってしまった。お万は、なおも苛立ちを露《あら》わにした。

「このことは、上さまから直《じか》に、お聞きしとうございます。なぜ於義丸が人質なのか」

かたわらで聞いていた於義丸が、初めて口を開いた。

「母上、おやめください」

自分でも思いがけないほど、きつい口調になった。お万も作左衛門も驚いて目を見張っている。

於義丸は、ひとつ息をついてから言った。

「母上は兄上が仰せになったことを、お忘れになりましたか」

お万の顔がこわばる。於義丸は言葉を続けた。

「けっして出すぎた真似は致すなと、そう仰せだったではありませんか」

自分と築山御前のように、なりたくなければ、家康に逆らってはならないというのが、五年前に切腹した兄の遺言だ。

お万は首を横に振った。だが言葉がない。忘れたわけではないのだ。むしろ信康の遺言は絶対だった。だからこそ今までは、不満があっても耐え忍んできた。母子で、家康にないがしろにされても、文句のひとつも口にしたことはない。

「されど、されど」

お万は於義丸ににじり寄った。

「わが子が人質に出されようというのを、黙って見ている母親が、どこにいましょう」

目に涙が浮かんでいる。だが於義丸は心を鬼にして、突き放すように言った。

「母上は私を、兄上のようにしたいのですか」

いつもは素直な息子の、意外なまでのかたくなさに、お万は驚き、声を上げて泣き伏した。

「嫌です。わらわは嫌じゃ。大事な於義丸が人質など、嫌じゃ、嫌じゃ。そなたは、この家の跡を取る子じゃ」

於義丸としても、母を泣かせるのは忍びない。だが兄の遺言に、背くわけにはいかなかった。

作左衛門が胸をなで下ろした。

「若君は、お年よりも、ずっと大人になられましたな」

しかし、その言葉にも、お万はかみついた。

「何を仰せじゃッ。他人事と思うてッ」

「他人事などとは、思うてはおりませぬ」

「ならば、そなたは自分の子を差し出せるとでも？　仙千代を大坂に送ることなど、できぬでしょう」

作左衛門は落ち着き払って応えた。

「もとより、そのつもりでござる。お仙には、若君のお供をさせまする」

お万が驚いて顔をあげた。

「仙千代を？」

作左衛門が、どれほど仙千代を可愛がっているかは、お万も充分に知っている。作左衛門は、ひと言ずつ言葉をかみしめるようにして言った。

「わが子を差し出すのがつらいのは、お万の方さまだけではござらぬ。わしもつらいし、上さまも身が断られるように、おつらいはずじゃ」

お万は、もはや返す言葉がなく、今度は於義丸をかき口説いた。

「そなたは母と別れて、大坂に行かされるのですよ。それでも、よいと言うのですか」

さすがに於義丸には、そこまでの覚悟はなかった。両親が不仲だけに、母はついてきてくれるものと思い込んでいたのだ。たじろぎつつも作左衛門に聞いた。

「母上も一緒に行くのは、無理か」

作左衛門は困り顔を傾げて応えた。

「もしかして若君の乳母か、身の回りの世話役ということならば。ただ人質は、逃げねばならぬ時もありますゆえ」

家康の異父弟が、足の指が落ちるまで雪道を逃げたように、過酷な状況が待っているかもしれない。そんな時に女がいては、足手まといになりかねないという。

於義丸は母を慰めるように言った。

「とにかく父上に頼んでみる」

だが、お万は力なく首を横に振った。

「そのようなことが、許されるはずがない」

家康の厳しさを、誰よりも心得ていた。

それでも於義丸は父の部屋に駆け込み、両手を前について聞いた。

「ひとつだけ父上に、お聞きしとうございます」

家康は鷹揚に聞き返した。

「なんだ」

「母上は一緒には行かれぬのですか」

「行かれぬ」

答えは明瞭だった。

「そなたは養子に行くのじゃ。これからは羽柴どのが父、羽柴どののご正室が母になる」

於義丸は諦め切れずに、作左衛門が言った通りを口にした。

「私の乳母か、身の回りの世話をするということでも?」

家康は、いっそう厳しい口調で応えた。

「ならぬ」

家康自身、桶狭間の合戦の後、今川家の人質という立場から逃れ、三河に戻った。しかし、その時、妻の築山御前と幼かった信康とが、今川に残され、ふたりを取り戻すのに苦労した。その二の舞を、家康は案じているのだった。

「そなたには仙千代と勝千代《かつちよ》がついていく。辛いことがあっても、三人で力を合わせて、万事、乗り越えていけ」

勝千代とは石川数正の次男だ。数正も息子を差し出すことにしたという。於義丸は必死の思いで聞いた。

「ならば、ならば、母上とは、もう二度と会えなくなるのですか」

家康は首を横に振った。

「そなたが武功を立てて、一家を成すことができれば、お万を迎えられるかもしれぬ」

「武功を立てて？」

「そうじゃ。そなたが羽柴家の跡を継ぐことは、おそらくあるまい。ならば分家してもらうか、また別の家に養子に出るか、さもなくば、もう一度、この家に戻るか。それは、そなたの力と運次第じゃ」

於義丸は複雑な思いを抱いた。作左衛門は、於義丸が羽柴家の跡を継ぐ可能性が、ないわけではないと言った。母の同行も、乳母か侍女扱いならばという話だった。だが家康の考えは、作左衛門ほど甘くはない。厳しい条件を、包み隠さず示す。

於義丸は決意するしかなかった。いつか、必ず一家を成して、母を迎えようと。十二歳になる身に、もはや他力本願な甘えなど許されないのだ。

お万も覚悟を決めたか、不平は口にしなくなった。そして何やかやと、於義丸の旅立ちの世話を焼き始めた。

「羽柴さまに失礼のないように、身なりも調えねばならぬ」

反物を取り寄せ、みずから針を取って、着物を仕立てた。於義丸が出来上がったものに袖を通すと、まぶしそうな目で見つめた。

「りりしいことじゃ。ずっと見ていたくなる」

まもなく母子の縁は切られ、浜松と大坂に離ればなれになる。それが実感として、於義丸の胸に迫る。だが兄の遺言を思い出してこらえた。

「於義丸、何があっても、父上に逆らってはならぬ。武術には励め。強い男になるのじゃ。さすれば父上に可愛がってもらえよう」

逆らったことはない。武芸にも励んだ。だが可愛がってもらえないだけでなく、母と引き離されて家から出される。これほど情けないことはない。それでも泣くわけにはいかなかった。自分が泣けば、なおさら母が悲しむ。

お万は新調した着物や、息子の身の回りの品々を長持に詰め、仙千代や勝千代の持物にまで気を配った。

そんな母を眺めながら、於義丸は思う。自分がいなくなったら、この城で、母は毎日、何をして暮らすのだろうかと。来る日も来る日も、遠くに行ってしまった息子に思いを馳せて、ただ年老いていくのか。

於義丸は言葉に力を込めて約束した。

「母上、私は武功を立てて、一家を成し、必ず母上をお迎えに参ります。だから、それまで」

喉元に込み上げる熱いものを、呑み込んで続けた。

「それまで、お達者で、お暮らしください」

見る間に、お万の目に涙が満ちる。

「於義丸、そなたは優しい子じゃ」

泣き笑いの顔になった。

「でも母のことはよい。一家を成すなどと、考えぬともよいのじゃ」

於義丸は戸惑った。

「でも」

「それよりも母が望むのは、そなたが羽柴どのの跡を継ぐことじゃ。そなたなら気に入られて、それができよう」

秀吉の妻を母と思って、孝行に励めという。

「どうか立派になっておくれ。母の望みは、それだけじゃ。どんなに遠くにいても、そなたが立派になってくれれば、それで満足じゃ。母のことなど気にかけるでない」

お万は於義丸に近づくと、手を伸ばし、細い指先で息子の前髪をかきあげた。

「そなたが前髪を落とす顔くらいは、せめて見たかったけれど」

たったひとりの息子の元服の姿も、見ることはできないのだ。また泣き笑いの顔で言った。

「でも生きていれば、巡り合うこともありましょう。だから、からだに気をつけて」

於義丸はたまらなくなって、母の胸元にしがみついた。

「母上、待っていて。どうか、待っていてください。立派になるから。必ず立派になって、迎えに来るから。だから、だから」

もう涙をこらえることはできず、母の胸に顔を押しつけ、声を殺して泣いた。


出発の日が近づくと、家康の側室たちが、幼い弟たちを連れて、お万と於義丸の部屋に、次々と挨拶に来るようになった。お万は硬い表情で、挨拶を受ける。於義丸は弟たちの誰かが、父の跡を継ぐのだと、改めて寂しさを感じた。

そして明日は出発という夜、お万は本多作左衛門を呼び、於義丸を前にして最後の頼みをした。

「大坂へ向かう途中で、知立に立ち寄ってくだされ。この子を永見の家に、連れていって欲しいのです。そして、あの子に、引き合わせてやってくだされ」

作左衛門は少し戸惑い顔ながらも、うなずいた。お万は於義丸に向き直って言った。

「もうひとつ、そなたに言っておかねばならぬことがある。これは、そなたの父上も、ご存知ないことじゃ」

思いもかけなかった言葉が続いた。

「永見の家に、そなたの弟がいます」

於義丸は思わず聞き返した。

「弟？　私に弟が？」

「そうです。双子の弟です」

なおさら信じがたい話だった。自分に血を分けた弟がいて、まして双子とは。

「いつか打ち明けようと思っていました。母は手紙で、時おり様子を聞いています。少し足が不自由なようだけれど、なんとか元気に育っているそうです」

大坂行きの途中でもあるし、この機に、いちど会ってやって欲しいという。

「この機を逃したら、もう二度と会えぬかもしれぬし」

於義丸にとって、養子話にも劣らぬほどの衝撃だった。

「母上は、その子と、会われたことは？」

お万は、うつむいて首を横に振った。なお驚きだった。同じ母の腹から、同じ時に生まれながら、母の顔も知らぬままに育ったとは。

「神官として育っているゆえ、もう元服して、永見貞愛《さだちか》と名乗っているそうじゃ。そなたとは従兄弟《いとこ》だと聞かされていて、双子の兄弟とは知らぬようじゃが、黙って顔を見てやって欲しい」

出発の朝は、年の瀬の冷たい雨が降りしきっていた。

「風邪を引かぬようにな」

お万は部屋を出る前に、於義丸の前に立ち、衣装の襟元を直しながら、くどくどと念を押した。

「道中、生水は飲んではならぬ。大坂に着いてからもじゃ。土地が変わると、水に慣れぬゆえ、おなかを下す。必ず湯冷ましになさい」

「わかっています、母上」

「それから食べものは、必ず仙千代か勝千代に、毒味をさせるのですよ」

「ご心配いりませぬ」

「羽柴さまと、ご正室には、きちんと、ご挨拶なさい。可愛がっていただけるように」

「ご挨拶の稽古は、何度もしたではありませんか」

するとお万は襟元から手を離し、寂しそうにつぶやいた。

「もう、わらわがしてやれることは、何もないのですね」

於義丸は口を真一文字に結んで、何も応えなかった。ひと言でも口を開くと、涙が溢れ出しそうだった。

家康や側室、幼い弟たちに見守られる中、駕籠《かご》が玄関まで持ち込まれた。於義丸は家康に向かって、深々と頭を下げてから乗り込んだ。

付き従うのは仙千代と勝千代。それに、それぞれの父親、本多作左衛門と石川数正が、大勢の従者たちを引きつれて、大坂城まで随行する。

「於義丸さま、ご出立でございます」

前触れの声が響く。蓑笠で身を包んだ駕籠かきたちが、掛け声とともに、於義丸の乗った駕籠を持ち上げる。

於義丸は駕籠の小さな引き窓を開け、御簾《みす》越しに振り返った。そこには家康を中心にして、大勢が見送りに立っている。お万は、ひとり離れて、心配顔を、こちらに向けていた。

駕籠は揺れながら、人々から遠ざかり、降りしきる雨の中に出ていく。お万がこらえ切れなくなったように、裸足で土間に飛び降りた。

「於義丸ッ」

玄関から飛び出しそうになるのを、侍女たちが慌てて止めた。

「於義丸、おぎまるううう」

哀しげな叫び声が、駕籠にすがりつく。

於義丸は引き窓の枠を握りしめ、涙で霞《かす》む目で、小さくなっていくお万の姿を見つめた。

これから母は、愛されぬ夫の城で、愛する息子が去った城で、たったひとりで暮らしていく。同じ城中では、ほかの側室たちが家康に愛され、家康の子供たちと幸せに暮らしているというのに。そんな母の孤独を、自分は、どうすることもできない。

於義丸は狭い駕籠の中で、わが身のふがいなさに泣いた。


道中、浜名湖東岸の中村源左衛門の屋敷で、最初の休憩を取った。於義丸が物心つくまで育った代官屋敷だ。源左衛門も家族も息災で、於義丸の成長を喜びつつも、養子に出されることを、しきりに残念がった。

「徳川さまの跡取りになられると、楽しみにしておりましたのに」

作左衛門も寂しげに応えた。

「仕方ない。御家のためじゃ。それに、この乱世じゃ。先々どう転がるか、知れたものではない」

それから一行は浜名湖を船で渡り、西岸に上陸。遠江から三河へ入る頃には、冷たい雨は止み、冬空は晴れ渡っていた。

そして兄、信康の城だった岡崎城を経て、さらに西に向かった。今は岡崎城は、本多作左衛門と石川数正が、交代で城代を務めている。

尾張との国境《くにざかい》近くに、知立城はあった。一行が城に入ると、本多作左衛門は於義丸と、わずかな従者を連れて、城下の知立神社に赴いた。神官の永見貞親《さだちか》は、お万の兄であり、於義丸には伯父に当たる。貞親は甥の到着を、笑顔で迎えてくれた。

「於義丸どの、大きくなられましたな」

於義丸には記憶はないが、貞親は於義丸が生まれた時に会ったという。

「お万から事情は聞いています」

貞親は、そう言って、於義丸に二人の少年を引き合わせた。

「これが、わが家の跡取りの貞武《さだたけ》と、弟の貞愛でござる」

於義丸は、貞愛が自分の双子の弟だと、ひと目で確信した。自分にそっくりで、鏡を見るようだった。ただ自分よりも、だいぶ小柄で、そのうえ杖をつき、右足を引きずって歩く。足が不自由だとは聞いていたが、目の当たりにすると衝撃だった。

作左衛門が、仙千代や勝千代を知立城に残して、自分ひとりだけを連れてきてくれたことが、ありがたかった。自分が双子で生まれたことや、足の不自由な弟がいることが恥ずかしく、彼らに知られたくなかったのだ。

そんな思惑とは裏腹に、貞愛は人なつこい笑顔で、於義丸を迎えた。兄の貞武も事情を知らないのか、気軽に乗馬に誘った。

「於義丸さま、一緒に馬で駆けませぬか」

於義丸がうなずくと、神社の下男が三頭の馬を引いてきた。貞愛も乗るらしい。足が悪いのに馬など乗りこなせるのかと不審に思ったが、伯父の貞親が勧めた。

「三人で行って来なされ」

於義丸と貞武は、軽々と馬の背にまたがった。貞愛は下男の手を借りて、ゆっくりと鐙《あぶみ》に足を掛け、鞍に乗った。鼻先から尾まで漆黒で、貞愛の愛馬だという。

「於義丸さま、逢妻川《あいづまがわ》の土手まで行きましょう」

馬に乗った貞愛は、さっきとは別人のように身軽だった。右手で鞭を握り、左手で手綱をさばいて、見事に疾走する。於義丸も馬術は得意のつもりだったが、ついていくのが精いっぱいだった。しんがりを貞武が走る。

土手の坂も一気に駆け上がり、川縁に出て、ようやく貞愛は馬の足を止めた。於義丸と貞武が追いついて並ぶ。寒気の中、三頭とも鼻から白い息を吹き、馬体からも湯気が上がる。

逢妻川は冬枯れの田園の中を、蛇行しながら、ゆったりと流れていた。貞愛は銀色に輝く水面を指さして言った。

「この川は、もう少し下流で、境川とひとつになり、境川は名前の通り、三河と尾張の国境の川です」

境川の東が三河、対岸に当たる西側が尾張になる。

「今年の三月、徳川さまの軍勢が、境川を渡って、尾張に進軍されていきました。その時、私と兄は、父から初めて教えられたのです。私の本当の父は徳川家康さまだと」

於義丸は驚いた。知らされていないとばかり思っていたのだ。馬に乗ったまま、うろたえ気味に聞いた。

「ならば、さぞかし」

「さぞかし？」

「いや、さぞかし、驚いたことだろう」

貞愛は屈託なく応えた。

「驚きました。でも嬉しかった。自分が、あんなに立派な武将の子だとわかって。誇らしい思いで一杯でした」

貞武も馬上で頬を緩めた。

「今回、於義丸さまが大坂に行かれる途中で、わが家に立ち寄っていただけると聞いて、貞愛は大喜びでした」

ずっと楽しみに待っていたのだという。

「私にとって於義丸さまは従兄弟ですが、貞愛にとっては特別な兄上さまですし」

意外なことに、双子だということも、兄弟揃って知っていた。

貞愛はふざけて、貞武に悪態をつく。

「兄者よりも、ずっとご立派な兄上さまじゃ」

「なんだとォ」

貞武も軽口で応じる。仲のよさが推し量られた。それから貞愛は真顔に戻った。

「私は貰い子だということを、幼い頃から知っていました。ただ、どこから貰われて来たかは知りませんでした。だから、こんな血のつながりがあったことが、心から誇らしいのです」

於義丸は意表をつかれた。自分は双子だったことや、こんな弟がいたことを恥じたというのに、当の弟は喜んでくれていたとは。なおも信じがたい思いで聞いた。

「恨みは、せぬのか」

「恨み？　なぜです」

「それは」

於義丸は言い淀みながら続けた。

「生まれた時、私は母のもとに残されて、そなただけが、ここに連れてこられたことを」

「恨みなど」

貞愛は笑顔で首を横に振った。

「私は物心ついた時から、この神社の子でした。父も母も優しいし。兄者だって」

優しいと素直には言い兼ねてか、冗談めかして、わざと渋面《じゅうめん》を作った。貞武も万事、心得て笑っている。貞愛は目を伏せて続けた。

「本当の親を知りたかったのは事実ですが、不満は何もありません」

「でも、そなたと私が逆だったらとは思わぬのか」

「逆だったら困ります。私は武将になれないし。この足で合戦に出たら、すぐに首を取られてしまいます」

ほんのわずかだが眉をくもらせた。

「ただ正直に言えば、武将に憧れることもあります。もともと永見の家は城持ちだったと聞いていますし、もし私の足が、こんなでなかったら、城を取り戻せたかもしれないと夢見ることもあります。だから」

また明るい笑顔に戻った。

「だから、こんな立派な兄上さまがいたことが嬉しいのです。私のできないことを、私の代わりにやってくれる。それも双子の兄上だから、私の分身のような気がします」

於義丸は、自分が大きな考え違いをしていたことに気づいた。

双子の弟がいることを、初めて母から聞いた時に、真っ先に思ったことがある。自分は弟よりも、はるかに幸せなのだと。だから養子に出るくらいは何でもないと、自分自身に言い聞かせて、不満を紛らわした。

だが、そうではない。目の前の弟は充分に幸せなのだ。障害を苦にせず、前向きに生きている。こんな弟を恥じた自分が、むしろ恥ずかしかった。

貞愛が、ためらいがちに聞いた。

「兄上と、お呼びしても、よいですか」

於義丸は自然に笑顔が浮かんだ。

「もちろん」

「ならば、兄上」

貞愛は胸を張って言った。

「大坂に行かれても、どうか立派な武将になってください。大きなお城を持つような大大名に、なってください。どうか、私の分まで」

於義丸の胸に熱いものが込み上げ、深くうなずいた。

「会えて、よかった」

嘘いつわりのない言葉だった。

「私も、兄上さまにお目にかかれて、よかった」

「立派な神官になってくれ」

貞愛は力強く応えた。

「もちろんです」

三人とも笑顔で馬の首をまわし、さっき来た道を、競い合うようにして戻った。

その夜、知立城で、於義丸は仙千代と勝千代に打ち明けた。

「今日、双子の弟と会った。足は悪いが、明るくて、私が誇りにできる弟だった」

ふたりは驚いたものの、真摯《しんし》に受け止めてくれた。於義丸は感じたままを話した。

「その弟の姿を見て決めた。大坂には笑顔で出かけようと」

於義丸は今まで表立っては、不満は口にしなかった。それは亡き兄、信康の遺言だからだ。だが内心は、哀しみや情けなさを抱えていた。自分の本心から、目を背けてきたのだ。

でも避けられない運命ならば、受け入れるべきだと思いを改めた。貞愛が明るく、前向きに生きているように。

「嫌々ながら大坂に行くのではなく、三人で胸を張って出かけよう。さすれば、何か、よきことが待っているかもしれない」

於義丸の決意に、ふたりは深くうなずいた。

第四章　そびえ立つ石垣

大坂城の偉容には、於義丸も仙千代も勝千代も目を見張った。浜松城や岡崎城とは、広さも造りも桁違いの城だった。

丘の斜面が削られて、段丘状に石垣が築かれ、その頂上に天を突くかのように、天守閣がそびえている。五重の屋根すべてが銅板葺きで、緑青《ろくしょう》の色が美しい。外壁は黒漆喰塗りで、上層階には、虎や鶴をかたどった巨大な金の浮き彫りが飾られていた。

近づくと石垣には、どうやって運んだかと思うような大きさの石が並んでおり、とてつもない石壁がそそり立っている。

石川数正は秀吉との連絡役として、何度も訪れているが、本多作左衛門は初めてだという。作左衛門は秀吉を毛嫌いしており、不機嫌そうに言い放つ。

「このような仰々しい城は無用の長物。ただの、こけおどしじゃッ」

西南に位置する大手門は、守りの堅い枡形門《ますがたもん》だった。四方に高々と石垣が積まれ、外門と内門が直角に配置されている。地面が枡の底のような形であることから、枡形門という。もし敵が外門から侵入すれば、石垣の上から弓矢や鉄砲で狙い撃ちする仕掛けだった。

そんな大手門から入り、さらに南向きの桜門から城内に入ると、いきなり正面に、とてつもない巨石が据えられており、訪れる者の度肝を抜く。

さらに城内の通路は迷路のようにめぐらされており、本丸御殿も天守閣同様、屋根は銅板葺き、建物の外壁は黒の総漆《そううるし》塗《ぬ》りだった。

本丸御殿の内装は、花鳥風月を描いた板戸や襖絵が並び、天井にまで華麗な絵画が施されていた。

於義丸が広間に案内されると、そんな派手な意匠よりも、さらに面食らうことが待っていた。部屋に入ると同時に、上座から男が飛び跳ねるように駆け寄って、いきなり手を取られたのだ。

「そなたが於義丸か。よう来た、よう来た。顔も男前じゃのお」

かたわらから石川数正が教えてくれた。

「羽柴さまですぞ」

於義丸は驚くばかりだった。羽柴秀吉というのは、父と互角に戦ったと聞いていたことから、大柄で屈強な体格で、威厳に満ちた武将とばかり思っていた。

しかし目の前の男は、予想をくつがえし、痩せて小柄。色黒で、突き出した頰骨と、とがった顎が目立つ。ぎょろ目を細め、顔中しわだらけにし、黄色い歯を見せて笑っている。

そして勝千代に向かって言った。

「こっちが数正の子か。さすがに賢そうじゃのォ」

秀吉は数正を気に入っているらしく、その子も誉めちぎった。仙千代にも笑顔を向ける。

「その方も、よう来てくれたな。心から於義丸に仕えてくれよ」

於義丸が改めて、その場に座って挨拶しようとすると、秀吉は目の前で手を横に振った。

「よいよい、堅苦しい挨拶は。それより、皆に引き合わせよう」

そして上座まで手を引いていき、妻のお寧《ね》を紹介した。お寧は穏やかそうな風貌で、微笑みを浮かべて座っていた。

於義丸は今度は正座し、両手を前について、きちんと挨拶した。

「於義丸でございます。よろしくお願い致します」

お寧は満足そうに応えた。

「よう来てくれました」

それから秀吉は、養子たちに引き合わした。

「これが秀次《ひでつぐ》じゃ。これからは、そなたの兄になる。年が明ければ十八じゃ。もう何度も合戦に出ている」

秀吉の甥に当たるというが、似ているのは突き出した頬骨と色黒なところだけだった。細い吊り目で、顔の幅は広い。

「於義丸です。よろしくお願い致します」

お寧に対してと同じように挨拶したが、秀次は顎を上げ、薄い唇を斜めにして言った。

「俺が秀次だ。父上の名前から、秀の文字をもらった名だ。秀吉に次ぐ者という意味じゃ」

羽柴家の跡継ぎであると、みずから強調した。それから鼻先で、せせら笑うようにして言った。

「まあ、せいぜい、よろしくな」

次に秀次の弟の番だった。

「こっちが秀勝《ひでかつ》じゃ。初陣はまだじゃが、向こう気の強いやつだで、いずれは城のひとつも、持たせようと思うておる」

秀勝は秀次よりも一、二歳下で、こちらはぎょろりとした目が、秀吉に似ていた。しかし於義丸の挨拶に対して、やはり鼻先で笑うだけで、何の言葉も返さない。さすがに於義丸は内心、むっとしたが、顔には出さずにこらえた。

秀吉は紹介するだけで、彼らの反応など気にも留めず、みずから先に立ち、さっそく城内を案内し始めた。驚くほどの身軽さで、天守閣の階段を昇る。

五階に呆気にとられるものがあった。壁も柱も天井も総金箔貼りの茶室だ。三畳ほどの広さで、目もくらまんばかりの輝きだった。

「どうじゃ。豪勢であろう」

秀吉は胸を張った。

「ここに、於義丸の父上を呼んで、わしが茶を点《た》ててしんぜよう」

さらに最上階の六階にまで昇ると、四方の引き戸が開け放たれ、回廊がめぐらされていた。

回廊に出ると、どこまでも絶景が広がっている。於義丸にとっては純金の茶室よりも、はるかに心沸き立つ光景だった。特に北側は素晴らしく、何本もの川が合流し、さらに大河になって、西に向かって流れていくのが望める。

秀吉は回廊の真下を示した。はるか下に、水をたたえた内堀と外堀の水面が見える。

「この城は堀が自慢じゃ。堀から船に乗れば川に出て、海に続き、誰にも邪魔されずに、九州や四国に行かれる。果ては外国にまで行くこともできるのじゃ。どうじゃ、すごいであろう」

海路で限りなく援軍を呼び込めるし、物資も補給できる。そのために、けっして落ちない城だという。

「日本一の城じゃ。この眺めを、そなたの父上にも見せてやりたい。いちど徳川どのには、そなたに会いに来てもらわねばな」

於義丸は気づいた。秀吉は何としても家康を、この城に呼び寄せたいのだと。家康が挨拶に出向くということは、秀吉への臣従を意味する。

かつて織田信雄《のぶかつ》が、それを嫌がって、家康に援軍を求め、小牧長久手での長期戦に至った。しかし信雄は秀吉と和議を結び、以降、反旗を翻さないことを誓った。つまり臣従したも同然だった。その矛先が今度は、家康にまわって来たのだ。

於義丸は痛感した。自分は秀吉にとって、父を釣るための餌なのだと。秀吉が上機嫌なのは、餌が手に入ったからなのだ。だが、けっして父は、そんな餌に釣られない。自分に会いになど来るはずがない。

それに秀次と秀勝の兄弟の対応も不愉快だった。歓迎してもらえないのは仕方ないとしても、あまりにあからさまな邪魔者扱いだ。知立神社で貞愛に会ったことで、前向きになろうと決意したが、自分の立場を目の当たりにすると、大きく心が揺れた。

秀吉は天守閣と本丸を、ひと通り案内し終えると、外に出て、ふたたび軽い足取りで、北側の石段を降りた。於義丸は仙千代、勝千代、それに本多作左衛門と石川数正の五人で、後をついて歩いた。秀吉は石段の下を指した。

「こっちが山里曲輪《やまざとくるわ》じゃ。わざと山里のように仕立ててあるのじゃ」

天守閣の敷地は高台にあり、北側の内堀とは、かなりの高低差がある。石段の中間の、広い踊り場のような一角が山里曲輪だった。雑木林の中に、農家のような茅葺き屋根の家が、一軒だけ建っている。豪華絢爛な城内で、そこだけが異質な空間だった。

「わしは百姓の出だでな。母親が御殿暮らしは窮屈じゃと申して、わざわざ、こんな田舎家を建てたんじゃ」

そこは秀吉の母、お仲《なか》の隠居所だった。

「年寄りにゃ本丸まで行くのも難儀なことだで、会う時にゃ、こうしてわしが出向く。これから於義丸にとっても、婆さまになるのじゃから、ちょっと挨拶しておけ」

まるで秀吉は、そこが生まれ育った家であるかのように、気軽に引き戸を開けて、大声をかけた。

「おかあ、新しい孫が来たでよ」

ずかずかと土間に入る。一同は顔を見合わせながら続いた。

お仲は、いかにも田舎の老婆といった様子だった。顔には深いしわが刻まれ、腰が曲がっている。それが秀吉と同じ笑顔を浮かべて近づき、しわだらけの手で、於義丸の手を取った。

「於義丸かや。よう、いりゃあした。わしゃ子供好きだで、新しい孫がいりゃあすと聞いて、楽しみにしとったがや」

歯のない口で、わかりにくい尾張弁をしゃべる。遠江や三河の言葉とは、かなり違った。

「とにかく上がってちょうよ」

一同は土間で草履を脱ぎ、板敷きの間に上がった。外観とは不釣り合いなほど、柱や梁《はり》が立派で、相応に金のかかった建物らしい。

「今日は天気がええで、障子を開けてちょう。よう日も当たっとるし」

ひとりだけ侍女がついており、命じられた通りに障子を開ける。

縁側の向こうは中庭ではなく、冬枯れの田んぼだった。わずか二枚ほどの小さな田だが、お仲自身が、自分の食べる米を作るという。

高台の山里曲輪に、どうやって水を引くのか、於義丸は不思議だったが、秀吉が母のために、大金をかけて工夫したのだという。

「婆さまのこさえる米は、どえりゃあ、うみゃあでよ」

秀吉が尾張弁で誉めると、お仲は相好を崩した。

それから、お仲が漬けたという沢庵《たくあん》と、白湯《さゆ》が出た。とてつもなく塩からい沢庵だった。お仲が白湯のお代わりを、何度も勧めながら言う。

「おみゃあさんは御殿育ちだで、こんな田舎家はとろくせえかもしれんが、たまにゃあ遊びにいりゃあせ」

於義丸は素直に応じた。

「私は、城から離れた代官屋敷で生まれ育ったので、こんな家は懐かしい気がします」

浜名湖畔の中村源左衛門の屋敷が、こんな感じだった。お仲は嬉しそうに目を細めた。

「そうかね。そしたら、また来てちょう。いつでも婆は、ここで待っとるでよ」

於義丸がうなずくと、お仲はいっそう嬉しそうに笑った。

「おみゃあさんは徳川さんと、この家を結びつける子だで、あんばようして、ちょうだいや」

於義丸と仙千代たちの部屋は、西の丸に用意されていた。西の丸は、本丸から内堀を隔てた外側だ。案内されるなり、本多作左衛門が不満を露わにした。

「養子にもらっておいて、西の丸に追いやるとは、どういう了見《りょうけん》じゃッ」

「作左衛門」

於義丸がたしなめた。

しかし西の丸側から見ると、本丸側の石垣は、見上げるような高さで、さらに、その上に天守閣がそびえている。秀吉自身のみならず、秀次と秀勝の兄弟も本丸住まいだ。

西の丸に住まわせるというのは、明らかに養子としての格差をつけられていた。於義丸は立ちはだかる石垣に、自分が歓迎されていないという事実を、改めて自覚せざるを得なかった。

いよいよ数正と作左衛門が従者たちを連れて、浜松に引き上げるという朝、於義丸は言った。

「浜松に帰ったら、父上に伝えて欲しい」

ふたりは並んで正座して聞いた。

「なんなりと承りましょう」

於義丸は少しためらったものの、意を決して口を開いた。

「父上には、この城に来ぬように申し伝えよ」

数正も作左衛門も驚き、そして、たがいに顔を見合わせた。すでに秀吉からふたりには、家康への伝言が命じられている。ぜひとも於義丸に会いに、大坂城に来るようにと。

於義丸には、父が何と応えるか、予想できる。もう養子にやった子供になど、会いに行く筋合いはないと、きっと、そう言うに違いなかった。

父が来なければ、自分はこの城で、いよいよ用なしとなり、殺されるかもしれない。だから本心は来て欲しい。でも来ないことは、嫌というほどわかっている。ならば、あえて自分から言っておきたかった。来なくていいと。

それは於義丸の自尊心だった。待っているのに、父から見捨てられるのではなく、自分は待っていないと、あらかじめ宣言したかった。

ただ自分から申し出ることで、もしかしたら父が来てくれるかもしれないという、わずかな望みも断ち切ることになる。それで、いいのかという思いもあった。だが、いったん口に出してみると、それで吹っ切れた。

石川数正が聞き返した。

「本当に上さまに、そのように申し上げて、よろしいのですか」

於義丸は迷いなく応えた。

「よい」

数正は端整な眉をひそめ、小さな溜息をついてから、作左衛門に向かって言った。

「やはり、ここには、長松丸さまに来ていただくべきであったか。於義丸さまは何もかも、お見通しじゃ」

作左衛門も眉間にしわを寄せて、うなずいた。

「たしかに、このお役目は長松丸さまに、お願いすべきじゃった」

幼い長松丸の方ならば、何もわからないだけ、まだ不憫ではないというのだ。於義丸は、あえて胸を反らして言った。

「今さら、そのようなことを言っても仕方ない。とにかく父上に伝えよ。来てくれるなと」

ふたりは恐縮し、並んで平伏した。そして浜松からついてきた従者たちとともに、帰路の準備にかかった。

気がつけば、外には雪がちらつき始めていた。大人たちが笠をかぶり、草鞋《わらじ》で足元を固めると、少年三人だけで残されるのだという実感が、改めて於義丸の胸に迫った。

仙千代が下がり眉を余計に下げ、おろおろと作左衛門に声をかけた。

「父上」

仙千代は親と離れて暮らすのは生まれて初めてだ。しかし作左衛門は厳しい表情でたしなめた。

「お仙、しっかりせえ。おまえが若君を、お守りするのだぞ。若君が、お生まれになった時から、父がお世話させていただいたのじゃ。父子二代のご奉公ぞ」

だが仙千代は、ぼろぼろと涙をこぼす。

「でも、でも」

息子の泣き顔の前で、一瞬、強面の作左衛門の口も、への字に曲がった。

於義丸には心底うらやましかった。仙千代には、別れに際して、哀しんでくれる父親がいるのだ。わが身と比べると、なおさら情けなかった。ただ、かたわらで泣かれるのは、自分まで泣き出しそうで嫌だった。

「仙千代、泣くなッ」

思わず不機嫌な声になった。

勝千代は石川家の次男だけに、数正は冷静に見えた。もはや息子には何も声をかけず、たがいに黙っている。ただ勝千代の拳が小刻みにふるえていた。

数正と作左衛門は、於義丸に暇乞《いとまご》いをし、大手門に向かって歩き出そうとした。その時、勝千代がこらえ切れなくなったように声をかけた。

「父上、どうか、母上に」

数正は足を止めて振り返った。

「よく言っておく。勝千代は立派に父を見送って、若君のお側に仕えていると」

勝千代の拳が、いっそうふるえた。だが泣き顔は見せなかった。

それから三人は見送りのために、大手門まで出た。すると門前には、降りしきる雪の中、秀吉が小姓や側近たちに囲まれて待ちかまえていた。

すでに出発の挨拶は、すませていたにもかかわらず、数正に向かって、くどいほど念を押す。

「どうか、徳川どのに、くれぐれも、よろしゅうな。必ず来てくれと」

数正は秀吉に向かって頭を下げ、一瞬、於義丸に目を向けた。於義丸も小さくうなずき返す。

家康が来ないことは、たがいに承知している。その結果、於義丸と勝千代たちの命が、危うくなることも覚悟しているのだ。

大手門前の下馬場に、馬が引かれてくる。数正も作左衛門も硬い表情で、秀吉と於義丸に一礼してから、馬にまたがった。徒《かち》の従者たちが前後を囲み、先触れの声が下馬場に響く。

「石川数正どの、本多作左衛門どの、ご出立でございます。ご開門ッ」

鉄鋲を打った重厚な門扉が、音を立てて、左右に大きく開かれる。かたわらには黒漆喰造りの櫓《やぐら》がそびえている。

一行は、内門をくぐって枡形の中を通り、さらに外に出た。目の前の堀に架かった橋は、雪が降り積もって真っ白だった。於義丸たちは、秀吉とともに橋の手前まで出て、最後の見送りをした。

もう作左衛門も数正も振り返らない。激しさを増す風雪の中、粛々《しゅくしゅく》と進み、橋の上に人馬の足跡が残されていく。彼らの背中が遠のいて、雪の彼方にかすんでいく。

仙千代がすすり泣くかたわらで、於義丸は、かすかにつながっていた徳川家との縁が、完全に切れるのを感じていた。

その夜から三人は枕を並べて寝た。広すぎて、妙に寒々しい西の丸の奥座敷で、於義丸が真ん中に寝て、仙千代と勝千代が、それぞれ両側に床を敷いた。万が一、襲われた時の用心に、そうしろと作左衛門から命じられたのだ。

夜半過ぎ、於義丸は寒さで目を覚ました。見まわすと、雨戸が少し開いて、冷たい風が吹き込んでいた。すっかり雪はあがり、わずかな月明かりが差し込んでいる。

誰が開けたのかと不審に思い、周囲を見まわすと、隣に寝ているはずの勝千代がいなかった。厠《かわや》にでも行ったのかとも思ったが、なかなか帰ってこない。

於義丸は心配になって起き上がり、そっと雨戸に近づいた。すると、かすかに、しゃくりを上げる声が外から聞こえる。顔を出してみると、縁側に、勝千代が膝を抱えて座っていた。顔を膝に載せ、肩をふるわせて泣いている。

「勝千代」

声をかけると、勝千代は慌てた様子で、手の平で頬をぬぐった。

「こんなところで、寒いだろう」

「いえ」

ふたたび手で顔をぬぐう。寝床で泣けば、於義丸に気づかれる。それを恐れて、縁側に出ていたらしい。

於義丸は、かたわらにしゃがんだ。

「すまぬな」

自分についてこなければ、こんな思いをせずにすんだのに。そう思うと、自然に詫びの言葉が出た。だが勝千代は激しく首を横に振った。

「いいえ。若君が謝られることでは」

もういちど涙をぬぐって言った。

「情けないことに、母のことを思い出してしまって」

言葉尻が潤んでいる。父親との別れ際には気丈にしていたが、夜になると母親を思って、泣いていたらしい。

於義丸も、お万を思い出した。今頃、浜松城で、ひとりきりで床についているのだろうか。

浜松を出て以来、母のことは考えないようにしてきた。でも、いったん思い出してしまうと、とめどなく寂しさや情けなさが込み上げる。

もし、このまま殺されるようなことになったら、母は、どれほど嘆くだろうか。死の恐怖よりも、母の嘆きを思うと、耐えられない気がした。

ずっとこらえていたものが、大粒の涙になって、於義丸の目から、こぼれ落ちる。しゃがんだ膝に顔を押しつけて泣いた。

「若君」

勝千代が気づいて、何度も謝った。

「申し訳ありません。申し訳ありません」

於義丸は顔を伏せたままで、つぶやいた。

「そなたが、謝ることなど」

「いえ、私が情けない姿を見せたから」

於義丸は涙を拭き、照れ隠しに、部屋の中を振り返って言った。

「仙千代は気楽なやつだな。昼間は、あんなに泣いていたくせに、すっかり寝入りやがって」

勝千代が泣き笑いの顔を見せた。でも、すぐに泣き顔に戻る。もう、ふたりとも涙は止まらなかった。

その時、背後に人の気配がした。ふたり同時に振り返ると、仙千代が立っていた。すでに半泣きになっている。

「なぜ、ふたりして泣いておいでじゃ。なぜ、わしを起こしてくれぬ。わしだけ仲間外れにして」

於義丸は慌てて涙をふいた。

「仲間はずれになど、しておらぬ。ただ、おまえが、よく寝ていたから」

すると仙千代は、於義丸と勝千代の間に座り込み、ふたりの袖をつかんだ。

「わしら三人は、いつも一緒ではなかったのか」

ふたりの顔を交互に見て泣きじゃくる。

「死ぬ時だって一緒じゃ。泣く時だって一緒じゃ。そうではないのかッ」

勝千代が涙を拭って、うなずいた。

「そうだ。死ぬ時は一緒じゃ」

仙千代は勝千代の肩を強く揺すった。

「死ぬ時だけではない。泣く時も一緒だろう」

勝千代はうつむいて、何度もうなずく。すると仙千代は、今度は於義丸の袖をつかんだ。

「若君は、どうじゃ。死ぬ時も、泣く時も、三人で一緒ではないのか」

於義丸の目に、ふたたび涙が込み上げる。ふと父の言葉を思い出した。

「辛いことがあっても、三人で力を合わせて、万事、乗り越えていけ」

その意味が初めて理解できた。於義丸は仙千代の手をつかんだ。

「わかった。三人一緒だ。泣く時も、死ぬ時も」

少年たちは肩を寄せ合って泣いた。

凍てつくような月明かりの下、不思議に寒さは感じなかった。むしろ一緒に泣ける仲間がいたことが、何より温かい救いだった。

年が改まり、天正十三年の春、於義丸の元服式が執り行われた。秀吉は近衛前久《このえさきひさ》という公家に、烏帽子親《えぼしおや》を頼んだ。

「なにせ於義丸は徳川どのの子で、わしが貰うたのじゃ。並の烏帽子親ではならぬ」

近衛家は京都の公家の中でも、五摂家《せっけ》という最上級の家系のひとつだ。前久自身は五十がらみで、かつては関白を務めたこともあるという。生前の織田信長には敵対したり、近づいたりしながら、公家にしては珍しく政治的な力を持った。

家康が松平から徳川に改姓する際にも、近衛前久が朝廷への仲立ちを務めたことがある。

しかし信長が本能寺の変で倒れると、前久は明智光秀に味方したと誤解され、秀吉から詰問を受けた。この時、身の危険を感じて都から逃れ、家康を頼って、しばらく浜松城に身を寄せた。そのために於義丸とも面識があった。

その後、小牧長久手の戦いで、家康と秀吉が対立すると、今度は浜松を逃れ、奈良に潜伏した。そして両者が手を結ぶのを見極めてから、ようやく京都に返り咲いたのだ。

確かに於義丸の烏帽子親としては、最適な人物だった。前久は於義丸の名前を、秀康《ひでやす》と決めた。

「羽柴秀康。よい名じゃ」

当然ながら秀吉の秀と、家康の康の文字を併せた命名だった。於義丸は新しい名前に戸惑いながらも、大人の階段を一歩、昇った実感で、さすがに嬉しかった。

前髪を剃り落とした見慣れぬ顔に、仙千代と勝千代が噴き出した。ふたりの元服の時期は、秀吉が決めた。

「いずれ家康どのが大坂に来る時にいたそう。ふたりの父も呼んで、可愛い息子たちの晴れ姿を、見てもらわねばならぬ」

なんとしても家康に来させるつもりなのだ。

後日、秀吉は、しわだらけの顔に、いっそうしわをよせ、満面の笑顔で言った。

「秀康、近衛さまには、思い切ってお礼を差し上げた。近衛さまご自身も、目を丸くしておいでじゃった」

とてつもない礼金を積んだというのだ。それから秀康は、秀吉の策略家としての力を、見せつけられることになった。

七月になると、秀吉は自身が近衛家の養子に入り、関白の地位を得た。これがもともとの目的で、秀康の元服を口実に、近衛前久に近づいたのだった。そして豊臣《とよとみ》という公家風の姓を、朝廷から賜った。

秀吉は百姓の出で、武家の最高位である征夷大将軍にはなれない。そのために公家の最高位を金で買って、天下人の地位に躍り出たのだ。

公家の方が格式は高いものの、武家社会ほどかたくなではなく、むしろ融通がきいた。

さらに秋になると、秀吉は養子の秀次に、近江八幡《おうみはちまん》の城と四十三万石もの領地を与えた。秀次は大坂城を出るにあたって、薄いくちびるを斜めにして毒づいた。

「秀康、そなた、たいそうな名前をつけてもらったようだが、父上の跡継ぎになれるなどとは、ゆめゆめ思うなよ。そなたは餌じゃ。徳川どのを呼び寄せるためのな」

秀康は言い返せず、黙ってくちびるをかんだ。

その後、秀吉は、ふたたび浜松から石川数正を呼び寄せ、秀康も同席させた上で言った。

「この秀康を関白家の跡継ぎにしようと思う。そのためには、まず徳川どのに、この城に来てもらわねばならぬ」

家康の子を、秀吉の跡継ぎにするということは、考えようによっては、実質的な家康の勝利となる。家康の血統が広がることで、力の及ぶ範囲も広がるのだ。秀吉はそこまで譲ってまで、家康を挨拶に来させたがっていた。

しかし秀康は秀次に言われるまでもなく、自分が秀吉の跡継ぎになるなど、ありえないと思っている。だいいち、そんな甘言に乗せられるような父ではない。

秀吉は表情を改め、厳しい口調で言った。

「もし徳川どのが来ないとなれば、秀康の命はないと思え。むろん、そなたの息子、勝千代の命もだ」

秀康も数正も、それは覚悟していたことであり、眉ひとつ動かさなかった。

数正が浜松に帰る際、馬に乗る直前に、秀吉が手綱をつかんで言った。

「もしも徳川どのが、あまりに物わかりの悪い主君であれば、そなた、見限ってはどうじゃ。石川数正ほどの者であれば、わしは喜んで迎えるぞ」

数正は即座に応えた。

「それは、ありえませぬ。三河武士の主従の絆は、関白さまがお考えになるよりも、ずっと固《かと》うございます」

秀康は、父に忠義立てする数正の態度が嬉しくて、あえて秀吉の前で言った。

「浜松の父も、このような忠義者の家来がいて、何より誉れでありましょう」

その時、数正の目が、ほんのわずか潤んだ。そして深々と頭を下げると、馬にまたがり、従者たちとともに大手門を出ていった。

第五章　苦悩の出奔

石川数正は馬を駆って、浜松城に戻り着くなり、全力で家康の説得にかかった。

「どうか、大坂城にお出ましください。羽柴どのが一大名ではなく、豊臣秀吉と名乗って、関白の座についた限り、もう天下の流れは決まりました」

織田信長がめざした天下統一は、豊臣秀吉の手によって成し遂げられる。その流れは、誰にも堰《せ》き止められない。だが家康は首を縦にふらない。数正は畳み込むように聞いた。

「では於義丸さま、いえ秀康さまが殺されます。さすれば、それを口実に、もう一度、兵を起こされますか」

秀吉は小牧長久手の戦いでも、倒せなかった相手だ。家康が再度、合戦を挑むはずがない。それがわかっていながら、数正は言った。

「せっかく大事な若君を、養子に出されたのに、それを殺されたとなれば、羽柴どのを叩くには、よい口実になりましょう」

精一杯の皮肉だった。

「でも上さまも充分に、おわかりでしょう。羽柴どのは仕向けているのです。秀康さまを殺して、上さまに兵を起こさせようと。その時こそ、羽柴どのは徳川家を、とことん叩くでしょう。そして徳川家は滅ぶ。今川や武田が滅んだように。そういう筋書きです」

家康は観念したように目を閉じて応えた。

「合戦は、せぬ」

数正は膝を乗り出した。

「ならば、大坂に出向くしかありません」

それでも家康は黙り込んだまま、承諾しない。

「上さま、これで天下が治まり、合戦がなくなるのです。不本意ではございましょうが、どうか耐えられますように」

数正は家康の秘めた野心に気づいている。それは、かつて松平から徳川に改姓した時に、すでに明らかだった。

あの時、家康は近衛前久に大金を積み、自分の血統が折り目正しいものであるとして、お墨付きを貰った。その時の近衛家との交渉でも、数正が奔走した。だから心得ている。

家康には、いつかは自分が征夷大将軍になり、幕府を開こうという思惑があるのだ。朝廷から将軍宣下を受けるには、血筋が問われる。だからこそ近衛前久に、おぼろげな松平家の先祖の権威づけを頼んだのだ。

数正は声をひそめた。

「しかし幕府を開くには、目の前の敵を倒さねばならず、合戦が嫌だでは、すみませぬ」

合戦をするつもりがなければ、今は秀吉に従うしかない。

「関白どのは上さまより、お年上ですので、いつかは先に逝かれましょう。今は臣従しておき、関白どのが亡くなられてから、いかようにもなされば、よろしいではありませんか」

「いや、年は五つしか変わらぬ。その程度の差では、どちらが先に死ぬかは定かではない」

数正は後ろ向きの応えに苛立った。

「しかし上さまは安土城には、ご挨拶に行かれたではございませぬか」

家康は武田家を滅亡させた後、信長から駿河《するが》一国を与えられた。その返礼の挨拶として、天正十年（一五八二）の五月十五日、安土城を訪れた。

それまでは数正の奔走もあって、織田家と徳川家は、同盟関係という対等な立場を、かろうじて保っていた。しかし、とうとう家康は信長に臣従したのだ。

ただ、その翌月には本能寺の変が起きた。だから家康が織田家の家臣だったのは、ほんの半月あまりにすぎない。それでも他家に屈したのは事実だった。

数正は、なおも問いただした。

「織田さまの安土城には行かれたのに、何故に大坂城には行かれませぬ」

家康は不機嫌そうに応えた。

「信長どのとは、子供の頃からの仲じゃ」

「いえ、それだけではないはずです。織田さまには逆らえぬと思うたから、あれほど言いなりになられたのでしょう。信康さままで切腹させて」

数正は信康の切腹には、今も我慢がならない。

信康の命は、桶狭間の合戦の後、数正が懸命に策を講じて助けたものだ。それが愚かに育ってしまったのならともかく、側近く仕えていた数正が見る限り、徳川家の立派な跡継ぎだったのだ。なのに信長の命令だからといって、切腹させてしまった。今も、それが口惜しくてたまらない。そして、またも家康は、わが子を見殺しにしようとしている。それも、あれほど賢い秀康を。

数正には今回、別れ際に、秀康が口にした言葉が、強く胸に残っている。

「浜松の父も、このような忠義者の家来がいて、何より誉れでありましょう」

自分が殺されるかもしれない立場なのに。わずか十二歳の子供なのに。

あの言葉を聞いた後、数正は泣いた。泣きながら馬を進ませた。そして決意したのだ。どうあっても家康を説得し、大坂城に赴かせると。信康の二の舞をさせてなるかと。

数正は両手を前について頼んだ。

「上さま、どうか秀康さまのために、なんとしても大坂城に、お出かけください」

しかし家康は、かたくなに首を横に振る。数正は精一杯、怒りを抑えて聞いた。

「なぜに織田さまの安土城なら行かれたのに、大坂城には赴かれぬのです」

「さっきも言うた。信長どのとは子供の頃からの仲じゃ」

数正は鼻先で笑った。

「そうでしょうか」

そして冷たく言い放った。

「上さまは、軽んじておいでなのでは、ありませぬか。あのような猿に、あのような足軽あがりに、頭など下げられるかと」

もう怒りを抑えることができなかった。

「上さまは、もったいをつけておいでです。ご自分を高く売るために、お子さまを見殺しになさろうとしているッ」

家康も声を荒立てた。

「わしには大勢の家臣がいる。高く評価させるのは、当たり前のことじゃ」

「ならば高く評価してもらえれば、挨拶に行かれるということですか」

またもや家康は黙り込み、数正は、なおもかき口説いた。

「いつかは挨拶に行かねばならぬと、覚悟されておいでなら、どうか今こそ、お出かけくだされ」

「子供への未練に引きずられるのは、不本意じゃ」

「なぜに、そこまで、わが子への思いを抑えられるのです」

「わし自身、昔、父に見捨てられた。その時は恨みもしたが、長じてわかった。父の判断は正しかったと。家中を救うためには、わが子ひとりくらい見捨てられなくては、大名は務まらぬ。それが大名というものじゃ」

「それは違います。大名が子をないがしろにするものなら、人質というものが意味をなしませぬ」

大名にも肉親の情があるからこそ、人質を交換することで、たがいに安心感を得るのだ。

「織田さまですら、ご長女の徳姫さまを案じておいででした。だからこそ信康さまを、あれほど憎んで、切腹をお命じになったのでしょう」

すると家康は、数正を見据えて言った。

「そなたは子の命が惜しいか。ならば勝千代を、なぜ於義丸につけて行かせた？　人質は命がないものと、最初から覚悟していたのではないのか」

数正は落ち着きを取り戻して応えた。

「私の子なら死んでも致し方ありませぬ。覚悟はできております。でも作左衛門の子は、どうすればよいのですかッ」

また声が高まる。

「仙千代は作左衛門が、あれほど大事にしてきた、たったひとりの子なのですぞッ」

今度は家康が、妙に落ち着き払って応えた。

「ならば、すり替えればよい」

「すり替える？　身代わりになる子供など、どこにおりましょう」

「作左には甥がいる。仙千代と同じ年頃の」

数正は耳を疑った。死ぬのがわかっていて、身代わりに出すなど、これ以上、残酷なことはない。思わず声が怒りでふるえた。

「子供とはいえ、上さまは人の命を、どこまで軽んじるのです」

この時、秀吉の言葉が心をよぎった。

「もしも徳川どのが、あまりに物わかりの悪い主君であれば、そなた、見限ってはどうじゃ。石川数正ほどの者であれば、わしは喜んで迎えるぞ」

秀吉は子がないだけに、甥たちですら大事にする。実の父子関係よりも濃密だ。それに比べて家康は、冷酷すぎる気がした。

家康は話を終えようとした。

「とにかく、そなたは大坂に戻って伝えよ。わしは行かぬと。そなたが勝千代を取り戻したければ、そうすればよい。死ぬのは於義丸だけでよい。それなら文句はあるまい」

その言葉は、数正の怒りの火に油を注いだ。

「私は、わが子の命が惜しいのではないと、たった今、申し上げました。惜しいのは於義丸さま、秀康さまのお命です。秀康さまは、この先、関白家の跡を継いだとしても、逆に、この徳川家に戻られたとしても、立派に家臣を従え、立派に世を治めていかれる方です」

「そなたが子の命を惜しまぬように、わしも子の命など惜しまぬ」

「いいえ、これだけの家を継がれる方です。度量のある子でなければなりませぬ。いくら上さまのお子さまでも、長松丸さまや福松丸さまが、秀康さまと同じように育つとは限らぬのですぞッ」

さらに言葉に皮肉を込めた。

「結局、上さまは、力のあるお子さまは、要らぬのでございましょう。ご自身をないがしろにされそうで。だから信康さまも切腹させた。でも、それでは徳川の家は続きませぬ」

「そなたと言い合いを続けるつもりはない。そなたは弁が立つゆえ。だからこそ重んじている」

家康は吐き捨てるように言った。

「とにかく大坂に戻って、あの猿に伝えよ。家康は挨拶になど行かぬと。すでに養子に出した子に、会いに行く必要などない。それだけじゃッ」

数正は言いようのない落胆を感じた。

その夜、石川数正は作左衛門の屋敷を訪れた。そして洗いざらい事情を語った。作左衛門は妻を呼んで言った。

「そなた、今の話を聞いたか」

大事なわが子に関わる話だけに、お濃も引き戸の陰で聞き耳を立てており、目を赤くしながらも気丈に応えた。

「仙千代の命は、上さまにお預けしたつもりです。覚悟は、できております」

数正は信じがたい思いで聞いた。

「本当に夫婦とも、それで、よいのか」

作左衛門も眉にしわを寄せながらも、黙ってうなずいた。

夜更けまで話し込んでいるうちに、屋敷を訪ねてきた者がいた。それは作左衛門の兄、本多重《しげ》富《とみ》だった。重富は、作左衛門と数正の間を割るようにして座った。

「今日の上さまと石川どののやり合いが、家中の噂になっている」

数正は身を硬くした。大声で言い争ったために、話が外にまで筒抜けだったらしい。重富は弟に向かって言った。

「上さまが、うちの愚息を、仙千代の身代わりに出せと仰せだそうじゃな」

数正は舌打ちしたい思いだった。そこまで話が広まろうとは、思ってもみなかった。

「いや、上さまは、そこまで仰せだったわけではない」

「石川どの、隠さずともよい」

重富に促されても、数正は応えられなかった。重富は淡々とした口調で言った。

「うちの富正《とみまさ》と仙千代を、取り替えればよいのであろう」

作左衛門が兄の言葉をさえぎった。

「それは要らぬことじゃ。仙千代は今のまま、於義丸さまにお仕えさせる。死ぬのであれば、子供とはいえ主従一緒じゃ」

だが重富も首を横に振った。

「いや、上さまの仰せじゃ。うちの富正を行かせる。どうか石川どの、次に大坂に行く時に、富正を同行し、仙千代を連れ帰って欲しい」

もともと本多重富は数正同様、切腹した信康付の家臣だった。だが重富は信康の事件に連座して、徳川家の重臣としての立場を失った。その後、作左衛門が懸命に家康に取りなし、兄一家を自分の家臣として引き取ったのだ。

重富は、しみじみと言った。

「弟には恩がある。だから、こんな時にこそ、恩を返したい」

数正は無性に腹が立った。

「そんなことを親の都合で決めてよいのかッ。富正自身の気持ちは、どうなるのじゃ」

富正は仙千代よりも一歳上で、事情がわからない年ではない。だが重富の応えは意外だった。

「富正自身も納得している」

「まさか」

「わしは秀康さまを見込んでいる。あれは見どころのあるお子じゃ。きっと強い運を持っている。

今度のことでも殺されたりはせぬ」

重富は数正と作左衛門を、ゆっくりと交互に見た。

「もしも秀康さまが生き延びられたら、きっと大きく羽ばたかれるであろう。ならば近習も、出世が約束されたも同然じゃ。うちの富正を、お付けしておいて損はない」

重富が弟を慮《おもんぱか》って、大言壮語を吐いているのは明らかだった。そんなことを信じ込まされている富正も不憫だった。

だが、それに気づかない作左衛門ではない。きっぱりと首を横に振った。

「兄上、かまわぬのじゃ。仙千代は今のままで」

「作左、無理をするな」

重富は数正に笑顔を向けた。

「石川どの、この作左はな、合戦場から女房に宛てて、えらく短い手紙を書いた。この男らしい手紙じゃ」

そして手紙の内容を諳《そら》んじてみせた。

「一筆啓上、火の用心、お仙泣かすな、馬肥やせ。それだけの手紙じゃった。わしも同じ合戦に出ていて、後から聞いた話だが、親類の女たちは、作左らしいと笑って読んだそうじゃ。それも皆、泣き笑いで読んだらしい」

重富の目の周りと鼻が、うっすらと赤く染まった。

「わかるか、石川どの。それほど、この男は、お仙が、仙千代が可愛いのじゃ。目に入れても痛くないほど。それを見殺しにできるか」

作左衛門がうつむいて、肩をふるわせ始めた。戦場では鬼作左と呼ばれる男が、ひとり息子のことで泣いていた。

重富は数正を見つめた。

「わしと息子に野心があるのも、けっして嘘ではない。いつまでも弟の家来で、いたくはないのじゃ。だから、どうか、うちの富正に勝負させてやって欲しい。命を賭けた大勝負を」

石川数正には、もう反対する言葉がなかった。

出発の朝は寒かった。数正が浜松と大坂を往復している間に、秋が深まり、木の葉が落ちて、もう冬が始まっていた。秀康が人質に出てから、かれこれ一年が経とうとしていた。

浜松城の大手門で、作左衛門が息を白くして、ささやいた。

「数正、あまり、あの猿に近づきすぎるな。そなたが猿に意を通じていると、家中で、もっぱらの噂じゃ」

周囲の耳を気にしながら続けた。

「そなたの耳には入っておらぬだろうが、数正は裏切り者じゃ、切腹させろと、息巻く者が多い。上さまも疑り深いところがあるしの。くれぐれも気をつけろ」

家康の疑り深いところとは、信康の切腹を意味していた。実の息子ですら、武田に通じたとして切腹させたのだ。

「数正、とにかく、あの猿を罵倒してこい。さすれば裏切りなどという噂は霧消する」

数正は黙ってうなずいた。

そして本多重富から息子の富正を預かって、浜松城を出発した。十五歳の無口で素直な少年だった。

道中、数正の心に、作左衛門の忠告が、しだいに重く広がっていった。

「そなたが猿に意を通じていると、家中で、もっぱらの噂じゃ」

小牧長久手の合戦の始まりを思い出す。

あの時、羽柴秀吉は、信長の跡を継いだ織田信雄を、大坂城に挨拶に来させようとしていた。その連絡役を担っていたのが、信雄の下で働く三人の家老だった。三人の家老たちは、なんとかして信雄を大坂城に行かせようと、言葉をつくして勧めた。

だが織田の家中で、三人が秀吉側に寝返ったという噂が立った。信雄は、それを鵜呑みにして、三人を切腹させてしまったのだ。すると秀吉は、自分との連絡役を務めていた者を殺すというのは、自分の伝言を破り捨てたも同然と、言いがかりをつけて兵を挙げたのだ。

三人の切腹は、秀吉が信雄を叩くための格好の口実になった。それどころか、寝返ったという噂は、秀吉が間諜《かんちょう》を使って、流したものだった。

まさに数正は、その三人と同じ立場にいる。そう気づいて総毛立った。気づかないうちに、秀吉の罠が仕掛けられていたに違いなかった。自分の命を惜しむのではない。それよりも恐ろしいことがある。徳川家の滅亡だ。

たとえ秀康を殺されても、家康は兵を挙げる気はない。勝ち目がないのが、わかっているから当然のことだ。だが、もしも家康が数正を疑って切腹させたら、それを口実に、まちがいなく秀吉は兵を挙げる。

そうなると、もう防ぐことはできない。慌てて講和を願っても、秀吉は応じるはずがない。邪魔者の徳川家康を、全力で叩きつぶそうとし、徳川家は滅亡の道を進むのだ。

今まで数正は、いかにして秀康の命を救うかということばかりを考えていた。だが、ここに来て、もうひとつ深刻な課題が増えてしまった。どうしたら家康を、さらには徳川家を救えるか。すべてを救う道が、ひとつだけある。考えるだけでも、おぞましい策ではある。でも、どれほど考えても考えても、それ以外に方法は思いつかない。

それは切腹を命じられる前に、数正が秀吉に寝返るのだ。だが、そんなことをしたら、自分は裏切り者になる。子々孫々、裏切り者の家系と蔑まれる。それでいいのかという思いが湧く。武士として何より大事な名誉を、犠牲にしてもいいのか。

石川数正は親の代から松平家に仕え、家康が今川家の人質になる時には、数正自身が同行した。秀康と仙千代や勝千代と同じ関係であり、子供の頃から深い絆で結ばれてきたのだ。だからこそ家康のことは、何もかも心得ている。

自分が秀吉に寝返るようなことがあれば、どれほど家康が衝撃を受けるかも、まざまざと予測できる。できることなら、生涯、徳川の家臣として生きたい。裏切りたくはない。だが。

結論が出ないまま、大坂城に着き、秀吉に報告した。家康は来ないと。見る間に秀吉の顔が、憤怒の表情に変わった。

「そなたは、そんな応えを、唯々諾々《いいだくだく》と聞いてきおったのかッ」

その時、数正は決意した。もう逃げ道はないのだと。そして、あえて背筋を伸ばして言った。

「私は唯々諾々と、聞いてまいったのではありません。私にも考えがございます」

秀吉は肩をいからせて聞いた。

「考えとは何だッ。申し述べてみよッ」

「前回、このお城をおいとまする際に、関白さまは勧めてくださいました。もし、わが殿が、あまりに物事のわからぬ主君であれば、見限ってはどうかと。石川数正ほどの者であれば、喜んで迎えてくださる、と」

数正は挑むように、秀吉を見据えた。

「その、お考えに、今も変わりは、ありませんでしょうな」

秀吉は一瞬、ひるんだ。

数正は、すぐさま納得した。やはりあの甘言は、徳川の家中で、数正を裏切り者として、おとしめるための罠だったのだ。本気で迎える気など、なかったのだ。しかし、ここで引いてはならない。言葉に、いっそうの力を込めた。

「私は徳川家康という主君を、見限ろうと思っております」

秀吉が、わずかに顔色を変えた。だが、すぐに笑顔を取り繕った。

「そうか、そうであったか。あっぱれ、あっぱれじゃ」

手を打って笑い始めた。

「わかった。石川数正を、わが家中に迎えよう。喜んで迎えよう」

そして一転、笑いを収め、真顔に戻って身を乗り出した。

「そなたは徳川どののすべてを心得ている。戦術も何もかも。それは当然、手土産《てみやげ》であろうな」

家康が駿府で雪斎禅師の教えを受けた時、数正も一緒に学んだ。だから軍学も築城術も、基礎は家康と同じであり、合戦の場でも、たがいに知恵を出し合ってきた。

それを何もかも、秀吉の前に吐き出せというのだ。それは数正には覚悟の上のことであり、よく張った顎を引いた。

「当然で、ございます」

そして片方の拳を床に押しつけ、少し前のめりになって言った。

「私は主君を裏切ろうとしています。ただ裏切り者と呼ばれるからには、私にも、お願いがございます」

「何だ」

秀吉は明らかに怯みがちだ。数正は、ここぞとばかりに切り出した。

「秀康さまのお命を、奪わないでいただきとうございます」

「それは、ならぬ」

秀吉は即答した。

「それでは筋が通らぬ。物別れになれば、人質の命はない。それが道理じゃ」

数正は負けじと言い返した。

「たとえ秀康さまが殺されても、わが殿は、けっして兵を挙げませぬ」

秀吉の顔を見つめて続けた。

「いくら、けしかけても無駄なのです」

おまえの挑発など、とっくに見抜いているぞという意味だった。

「今さら秀康さまの命を取ったところで、関白さまのお名前を、おとしめるだけのこと。それも養子にもらった子を殺すなど、関白さまの策略を、世に知らしめるだけのことでございます」
秀吉の顔がこわばり、深い溜息が出た。

「石川数正、そなたは弁が立つ。知恵がまわる。この秀吉にとって、たしかに悪い買い物ではない。それにしても」

苛立たしげな舌打ちが続いた。数正は最後の一押しに出た。

「どうか、秀康さまのお命を、お助けくださいさい。さすれば、この数正、今後は関白さまの手足となって、必ずや徳川家康どのを、このお城に呼び寄せてみせましょう」

生まれて初めて、自分の主君を「徳川家康どの」と呼んだ。秀吉は数正を見据えた。

「そなたの望みは、秀康の命だけではあるまい」

「仰せの通りです」

「本当の望みは」

秀吉は、ひと呼吸ついてから続けた。

「家康の命を守りたいというわけか」

「仰せの通りで」

秀吉は黙り込んだ。そして首の後ろに手を当てて、溜息まじりに言った。

「石川数正、そなたは、まことの忠臣よのォ。つくづく徳川どのが、うらやましい」

秀吉に仕掛けられた罠を封じるために、あえて数正が寝返った事実に気づいたのだ。秀吉は大きく息を吸ってから言った。

「わかった。そなたを信じよう。秀康は殺さぬ。その代わり、必ずや徳川どのを、この城に呼び寄せよ」

たちどころに尊大な豊臣秀吉に戻っていた。

「そなたの知恵と弁舌をもって、まちがいなく徳川家康を、わしの前に、ひれ伏させるのじゃ」

数正も自信に満ちた口調で応えた。

「お任せください。合戦もせず、ひとりの兵も失わず、関白さまの面目も失うことなく、成し遂げてみせます」

さらに念を押した。

「では出奔の手筈を調えに、いったん浜松に帰りますが、その間、この話は、くれぐれも内密に」

「わかっておる」

秀吉は頬を緩めてうなずいた。


秀康は大坂城西の丸で、石川数正が来たと耳にし、落ち着かない思いで待っていた。おそらく数正は真っ先に秀吉に会い、結果を報告しているに違いなかった。よもや父が来るとは思えなかったが、どうなるのかが気がかりだった。

手あぶりの前に座って、今や遅しと待っていると、本丸からの使いが、数正の西の丸来訪を知らせた。秀康は上座につき、仙千代と勝千代を左右に座らせた。

そして数正を迎え、挨拶もそこそこに、勢い込んで聞いた。

「よもや父上は、来はしまいな」

数正は落ち着き払って応えた。

「おいでになりませぬ」

予想通りの応えではあったが、かすかな落胆も心の奥に湧く。やはり自分は父に見捨てられたのだと。それでも虚勢を張った。

「それでよい。それで、よいのじゃ」

すると数正は控えの間に声をかけた。

「入るがよい」

ふすまを開けて入ってきたのは、仙千代の従兄弟、本多富正だった。とたんに仙千代が笑顔になって腰を浮かせた。

「久しぶりじゃ。なぜ、ここに？」

しかし富正は、ひとつ年下の従兄弟に向かって、硬い表情を崩さない。数正が代わりに応えた。

「仙千代と、替わることになりました」

秀康も勝千代も意味が分からなかった。仙千代自身が戸惑い顔で聞き返した。

「替わるとは？」

富正自身が応えた。

「そなたが浜松に帰り、わしが若君に、お仕えすることになったのだ」

秀康は勝千代と顔を見合わせた。信じがたい話だった。たちまち仙千代が、うろたえ始めた。

「どういうことじゃ。なぜ、そんなことをする？　なぜじゃ」

富正は当然と言わんばかりに応えた。

「そなたと、わしの父親同士で決めたことじゃ。わしも、それがよいと思うている」

秀康は事情を理解した。家康が大坂城に来ることを、はっきりと拒絶した限り、人質の命はない。自分たちは殺される。しかし仙千代は本多作左衛門の、たったひとりの息子だ。それを助けたいと、親たちが相談して決めたのだ。

秀康は富正に聞いた。

「そなたは、それで承知しているのか」

富正は両手を前につき、三歳下の秀康に向かって頭を下げた。

「もちろんでございます」

すると、いきなり仙千代が立ち上がって、怒鳴り始めた。

「わしは帰らぬぞ。浜松になど帰らぬ。今まで通り、ここで若君に仕えるのじゃッ」

下がり眉を、いっそう下げて泣き出す。

「わしは死ぬまで、若君と一緒じゃ。若君と勝千代と三人で約束した。もとより、そのつもりで、父上とも別れた」

泣きながら両拳を振り上げた。

「それを今さら何だッ。入れ替われだと？　そんなことが、そんなことが、できるものかッ」

そして仁王立ちになり、勝千代を見下ろして同意を求めた。

「勝千代、おまえも、そう思うだろう。今になって、ほかの者に替われと言われたら、おまえだって嫌だろう」

勝千代は戸惑うばかりで、何も応えられない。

「勝千代、何を黙っている。死ぬ時は三人で一緒だと、そう誓ったではないかッ」

勝千代は、自分の父親の顔を窺いながら応えた。

「わ、わしは、次男だ。おまえとは違う」

「何だとッ」

仙千代は立ったまま、勝千代の胸ぐらをつかんだ。今にも殴りかからんばかりの勢いを、秀康が止めた。

「仙千代ッ、止めろッ」

「でも、でも」

仙千代は手を離し、滑り込むようにして、秀康の前に座った。

「どうか、若君、私を帰さないでください。どうか、どうか」

秀康は突然の話に混乱しながらも、どうすべきかは判断できた。

作左衛門は誠実な男だ。死を前にした三人の中で、自分の息子だけ引き取るなど、よほどの思いで決意したに違いなかった。富正は、その思いを受けて、命がけで交代を申し出たのだ。

富正を連れてきた数正にしても、目の前にいるわが子を、見捨てようとしている。勝千代には、それがわかっていながらも、秀康の手前、ここから逃げ出すことはできない。誰もが胸がつぶれんばかりの思いで、この話に対峙しているのだ。

秀康は数正に確かめた。

「このことは、もちろん浜松の父上も、ご承知のことなのであろうな」

数正はかしこまって応えた。

「はい」

秀康は改めて家康の冷酷さを感じた。仙千代を戻すとなれば、残される自分は、いっそう死を覚悟せねばならなくなる。

「ならば」

秀康は数正に向かって言った。

「仙千代だけでなく、勝千代も浜松に連れて帰れ。富正もじゃ」

死ぬのは自分ひとりで充分だった。だが勝千代は激しく首を横に振った。

「私は帰りませぬ」

それから自分の父に、すがるようにして聞いた。

「私は帰らずともよいのですよね。父上は仙千代だけを連れて帰れば、よいのですよね」

数正が小さくうなずく。富正も秀康の前で手をついた。

「どうか私を、ここで、お仕えさせてください。これは上さまも、仙千代の父親も、私の父も、誰もが望んでいることなのです」

さらに仙千代に目をやって続けた。

「仙千代が浜松に帰ることも、どうか、お許しください。それが一番、いいことなのです」

秀康は率直に疑問を口にした。

「富正、そなたの目当ては何じゃ」

すると富正は言葉を飾らずに事情を語った。自分の父親の身の上や、父の息子に対する期待などを。

「私も父も、若君の運を信じています。どうか私に、お側仕えをさせてください」

秀康は富正の覚悟を理解した。ならば自分は、それに応えなくてはならない。できるだけ落ち着いた口調で告げた。

「わかった。仙千代は、とにかく浜松に帰れ」

仙千代は拳で力いっぱい畳を叩いた。

「嫌じゃ、嫌じゃ、嫌じゃ。わしは帰らぬ」

それから秀康の袖にすがった。

「若君、なぜ、そんなことを言う。わしに、ここに残れと、なぜ言ってくださらぬ。死ぬ時は一緒だという約束は、嘘だったのかッ」

秀康の喉元に熱いものが込み上げる。本当は仙千代と別れたくはない。人質として浜松を出てから、かれこれ一年。その間、生死を共にすると、ずっと覚悟していたのだ。それを突き放すのは忍びない。でも突き放さねばならなかった。

「仙千代、これは、わしの命令だ。浜松に帰れ」

仙千代は泣き伏した。

「嫌じゃ、嫌じゃ、わしは若君と死ぬ。一緒に死ぬのじゃ」

いつまでも泣き続けた。だが拒み通すことはできない。まだ三人は幼く、何ひとつ自分で決めることなど、できなかった。

「若君、ひとつ、お願いしとうございます」

浜松に戻る寒い朝、数正は言い残した。

「どうか、早まったことだけは、なさいませんように。この先、どう転ぶかは、まったく予測はつきませんので」

数正としては、秀康が悲観のあまり死に急ぎはしまいかと、それだけが心配だった。しかし秀康は微笑んで応えた。

「案ずるな。浜松を出る前に、父上が言われた。生き延びられるかどうかは、私の運次第だと。生き延びた暁には、とてつもない力が備わると。私は私の運を信じる」

数正は改めて秀康を見直した。死ぬかもしれないという立場に至っても、取り乱さず、自信さえ持っている。こんな少年のためならば、自分が裏切り者と後ろ指を指されるくらい、どうということはない。改めて、そう覚悟が定まった。

泣き続けて、まぶたを腫らした仙千代が、別れ際に秀康に言った。

「私は戻ってきます。必ず若君のもとに。その時は、どうか、お仕えさせてください」

秀康はうなずいた。

「わかった。もし私が生き延びたら、いつか」

数正は心が痛んだ。本当なら仙千代を交代させる必要はない。殺さないと、すでに秀吉から確約を取ったのだから。それでも事実を胸に秘め、仙千代を連れて、大坂城を後にした。

しかし不安がないではない。もしかして秀吉が間諜を使い、自分の出奔の噂を、浜松で広めたら。その危険は皆無ではないのだ。

まだ秀吉が策略を捨てていなければ、そうするかもしれない。石川数正は家康によって切腹させられ、それを口実に、秀吉は兵を起こす。当初の予定通りだ。

だが数正にも自信がある。戦上手の家康との合戦は、できれば秀吉も避けたいはずだ。ならば自分の交渉術に賭けてからでも、遅くはない。

もうひとつ別の不安も残る。自分ひとりが逃げるのは容易《たやす》い。ただ、どうやって家族や家臣団こぞって、浜松城下から脱出するか。ひとりの口からでも洩れれば、出奔は失敗する。

ならば家族や家臣を、浜松に捨てていくか。数正は馬を進めながら、ひとり首を横に振った。家族は見捨てられない。今まで一緒に、戦場を駆けまわった家臣団も同じだ。なんとかしなければならない。何か手がないか。

数正は従者たちにも打ち明けられないまま、焦る思いを胸に秘め、東海道を東に向かった。

三河に入り、明日は浜松という夜、雪が降り始めた。その時、ふと妙案が思いついた。鍵は中村源左衛門。秀康が生まれる前から、母子の身柄を預かった浜名湖東岸の代官だ。この案が成功する可能性は、高くはないかもしれない。だが賭けてみる価値は、ある気がした。

翌日、数正は、浜名湖西岸まで馬を進め、そこからは馬ごと渡船に乗って、東岸に至った。広大な湖を縁取る山々は、うっすらと雪化粧をしている。温暖な地だけに、平地には積雪がない。

東岸に至り、中村家前の船着き場で降りた。中村源左衛門は、徳川家の船奉行も務めており、持ち船も多い。数正は源左衛門の屋敷に入って、まず人払いをし、仙千代も遠ざけてから、誠心誠意をもって説いた。

「源左衛門どの、これから私の命をかけて、そなたに頼みごとをする。これは秀康さまの、お命にも関わることじゃ」

源左衛門は、自分が育てた秀康に関わると聞いて、表情を引き締めた。

「私でできることでしたら、なんなりと承りましょう」

数正は何もかも打ち明けた。自分が裏切り者の汚名を着て、秀康を助けるつもりであることを。ひいては家康も徳川家も助けることになることを。出奔の手順も、隠し立てせずに伝えた。

「明日、わが家中総出で、浜松の城下を出る。その時に、ここを落ち合う場所にしたい。全員が集まったら、浜名湖を船で渡りたい。その渡し船を揃えて欲しい」

数正は必死だった。何としても源左衛門を味方につけなければならない。

「後で上さまからお咎《とが》めがあったら、私に脅されたと申し開きすればよい。無事、大坂に着いたあかつきには、私からも上さまに事情を伝える。そなたには、いっさい迷惑はかけぬ」

源左衛門は驚いて言葉もない。思いもかけなかった依頼に違いなかった。

「なんとか、頼む。引き受けてくれッ」

渾身の説得に、とうとう源左衛門は応じた。

「わかりました。せっかく、お育てした秀康さままでです。力を、お貸ししましょう。船を用意しておきます」

数正は思わず源左衛門の手を取って、頭を下げた。

「恩に着る」

最後に、もうひとつ頼みごとをした。

「仙千代を預かって欲しい。そして、わが家中が大坂に向かってから、作左衛門のもとに帰してやってくれぬか」

源左衛門は、それも承知してくれた。

数正は夜になるのを待って、密かに浜松城下の自邸に戻った。まず計画を家族に打ち明けた。すると康長《やすなが》という長男が、即座に出奔に賛成した。すでに城内の雰囲気が、数正の処分に傾いているという。康長は勝千代の兄に当たるが、もう三十を超えており、すでに嫁と幼い娘がいる。

数正は妻と康長の嫁に向かって、具体策を示した。

「うちの家来の女房子供どもを、明日の朝、ひとり残らず遠出に誘い出せ。山に雪見に行くという口実で」

温暖な地だけに、雪を見る機会など滅多にない。子供たちは大喜びで出かけるはずだった。

「年寄りたちも一緒に行かせよ。だが行き先は山ではない。浜名湖畔の中村源左衛門の屋敷だ。そこで落ち合おう」

すぐさま妻と嫁は雪見の準備を整えた。

朝になると、ふたりは家臣たちの家をまわり、女子供を集めて出かけた。案の定、子供たちは大はしゃぎで、母親や年寄りたちも綿入れを着込み、草鞋で足元を固めて歩いていった。

康長は通常通り登城し、夕方には屋敷に戻ってきた。数正は長い一日を、ひっそりと屋敷にこもって過ごした。

夕方になっても女子供が戻らないので、家臣たちが心配して騒ぎ出した。そこで数正は康長に命じて、彼らを自邸に集めさせた。

家臣たちは数正が戻っていることに驚いたが、出奔すると聞いて、なお驚嘆した。だが徳川家中で、数正が激しい批判にさらされていることは、誰もが理解している。家中揃って出奔することに、もはや反対はなかった。

「しかし、いったい女子供は、どこに？」

家臣たちの戸惑いに、数正は詫びた。

「そなたたちまで欺《あざむ》いたことになり、すまなかったが、女子供連れでは足手まといになる。だから先に行かせた」

先に出発させたのには、もうひとつ意味があった。家臣たちの中には、出奔に反対する者もいるかもしれない。だが家族が、すでに出発していれば、もう反対するわけにはいかない。つまり数正が念のために、家臣の女房子供を人質に取っておいたのだ。

「今から、馬のある者は馬に乗り、ない者は徒《かち》で、浜名湖畔の中村屋敷に向かえ。女房子供が帰ってこないので、探しに行くという口実で」

そうすれば石川家の家臣団が、いっせいに城下から出ていっても、怪しまれずにすむ。

「わかったか」

数正が一同を見まわすと、家臣たちは緊張の面持ちながら、深くうなずいた。そして康長を含め、全員が慌ただしく外に出ていった。

ふたたび夜になるのを待ち、数正は夜陰に乗じて、密かに城下を脱出した。月明かりを頼りに、馬を走らせる。夜の道に蹄の音が響き、冷たい向かい風が額の汗を乾かす。

追っ手をかけられたら万事休すだ。まちがいなく数正は切腹を命じられ、その結果、秀吉が兵を挙げる。ここは何としても、逃げ切らなければならない。佐鳴湖の渡し船は避け、懸命に陸路を駆けた。

なんとか夜半に中村家に駆け込むと、家臣たちは家族共々、あらかた揃っていたが、まだ着かない徒の者もいた。目立たないように別の道を通ったり、途中で姿を隠したりして、手間取っているに違いなかった。よもや城に訴え出たりはしまいとは思うものの、数正は、まんじりともせずに過ごした。

ひとり、またひとりと駆けつけ、家族が歓声を上げて迎える。そして夜明け前、最後のひとりがたどり着いて、とうとう全員が揃った。

うっすらと明るくなった湖に、船頭たちが次々と船を浮かべ、人も馬も乗り込み、一艘ずつ離岸した。朝靄《あさもや》の立つ湖面に、櫓《ろ》の音が響く。口をきく者はなく、住み慣れた土地を離れる不安に、女たちからすすり泣きがもれた。

浜名湖西岸に上陸した後は、足の遅い女子供を馬に乗せ、豊川を目指して歩いた。

豊川では大型の帆掛け船が三艘、待機していた。中村源左衛門が、三河湾の渡し船を手配してくれたのだ。

全員が分乗すると、三河湾から伊勢湾へと乗り出す。白い帆に強い風を受けて、船が疾走する。上陸地は伊勢の津。もう家康の領地ではなく、追っ手はかからない。

数正は安堵すると同時に、たまらない寂しさを感じた。生まれ育った三河にも、家康とともに城を築いた遠江にも、もう二度と戻れない。でも、それで徳川家が滅びずにすむのだ。そう自分自身に言い聞かせ、さらに西に向かった。

大坂城西の丸の座敷で、秀康は数正の出奔を聞いて驚愕した。

「なぜ、父上を裏切ったッ」

数正は何も応えなかった。

「どれほど父上が、そなたを信じていたか、わかっているのだろうッ」

秀康の怒りは、勝千代にも向けられた。

「そなたも出ていけッ。どうせ石川家は、関白から領地をもらって、どこかの大名にでも収まるのだろう。そこで母や兄たちと暮らすがいいさ」

勝千代も自分の父親をなじった。

「なぜ、父上は、このようなことを？　若君も私も死ぬつもりでいたのに」

それでも数正は、出奔の理由を口にしなかった。結局、勝千代は父親に連れられて、泣きながら秀康の部屋を出ていった。

仙千代と入れ替わった富正だけが、秀康のもとに残った。一緒に死ぬ覚悟だった三人が、とうとう散り散りになってしまったのだ。

ふたりきりになると、富正が言った。

「石川どのが徳川の家中を離れたのは、おそらく若君のお命を救うためでしょう」

秀康は、むっとして言い返した。

「私の命など、どうでもよい。もとより私は、命など惜しまぬ」

「若君が惜しまぬとも、石川どのは惜しんだのです」

「そなた、あらかじめ聞いていたのか。数正の出奔を」

浜松から大坂に連れて来られた時に、すでに計画を打ち明けられていたのかと思った。しかし富正は否定した。

「いいえ。ただ石川どのが、何か特別なことをしそうな予感はありました。大坂までの道中で言われたのです。必ず若君の命は、お守りすると」

秀康のみならず、富正が殺されることもないから心配しなくていいと言われたという。

「謎めいた言い方で、私には信じられませんでしたが、今、思うと、すでに出奔を決めていたとしか思えませぬ」

あの時、数正は秘密が洩れることを恐れて、周囲を欺いたに違いなかった。秀康は平手で畳を叩いて悔しがった。

「私は死ぬつもりだったのだ。父上のために。徳川の家中のために。それを何故、邪魔立てしたッ」

家の犠牲になれば、父に惜しんでもらえるかもしれない。それが父親に愛されずに育った秀康の、たったひとつの望みだったのだ。

第六章　老いたる母娘

年が改まって天正十四年（一五八六）の春、秀康は秀吉の母、お仲の住まいである山里曲輪に呼ばれた。秀康は養子に来て以来、お仲に気に入られており、時々、城内の山里曲輪に呼ばれる。

秀吉が関白になってから、お仲は周囲から、大政所《おおまんどころ》さまと呼ばれるようになった。しかし秀康には、そう呼ばせせない。

「大政所さまなんぞと呼ばれると、へその辺りが、こそばいわい。おみゃあさんは婆ちゃんと呼んでちょう」

さすがに秀康は少し遠慮して、お婆《ばば》さまと呼んだ。お仲は自分が漬けた沢庵だの、ふかし芋だのを、秀康に食べさせるのを、何よりの楽しみにしていた。

「秀次と秀勝の兄弟は、婆ちゃんのところには、ちっとも来《こ》やあせん。わしゃ何にもすることがにゃあで、毎日、つまらんかったが、おみゃあさんが来てくれて嬉しいわい」

大坂で秀康を歓迎してくれるのは、この老婆だけで、秀康もお仲が好きだった。その日も、また芋でも食べさせられるのかと思いながら、富正を連れて、西の丸から山里曲輪に出かけた。

だが意外なことに、茅葺き屋根の家には、お仲だけでなく、秀吉と石川数正、そして朝日がいた。秀吉によく似た妹だ。お仲にも、よく似ている。秀吉は妹の肩に手を置いた。

「今度、これを浜松に嫁にやることにした」

秀康は意味がわからなかった。

「浜松に？」

聞き返しながらも、徳川家の重臣にでも嫁がせるという名目で、人質に出すのかと思い至った。

だが秀吉の応えは、とんでもないものだった。

「徳川どのには正室がおらん。だから朝日を嫁にやるのじゃ」

秀康は開いた口がふさがらなかった。目の前の朝日は、着物こそ上等そうだが、どうにもあか抜けない。まして、そうとうな年だ。どう見ても、大大名である徳川家の正室には相応《ふさわ》しくない。

するると朝日が秀康ににじり寄った。

「こんな田舎女が、おみゃあさんの在所《ざいしょ》の嫁になるのは嫌じゃろう。どうか、反対してちょう」

お仲同様の尾張弁にも呆気に取られた。朝日は泣きながら訴えた。

「それに、わしにゃ亭主がおるもんで、よその女房にゃ、なれやせんでよ」

しきりに洟水を手の平でぬぐう。秀吉は、うるさそうに言った。

「亭主は離縁すりゃええで」

秀康は驚くばかりだが、父の縁談が、本当に進んでいるのだと理解した。同時に、たまらない不快感が込み上げる。ただ、さすがに朝日の手前、あからさまに嫌な顔はできなかった。

お仲も息子の袖をつかまんばかりに懇願した。

「この話ゃあ、いくらなんでも朝日が可哀そうだで。考え直してちょうよ」

しかし秀吉は首を横に振った。

「おかあ、こりゃ、ただの人質とは違うんだわ。朝日を嫁にすりゃあ、徳川どのは、わしの義理の弟になる。それで挨拶に来させりゃあ、家来扱いでのうなる」

秀康には、ようやく話が見えてきた。家康を呼び寄せるために、秀吉は義理の弟という地位を用意しようというのだ。

そして秀康は、これが石川数正の発案だと直感した。だからこそ数正が、この場にいるのだ。いっそう不快感が増す。それも夫のいる朝日を、離縁させてまで利用するなど、人を人とも思わぬ仕打ちだ。

言葉を選びながら言った。

「浜松の父は、身分の高い女には懲《こ》りています。最初の妻は築山御前といって、今川義元どのの姪でしたが、正直なところ、父とは不仲でしたし、私の母も城持ちの娘だったために、遠ざけられたと聞いています。そんな父が、朝日さまを迎えるとは思えませぬ」

関白の妹などという高い身分の女を、正室として迎えるはずがない。朝日の気持ちも傷つけずにすむ、悪くない言い訳だった。

すると、それまで黙っていた数正が、妙に自信に満ちた口調で言った。

「その点は抜かりありません。必ず正室として、お迎えになられるはずです」

朝日が声を上げて泣き伏した。

「とにかく朝日、おみゃあは、この秀康の父親に嫁ぐんじゃ。わかったな」

秀吉は苛立たしげに話を切り上げ、そのまま山里曲輪の家を出て、大股で本丸に戻っていった。

残された朝日は、老いた母の膝にすがって泣き続けている。

秀康は山里曲輪から西の丸に戻る途中、不愉快な思いで数正に聞いた。

「いったい、朝日どのは、おいくつなのじゃ」

数正は平然と応えた。

「四十四歳と伺っています」

「浜松の父と変わらぬではないか」

四十四歳といえば、もはや初老だった。だが数正は首を横に振った。

「大名同士の政略のための婚姻とは、そういったものでございます。両家の結びつきのためなら、どんなに幼くても嫁がせますし、どんなに老いていても、形だけのことですので」

いよいよ腹の立つ話だった。

「でも父上が断らぬと、そなたは、どうして言い切れる？」

数正は、また自信ありげに応えた。

「関白の義弟という立場は、徳川家としては、けっして損にはなりません。浜松の殿は家中のためなら、ご自身のことや、ご家族のことは犠牲にされます。それは誰よりも秀康さまが、よくご存じでしょう」

確かに、その通りだった。

「だから意に染まぬ結婚でも、必ずや受け入れられます」

「それで浜松の父が、この城に挨拶に来ると、言い切れるのか」

「それが難しいようでしたら、次の手を考えてあります」

「どんな手じゃ」

「今は申せませぬ」

「そなたは何を企んでいる？」

「浜松の殿に、このお城に来ていただくこと。それだけです」

そして冷ややかに言った。

「秀康さまには、この婚姻の意味が、おわかりにならないかもしれませぬが、殿には充分にわかっていただけましょう」


大坂と浜松の間で、何度も連絡が行き来し、五月には、朝日は徳川家に嫁ぐことが決まった。数正の予想通り、家康は断らなかったのだ。秀康は複雑な思いを抱いた。

朝日は深くしわが刻まれた色黒の肌に、分厚く塗りたくった白粉《おしろい》を浮かせ、似合わぬ打掛をまとい、金蒔絵の輿《こし》に乗って、泣きながら大坂城を後にした。

その様子は、誰の目にも哀れに映った。嫁いだところで歓迎される花嫁ではない。徳川家の家臣たちも、迷惑がるに違いない。自分たちが仰ぎ見る主君に、こんな正室を押しつけられて、腹を立てる者もいるはずだ。

朝日自身には何の咎《とが》もない。秀康は祈った。せめて父が温かく迎えてくれることを。さらに今度は、父に大坂城に来て欲しいと願った。家康が来なければ、朝日が嫁いだ意味がなくなるのだ。

しかし、その後も、家康が来る気配はなく、しだいに秀吉は不機嫌になっていった。

夏が来て、暑さの盛り、秀康は本多富正と剣術の稽古をしていた時に、お仲に呼ばれた。すぐに稽古をやめて、富正とふたりで汗を拭きながら山里曲輪に出向くと、西瓜《すいか》が出された。まだ珍しい唐《から》渡りの水菓子だ。

「秀吉が種を、どこかで手に入れてきたで、わしが畑で作ったがね。あんばよう生《な》ったで、食べてみりゃあ」

侍女が包丁で割って、真っ赤な実を差し出す。秀康は富正と並んで縁側に腰かけ、西瓜を頬張った。

「うみゃあか」

秀康と富正が、西瓜で口をいっぱいにして、うなずくと、お仲は嬉しそうに笑った。そして団扇《うちわ》で、ふたりに風を送りながら聞いた。

「おみゃあさんの父上さまは、自分の母者を大事にするかや」

秀康は西瓜の塊《かたまり》を呑み込んで応えた。

「浜松の父は、子供には厳しい人ですが、自分の母親は大事にします」

大坂への人質は、もともと家康の異父弟に決まっていたのが、突然、秀康に代わった。それは家康の生母、お大の希望だった。家康は実子の命よりも、母の頼みを重んじたのだ。

お仲は合点して、ひとりでうなずく。

「そうかい。それなら大丈夫だわな」

秀康は口の周りの果汁を、手の甲でぬぐって聞いた。

「大丈夫とは？」

お仲は笑顔で応えた。

「わしゃ浜松に行こうと思うんじゃ。向こうも、おみゃあさんみてえな、大事な息子を、こうして寄越したんじゃ。こっちからも、それなりの人質を出さんとならん。それが道理じゃ」

お仲は朝日ひとりでは、人質としての価値が充分ではないというのだ。

「おみゃあさんの父上に、こっちに来いちゅうだけじゃ、浜松の衆も気が気でならんじゃろ。殿さまが大坂に来て、その場で斬り殺されでもしたら、たまらんでな」

だから、お仲が朝日に会いに行くという名目で、浜松に出かけ、その間に、家康に大坂に来てもらえばいいという。そういう交換条件があれば、家臣たちも安心するに違いなかった。

「おみゃあさんの父上さまが、母親を大事にする人なら、母親を人質に出すちゅう意味が、ようわかるじゃろ。そしたら、きっと、この城に来てくれる。そうは思わんか」

秀康は、これは数正の差し金だと直感した。家康が来なかったら、次の手があると言った。それが、お仲を人質として差し出すという策だったに違いなかった。

「お婆さま、これは誰かに頼まれたのですか」

「いや、わしの考えじゃ」

お仲はきっぱりと言った。

「考えてもみィ。ただ生きとるだけじゃ、つまらんぞ。わしゃ、もういちど息子のためになりてえんじゃ。昔、子供に食わせるために、必死に田んぼ耕したみてえに」

子供のために田畑を耕すのも、子供のために人質に出るのも、お仲にとっては同じだという。

「それに、おみゃあさんの父上が、この城に来てくれりゃあ、合戦せんですむ。大勢が死なんですむ。わしも極楽に行ける。これほど、ええことはねえで」

それから、お仲は少し考えてから、秀康に口止めした。

「けどな、この話は、わしが言い出したことは、人には言わんでくれや」

「なぜです?」

「秀吉が心を鬼にして、わしを人質に出したと、世の中の人にゃあ、そう思うてもらいてえのさ」

お仲は苦笑いしながら続けた。

「あの子のよくねえところは、家のもんへの情が深すぎることじゃ。人の上に立つ身じゃ。家のもんなど二の次にせにゃならん。おみゃあさんの父上さまは、その点、えりゃあわ」

秀康は、なるほどと思った。そして、お仲が、ただの田舎婆ではないことに気づいた。さすがに秀吉を産んだ母だけある。知恵がまわるのだ。

秀吉が、この話を実行するかどうかは、わからない。ただもし、お仲が人質に出たなら、母親としての思いは、徳川の家中にも伝わる。今度こそ浜松の父は、この城にやって来そうな気がした。

翌日、秀康は秀吉に呼ばれ、富正を伴って、本丸に出向いた。すると秀吉は、今までになく厳しい顔で迎えた。

「秀康、わしの母に、余計なことを吹き込んだな」

秀康は首を横に振った。

「何も吹き込んでなどいません」

「いや、母上は言うておった。そなたの考えも聞いたと」

「聞かれたことには応えました。浜松の父が、母親を大事にするかと」

「それが余計なことじゃと申しているッ」

秀康は昂然と言い返した。

「お婆さまを浜松に送るのが、お嫌なら、送らねばよいではありませんか。それだけのことです」

秀吉は拳を握りしめ、悔しそうにつぶやいた。

「そなたの父が、さっさと来さえすれば、よいものを。わざわざ朝日を嫁にまでやったのに」

「それは浜松の父から望んだことでは、なかったはずです」

秀吉が、いっそう怒りを露わにした。

「嫁にもらったということは、挨拶に来るという意味じゃ。それを馬鹿にしおって」

いつもはおとなしい秀康が、珍しく言い張った。

「今さら、そんなことを言っても仕方ありません」

「なんだとッ」

秀吉は怒りにまかせて立ち上がった。

「母親を人質に出せと、そなたまで申すのかッ」

「私は義父上さまに、どうこうしろとは申せません。ただ、お婆さまの思いは尊い。そう思ったまでです」

「くそッ」

秀吉は、かたわらの脇息を蹴り倒した。

「数正にしろ、そなたにしろ、いとも簡単に申す。母親の命を、何と思うておるのじゃ」

お仲の人質の件は、やはり数正も勧めているらしい。もう、それしか手がないことが、秀吉自身にも、わかっているのだ。だからこそ、これほど苛立つ。

秀吉は般若のような形相で、秀康を見据えた。

「もし母上を浜松に送って、万が一のことがあったら」

さらに凄みを利かせて言った。

「今度こそ、おまえを殺してやる。それも、じわじわ苦しませてから殺す。これ以上、残忍な方法はない、というほどの殺し方で、あの世に送ってやる」

秀康は、あえて胸を張って応えた。

「望むところです」

お仲の命と引き換えに、命を奪われるのなら不足はなかった。秀吉は、なおも凄んだ。

「いや、それだけではない。たとえ母上が殺されなかったとしても、そなたの父が来ぬ時には、そなたの命はないものと思え」

「わかっています」

どれほど脅されても、秀康は自分でも不思議なほど落ち着いていた。お仲が命を張るつもりなら自分もと、お仲から話を聞いた時点で、おのずと覚悟が定まっていたのだ。

西の丸に戻ると、富正が改まった様子で言った。

「もしも若君が、お命を絶たねばならなくなった時には、どうか私に、お供させてください」

富正は殉死を望んでいた。

「前に仙千代は、若君と一緒に死ぬと申していました。私は仙千代の代わりです。どうか死ぬ時には、ご一緒させてください」

秀康は小さくうなずいた。

「わかった。死ぬことになったら、一緒に死のう。わしも覚悟はできている。ただ今度は、おそらく死ぬことにはならぬ」

富正は不審顔で聞いた。

「なぜです」

「浜松の父が来るからじゃ」

秀康は笑顔を見せた。

「お婆さまのお覚悟を、そなたも聞いたであろう。あれほどのお年になっても、なお息子のためになりたいという。あれだけの思いが伝わらぬはずがない」

いかに家康がかたくなでも、あの母の一途な思いには負ける気がした。

「母親の思いは家来どもにも伝わろう。たとえ鬼作左でも、父を大坂に送り出すはずだ。そうは思わんか」

秀康の言葉に、富正も、なるほどとうなずいた。

浜松城本丸の奥で、朝日は鬱々と日を過ごしていた。

五月に大坂から輿で運ばれ、家康に迎えられた。そして杯事を交わして、そのまま本丸に部屋を与えられた。この輿入れの時ほど、朝日は、自分の容姿が恥ずかしかったことはない。

形式だけの結婚とはいえ、相手は生まれ育ちもよく、今や駿河、甲斐まで治める大大名だ。居並ぶ側室たちも美しい。それに比べて、自分は見るからに田舎女で、言葉遣いも田舎臭い。だいいち、もう四十四歳で、孫がいてもおかしくない年なのだ。とうてい大大名の正室になど、収まれる身ではない。徳川家の家臣のみならず、大坂から連れてきた大勢の侍女たちまでもが、自分をあざ笑っているような気がした。

朝日を送ってきた秀吉の使者が、家康に向かって、本来の目的を真剣に頼んだ。

「これで徳川さまは、関白さまの義兄弟になられました。どうか大坂城に来ていただけますよう、お願い申し上げます」

これに対して家康は何も応えなかった。嫌な顔もしない代わり、笑顔も見せない。

朝日は落胆した。自分が人質に出ることで、どれほどの意味があるのか、もともと心もとなかったが、やはり何にもならなかったらしい。

美しい側室のひとりが、朝日に近づいて聞いた。

「秀康の母、お万と申します。あの子は大坂のお城で、達者に暮らしているのでしょうか」

大政所に可愛がられていると応えると、お万は安堵した様子で、朝日の身の上を、わずかに慰めてくれた。

「実は上さまは女子供には、ことのほか冷淡なところがあるのです。朝日さまだけに、冷たいわけではございませぬ」

さらに浜松で暮らすうちに、朝日は築山御前という先妻についても耳にした。家康の命令によって、きわめて不幸な死を遂げたという。ほとんど同時に、長男も切腹を命じられたらしい。

いくら不仲とはいえ、夫の命令で正妻が斬り殺されたり、血を分けた子を切腹させたりするなど、朝日には考えられないことだった。ならば自分も、そんなふうに殺されるのかと、新たな恐怖が湧いた。


朝日にとって重苦しい夏が過ぎ、秋が深まる頃、突然、家康が言った。

「大政所さまが、おいでになることになった。一緒に岡崎まで迎えにあがろう」

朝日は驚いた。お仲は、もう七十四歳だ。その高齢で、なぜ、そんな長旅をさせるのか。輿に乗るにしても、けっして楽ではない。朝日自身、乗物に慣れていないだけに、乗物酔いで苦しみ通しだった。

「なぜ母者が来るのじゃ」

朝日の問いに、家康はあっさりと応えた。

「そなたに会いに来るそうじゃ」

朝日は理解した。母は人質として来るのだと。朝日ひとりでは意味をなさないとわかり、兄は、母親まで差し出したに違いなかった。おそるおそる家康に聞いた。

「母者が来たら、そなたさまは入れ替わりに、大坂に行かれるのかえ」

家康は首を横に振った。

「そのような約束はしておらぬ。大政所さまが、そなたに会いに来る。それだけのことじゃ」

朝日は打ちのめされる思いがした。それでは七十四歳の老婆が、わざわざ足を運ぶ意味がない。

朝日は老母の身の上を嘆いた。

「おいたわしや」

十日もすると、お仲が岡崎城にやって来た。それも意外なほど元気だった。

家康は本丸の広間で、朝日と並んで、義理の母を迎えた。まったくの初対面だったが、お仲は軽い足取りで家康に近づき、いきなり笑顔で両手を取った。

「朝日の婿どのに、いちどは会っておかんと、いかん思うてな」

そして腰を伸ばしながら言う。

「輿ちゅうのは、えらいでかんわ。自分で歩くゆうても、大政所さまを歩かせるわけにゃあ、いかん言われてのォ。息子が出世するのも、善し悪しじゃわい」

大坂城にいる時と変わらず、尾張の百姓女の態度だ。家康は、あまりの気安さに面食らっていた。

それでも歓迎の膳を出し、手ずから銚子を持って酌をした。お仲は、いかにもありがたそうに、杯を押しいただいて飲み干す。

「わしゃ、朝日の母親だで、おみゃあさまの義理の母親になったがね。どうか義理の母親の話を、聞いてちょうでえ」

そして酒を飲みながら、昔話を始めた。

もともと、お仲は尾張の中村という集落で、弥右衛門《やえもん》という百姓と一緒になり、二男二女を産んだという。上から二番目の秀吉が七歳で、まだ日吉丸《ひよしまる》と呼ばれていた頃、弥右衛門は足軽を志願し、合戦に出かけた。

褒美をもらって帰ってくると約束したが、合戦が終わっても戻ってこなかった。一緒に出かけた仲間からは、死んだと聞かされた。

だが、お仲は信じなかった。周囲の反対を押し切って、子供たちを人に預け、ひとりで戦場まで捜しに行った。せめて夫の遺体でも見つけたかった。

合戦跡には信じがたい地獄絵が広がっていた。見渡す限り、おびただしい数の遺体が泥だらけで転がり、馬も死んでいた。すさまじい死臭だった。怪我を負いながら、まだ生きている者もいた。苦しんで、うなり声を上げる。

お仲は恐ろしかった。恐怖と戦いながら、弥右衛門の名前を、大声で呼びながら、夢中で捜しまわった。

その時、奇跡的に返事があった。

「お、お仲、こ、ここだ」

驚いて駆け寄ってみると、脚を槍で突かれて、大怪我を負っていた。竹筒に入れてきた水を、急いで飲ませた。そして肩を貸して立ち上がらせて、必死に家まで連れて帰った。しかし弥右衛門は傷口が膿んで、苦しんだ挙げ句に亡くなった。

お仲は四人もの幼い子供を抱えて、とうてい食べていかれず、竹阿弥《ちくあみ》という男と再婚した。竹阿弥も百姓だったが、先妻と死別したばかりで、息子がふたりいた。こちらも女手がなければ、どうにもならず、お仲と連れ子たちを迎えたのだ。

だが暮らしは貧しく、竹阿弥は、ことあるごとに、お仲に手を上げた。これに刃向かったのが日吉丸だった。そのために先妻の息子たちとの折り合いも悪かった。

日吉丸は養父から折檻を受け続け、見かねたお仲が、光明寺という寺に預けた。だが日吉丸は寺の厳しい暮らしに耐えられず、まもなく飛び出してしまった。その後は、山で薪を集めて売ったり、鍛冶屋の下働きに入ったりしたが、長続きはしなかった。

日吉丸は口癖のように言っていた。

「わしゃ足軽でも何でもええで、合戦に出て、手柄を立てて出世するんじゃ」

だが、お仲は反対だった。あの地獄に、息子を送りたくはなかった。だいいち甲冑を買う金もない。

しかし日吉丸は十五歳の時、とうとう家の金を持って家出した。

どこかで土豪の下働きにでも入ったのか、それとも戦場で屍《しかばね》をさらしているのか。お仲は心配のあまり、竹阿弥の目を盗んで捜しに出かけた。そのたびに竹阿弥に殴られ、結局は諦めるしかなかった。

ところが三年後、日吉丸は藤吉郎《とうきちろう》と名を改め、立派な身なりで、甲冑を担いで帰ってきたのだ。それまで遠州で、今川家の松下加兵衛《まつしたかへえ》という武将に仕えていたという。そこも見限って、今度は織田信長に仕えると宣言した。

お仲は家康の酌で酒を飲みながら、昔話を続けた。

「あん時にゃ、どえりゃあ驚いたわ。てっきり、もう死んだと思うとったがね」

家康は穏やかな笑みを浮かべて、まめに酌をしてやっている。

「その松下加兵衛という者なら、いっとき、わが家中におりました」

お仲は目を丸くした。

「そりゃ本当かや。息子が、えらい世話になったで、よろしゅう言うてちょうよ」

「いえ、今は松下は、関白さまのご家来のはずです。昔の主従が逆になったのです」

するると、お仲は、いっそう目を丸くした。

「ひゃー、あの頃、世話になった松下さまが、うちの家来か。知らんかったわい。世の中、わからんもんじゃの」

「本当に、わからぬものです」

家康も酒が進んで、気安く受け応えをしている。今度は、お仲が銚子で酌を返しながら、しみじみと言った。

「わしゃ、おみゃあさんの身の上も知っとる。秀康から聞いた。あの子はええ子でなも。わしゃ可愛ゆうてならんで」

目を細めて、銚子を膳に戻した。

「おみゃあさんも子供の頃から、人質に出されたげな。そんな苦労人なら、わかるじゃろ。人質に出るもんの気持ちを」

朝日を横目で示した。

「この娘は苦労はしとらん。子供の頃、わしらは夫婦喧嘩ばっかりで、嫌な思いはさせたが、本当の苦労はしとらん。秀吉が帰ってきて、よくしてくれたからの」

ふたたび自分の杯を手にして続けた。

「わしも秀吉が出世して、楽させてもらっとる。けど若い頃は苦労した。最初の亭主が死んだり、ふたり目の亭主が乱暴者だったりもしたけどよ、よう考えりゃ、苦労のもとは合戦じゃった」

あの地獄絵が苦労の始まりだったという。

「だもんで、世の中から合戦がのうなるんじゃったら、わしゃ喜んで人質に出ると、秀吉に言うたんじゃ。あの子は母親を人質に出すのは嫌じゃと言うたが、わしゃ、もういっぺんだけ、息子の役に立ちてえでよ」

お仲は小さな溜息をついた。

「毎日、立派な城の中で、なんもせんで、このまま死んでいくより、息子や世の中のためになるんじゃったら、いくらでも命を張る。死んで惜しい年でねえしの」

そして杯を飲み干して膳に戻すなり、両手を前につき、家康に向かって、深々と白髪頭を下げた。

「どうか、この婆の願いを、聞いてちょうでえ。おみゃあさまにも意地があろうが、それを曲げて、大坂に来てちょうよ。頼むわ」

小さな背中を丸め、拝まんばかりに頼む。朝日は、そんな母の姿に頭が下がった。しかし家康は黙って目を伏せていた。

その夜、お仲は朝日の部屋で休んだ。お仲は床につく前に、娘に謝った。

「おみゃあにゃ、嫌な思いをさせた。本当に可哀そうなことをしたと思う。秀吉も、おみゃあにゃ悪かったと言うとるわ」

朝日は首を横に振った。

「それは、もうええ。それより、あの男は大坂に行くかの。今日も、おかあの頼みにも、ただ黙っとったし」

さらに不安を口にした。

「もしも、このまま、あの男が大坂に行かんかったら、わしら、どうなるんじゃ。兄者は攻めてくるんかの」

「いや、わしらがここにいる間は、秀吉は攻めてこんじゃろう。もしも手切れになりゃ、わしと、おみゃあを大坂に帰せと言うじゃろな」

「ほだけど、あの男が帰さんかったら」

「そん時は殺されるかもしれん。けどな朝日」

お仲は落ち着いた様子で続けた。

「そん時は、おかあと一緒じゃ。おかあと、ふたりで死ねばええがや」

娘のしわの寄った手を、さらにしわだらけの手で包んだ。

「わしゃ朝日ひとりを、死なすわけにゃいかんと思うた。だから、ここに来たんじゃ。おかあと一緒でも、死ぬのは嫌か」

朝日の喉元に熱いものが込み上げる。それをこらえて応えた。

「わかった。死んでもええ」

言い切った途端に、大粒の涙がこぼれた。

「おかあが命かけて来てくれたんじゃ。わしゃ死んでもええ」

「けどな、朝日、心配せんでええ」

お仲は老いた娘の手を握りしめた。

「わしらの思いは、家康どのにも、きっと伝わる。きっと、きっと、家康どのは大坂に行ってくれるはずじゃ」

はたして翌日、朝日とお仲の前に現れた家康は、かしこまって告げた。

「義母上さまには、ひと月ほど、ここに、ご滞在いただきたい。その間に、私は大坂城に出かけてまいります」

その返事を聞いたとたん、朝日は泣き伏した。あれほど、かたくなだった大大名に、田舎臭い母の思いが勝ったのだ。その事実に胸が打たれ、涙が止まらなかった。


天正十四年十月二十七日、とうとう徳川家康は大坂城にやって来た。秀吉は衣冠束帯《いかんそくたい》の正装に身を固め、満面の笑みで迎えた。

「よう、来てくれた。徳川どの、よう、よう、来てくれたものじゃ」

挨拶の後、秀康も同席して膳が運ばれ、酒が供された。秀吉は手ずから家康に酌をした。

「それにしても、よう来てくれたものじゃ」

酒が進むにつれ、家康も重い口を開いた。

「大政所さまに来ていただいては、私も来ないわけにはいかぬと、さすがに思い至りました」

そして、お仲の心意気を誉めた。

「関白さまは、よい母上さまをお持ちです。あの尾張弁で口説かれては、嫌とは申せませなんだ」

秀吉は酌をする手を止めた。たちまち目の周りが赤くなる。

「このたびは母に助けられた。この年になって、老母に助けられようとは、思いもよらなんだ」

家康は杯を膳に置いて言った。

「いくつになっても、母が子を思う気持ちは尊い。そう思い知らされました」

秀吉が泣き笑いの顔になった。

「徳川どの、さすが父子じゃな。秀康も同じことを言うておった。母の思いは尊いとな」

家康は初めて秀康に笑顔を向けた。かたわらで聞いていた秀康は、父親が自分と同じ言葉を口にしたことに驚き、そして、それが無性に嬉しかった。

さらに酒が進むと、家康が聞いた。

「今度の件は、石川数正が言い出したのでしょうか」

秀吉は正直に応えた。

「いや、わしは数正から勧められはしたが、言い出したのは母上本人じゃ」

「そうでしたか。数正は私の泣き所を知っているだけに、母親とは、うまい所を突いてきたなと思ったのですが」

縁が薄かっただけに、家康にとって母親は唯一の弱みだという。

「数正が出ていった当初、私は心底、腹を立てました。でも今になって、ようやくわかります」

しみじみとした口調で言った。

「あの者は裏切り者という汚名を着てまで、不利な合戦を、私に止めさせたのでしょう。数正がいなかったら、今までにない大きな合戦が起きて、結局、わが家中は、関白さまに攻め滅ぼされていたかもしれませぬ」

反秀吉勢力が家康のもとに結集し、大規模な合戦が日本中に広がったに違いなかった。家康は珍しく冗談めかして言った。

「ひとつだけ悔しいことがございます。石川数正ほどの家来を、関白さまに取られたのが、返す返すも残念で」

秀吉が手を打って大笑いした。

「そうであろう。わしも思わぬ拾いものをしたと思うておる」

秀康は、かたわらで聞いていて、初めて気づいた。数正について、自分の思いが至らなかったことに。出奔を非難するばかりで、その裏にあるものを、まったく理解しようとしなかったのだ。

秀吉が家康に酒を注ぎながら聞いた。

「この場に、数正を呼ぼうか」

「いえ、私の家来どもの手前、それはできませぬ」

「それは残念じゃの。今の言葉を数正が聞けば、さぞ喜ぶことじゃろうに」

家康は秀康に顔を向けて言った。

「そういえば、仙千代がな、そなたのもとに帰りたいと、泣いておった。いつか戻る日が来るかもしれぬ。その時には、そなたにとって、かけがえのない家来になろう。生涯、家来は何よりも大事にせよ」

そして秀吉に向き直り、わずかに頭を下げた。

「これは出すぎた真似を致しました。関白家に養子に差し上げた子に、今さら説教など」

「いや、徳川どのの家来思いは、わしも学ばねばならぬ。家中のためには、肉親さえも耐え忍ばせる。大事なことじゃ」

秀吉は杯を片手に言った。

「徳川どのが、それだけの覚悟でいるから、家来どもが命を顧《かえり》みずに戦うのじゃな。そこが三河武士の強さの所以《ゆえん》じゃ」

秀康は、なるほどと思った。秀吉は養子に迎えた甥たちにすら、目を覆わんばかりに甘い。その態度は、家臣にしてみれば、けっして歓迎できることではない。秀吉に実子がないのは、むしろ天恵かもしれなかった。


それから間もなく、お仲が無事に帰ってきた。秀吉は人目もはばからず、老いた母の膝にすがって泣いた。お仲はしわだらけの顔に、いっそうしわを寄せて笑った。

「徳川どのは、どえりゃあ男だわなも。あれなら朝日も惚れるかもしれんな。さすがに閨《ねや》のご用は、にゃあらしいがの」

お仲の冗談に、その場の誰もが爆笑した。

「いずれ朝日は、こっちに帰してくれるげな。ただ、今すぐ帰すと、いかにも人質に取ったようで、朝日の顔が丸つぶれじゃ。だで時期を見て、徳川どのが連れてきてくれるそうじゃ」

秀吉が少し申し訳なさそうに聞いた。

「それにしても岡崎で怖いことは、あらせんかったかね」

「怖いことなどありゃあせん。もともと命なんぞ惜しまんでよ」

お仲は秀康に視線を移して聞いた。

「おみゃあさんは、鬼作左ちゅう男を知っとるか」

「知っています。本多作左衛門です。母が私を産む前から、いろいろ世話になった者です。この富正の叔父に当たります」

秀康は背後の富正を示した。

「そうかえ。あれも大した男じゃ」

お仲は楽しそうに話す。

「わしが朝日と一緒に離れ家におったら、鬼作左が家の周りに、薪を山のように積んだんだわ」

家康が大坂城で、殺されるようなことにでもなれば、薪に火をつけて焼き殺すと脅したという。いかにも作左衛門が、やりそうなことだった。

秀吉が目をむいた。

「なんじゃとッ。た、たわけたことをッ」

お仲は両手を上下に振って、息子をなだめた。

「怒るな、怒るな。そこまで主人思いの家来じゃ。誉めてやらにゃ、いかんでよ」

秀康は改めて、お仲の懐の深さを知った。

「お婆さま、浜松の父が、お婆さまのことを誉めておりました」

お仲は歯のない口を開けて、いかにも嬉しそうに笑った。

「そうかえ。息子のためになって、合戦もせんですんで、わしゃ、長生きした甲斐があったちゅうもんじゃ。冥土《めいど》の土産話が、できたわい」

翌天正十五年（一五八七）になると、朝日は、お仲の病気見舞いを口実に、大坂城に帰ってきた。

その時は、いったん徳川家に戻ったが、さらに翌年、お仲が本当に重い病に倒れると、もういちど帰ってきた。どちらも家康に伴われて、堂々たる里帰りだった。

後日、秀吉が秀康に向かって、しみじみと言った。

「母上の言う通り、徳川どのは、どえりゃあ男じゃ。あれほど田舎臭い朝日でも、ちゃんと正室として扱い、里帰りについていてくる。並みの男にできることではなかろう」

心の狭い男なら、美しくない妻を馬鹿にし、自分の価値まで下がるような気がして、人前になど出さないという。

「徳川どのは、おのれに自信があるんじゃ。どんな女が、かたわらにいようと、自分に傷がつくわけではないという自信がな。たしかに、どえりゃあ男じゃわい」

二度目の里帰りを機に、とうとう家康は、朝日を実家に返した。この時、お仲の病気は奇跡的に回復し、以来、朝日と一緒に聚楽第《じゅらくだい》に移った。聚楽第は秀吉が贅《ぜい》を尽くして、京都に建てた新しい関白屋敷だ。

しかし母娘で暮らし始めて、わずか二年足らずの天正十八年、朝日は四十八歳で死の床に伏した。秀康が最後の別れに赴くと、朝日は老いた母に向かって言った。

「あの時、おかあが来てくれて、ふたりで一緒に死ねばええて言うてくれて、わしゃ嬉しかった。今になってみりゃ、人質に出て、よかったと思う。いくさが起きずにすんで、こんな身でも、大勢の役に立てたし」

お仲は娘の枕元で応えた。

「わしも、おみゃあに、そう言うてもろうて、嬉しいわ。腹を痛めて産んだ子のために、何かできたなら、母親は満足だで」

朝日が、いよいよという際に、お仲は娘の耳元に、口を近づけてささやいた。

「先に行っとれ。すぐに、おかあも行くでな」

最後に朝日の口元が、わずかに微笑んだ。朝日の死を嘆く母親の姿に、秀康は涙した。そしてまた、お万を思い出す。立派になって一家を成し、迎えに行くと約束したのに、豊臣家を継ぐ可能性は薄い。どうしたら別の家を立てられるのかも、皆目、見当がつかない。遠く離れているからこそ、母が恋しかった。

そして、なぜ父にとって母親という存在が唯一の弱みなのか、はっきりと理解した。家康も子供の頃、自分と同じ思いをしたに違いなかった。お大の方が恋しかったのだ。秀康は父との距離が、わずかながら縮まった気がした。

第七章　晴れやかな初陣

九州は豊前国《ぶぜんのくに》の馬嶽城《うまがたけ》。夜明けとともに、若葉に朝露が光り、馬のいななきが響いて、野営をしていた大勢の兵が起き出す。

本丸の奥まった一室では、十四歳で初陣を迎えた秀康に、甲冑の着付けが始まった。肩幅ほどに両脚を開いて立つと、本多富正が小姓たちを指図して、鎧を部分ごとに着けていく。

最初に富正が鎧《よろい》下着を広げ、秀康が袖を通す。すかさず両側から、小姓ふたりが、袖口をたくし上げて紐でしばる。さらに腕に籠手を巻きつけ、手際よく紐を結ぶ。

続いて秀康は袴をはき、その裾もたくし上げられて、臑当《すねあて》が巻かれる。さらには佩楯《はいだて》と呼ばれる、腿《もも》から膝《ひざ》までを守るもの、そして胴体を守る胴丸と続く。どれにも鉄板が仕込まれており、ひとつ身にまとうたびに、ずっしりと重さが増す。兜《かぶと》までかぶると、相当な重量となる。

浜松で仙千代と剣術の稽古をしていた頃は、籠手と肩当てと胴しか身につけられず、木刀は寸止めが基本だった。だが、それから、ひとつずつ部位を増やして、からだを鍛えてきた。

重さに慣れるにしたがって、富正を相手に、本気で木刀で打ち合い、木製の槍で突き合った。甲冑の上からとはいえ、打ち所が悪ければ骨折する。寸止めとは段違いの集中力が求められた。

少年のからだに、見る間に筋肉がついていった。同時に、甲冑の重さも気にならなくなった。今ではすべての甲冑を身にまとっても、軽々と動けるし、馬も疾走させられる。そして、いよいよ初陣を迎えたのだ。

秀康は仕上げに、兜ではなく烏帽子をつけ、鎧の上から陣羽織を着て、草鞋《わらじ》で足元を固めてから外に出た。そして本丸前の広場に立ち、富正に命じた。

「槍ッ」

富正が素早く長槍を差し出す。熊皮の鞘《さや》がついた立派な槍で、秀吉から貰ったものだ。秀康は受け取るなり、人を遠ざけた。

槍を振りかざし、さらに振り降ろし、二度、三度と、力を込めて突いた。ずっしりと重い槍だけに、重量のある鎧を着けて振りまわすと、烏帽子の額に汗がにじむ。だが息はあがらない。

かつて養子に来た当初、秀康は周囲から軽んじられた。あくまでも人質と見なされ、秀吉がつけてくれた配下の者でも、無礼を働く者がいた。これに秀康は我慢がならなかった。

浜松を出る時に、父に言われた言葉がよみがえった。

「誇りを忘れるな。そなたは徳川家康の血を受けた子だと、胸を張って生きよ」

秀康は腹に据えかねて周囲に宣言した。

「私は不肖なりといえども、徳川の実子にして、当家の養子なれば、今後、無礼を働いた者は、その場で討ち果たすぞッ」

それでも配下の者たちの態度は、冷ややかだった。

しかし、これを伝え聞いた秀吉が、思いがけなく秀康の肩を持った。そして家紋である五三《ごさんの》桐《きり》の使用を許し、一万石の禄を与え、さらには手ずから熊皮鞘の槍を与えたのだ。これによって秀康は人質ではなく、正式な養子として周囲にも認められ、地位が高まった。

同じ養子の立場である、羽柴秀次と秀勝の兄弟には、警戒されるようになった。特に弟の秀勝は、秀吉似のぎょろ目をむいて、秀康を見据えた。

「俺たちは、血のつながりもないおまえを、けっして弟などとは認めぬからな」

その頃、秀吉は、四国の制覇に着手していた。みずからは大坂城に残り、十二万の大軍を四国に送り出した。この時、秀次が軍勢を率いて出陣し、苦戦の末に、四国を平定して凱旋した。

ちょうど家康が大坂城に来ることを、拒んでいた時期だった。秀次は、それを伝え聞くと、吊り上がった細い目を、さらに細め、薄い唇を斜めにして、秀康を小馬鹿にした。

「そなたは役にたたぬのお。父親を呼ぶ餌にもならぬとは。これでは人質ではなく、ただの厄介者じゃわい」

秀勝も兄の尻馬に乗って言い募った。

「厄介者は合戦にも出られまい。まあ、出たところで、しょせん若君育ちには、手柄など立てられまいがの」

兄弟に高笑いされて、秀康は悔しさにくちびるをかんだ。そして、いつかは、この兄弟が瞠目するような手柄を立ててやると、心の中で誓った。以来、何より武術の稽古に、励むようになったのだ。

秀吉は四国を制覇すると、次の目標を九州に定めた。まだ九州のあちこちに、秀吉に臣従しない大名がおり、討伐しなければならなかった。

秀吉は家康を従えた結果、後顧の憂いなく、みずから諸国制覇に出ることが可能になった。そのため今回は、大坂城の留守居を羽柴秀次に任せ、秀勝を同行した。そして秀康も、ようやく初陣が認められたのだった。

出陣は天正十五年（一五八七）三月一日、大坂から軍船で瀬戸内海を西進し、九州の小倉に上陸して、全軍が小倉城に集結した。十八万にも及ぶ大軍だった。

秀吉は軍勢を二分し、秀吉の本隊は肥後《ひご》を通って南下。残りは日向《ひゅうが》を南下し、九州全土を平定することになった。

秀康は一万石の扶持をもらってはいるが、領地や城はなく、大名として独立しているわけではない。そのため秀吉の配下として、肥後方面を進むよう命じられた。旗印も白地に、豊臣家の五三桐を配して用いた。

小倉の南に馬獄という城があった。ここは、すでに秀吉軍に降っており、抵抗を受けずに入城できた。そして次の目標が岩石城《がんじゃくじょう》だった。

岩石城は、まだなお抵抗を示しており、これが秀吉の九州征討の緒戦と決まった。豊前の山中に位置し、筑前や豊後の国境にも近く、重要な位置を占める城だった。

秀康は今日は何としても手柄を立てようと、馬獄城本丸の前庭で、力を込めて熊皮鞘の槍を振るった。そこに声をかける者がいた。

「秀康どの、精が出るのお」

秀康が槍を止めて振り返ると、本多富正の隣に、甲冑姿の佐々成政《さっさなりまさ》が立っていた。

「よい構えじゃ。さすがに徳川どのの、お血筋じゃな」

佐々成政は恰幅のいい武将で、口の両側と、顎に髭を蓄えている。元は織田信長の家臣であり、当時から徳川家康とは親しい間柄だった。

「それに甲冑姿も、よく似合っておいでじゃ。これから行く末、頼もしい限りじゃ」

秀康は素直に頭を下げた。

「今日は、よろしくお願い致します」

今日の岩石城攻めの先陣は、蒲生氏郷《がもううじさと》、前田利長《まえだとしなが》など、名だたる武将が名を連ねている。秀康は佐々成政とともに、第二陣を命じられていた。

総大将は羽柴秀勝に任せられており、後方を進む。秀吉本人は岩石城が落ちてから、ゆっくりと馬獄城を出ることになっている。秀康は秀勝が戦場に着く前に、なんとしても岩石城を落として、日頃の暴言を改めさせるつもりだった。

秀康は槍を熊皮鞘に収め、馬を引かせた。漆黒の大きな馬体が現れ、成政が目を細めた。

「いい馬じゃ。秀康どのの初陣には相応《ふさわ》しいのォ」

秀康も笑顔で、馬の鼻面をなでた。

「ちょうど手に入ったのです。墨藍《すみあい》という名です」

秀康は長い間、名馬を探していた。特に黒い馬体の馬が欲しかった。双子の弟、永見貞愛が漆黒の馬に乗っていた。それが美しく、いつか黒い馬を手に入れたいと願っていたのだ。

そうしたところ、この初陣直前に、漆黒の馬が見つかった。馬体も大きく、走りもいい。すぐさま秀康は買い入れた。黒毛は光の当たり具合で、わずかに藍色がかって見えた。そのために墨藍と名づけたのだった。

成政は墨藍のたてがみに手を置いて、秀康に忠告した。

「ただ、けっして功を焦らぬようにな。大事な初陣じゃ。よい結果を出しましょうぞ」

秀康は黙ってうなずいた。

「では、わしの軍勢の後を頼みますぞ」

成政は年若い秀康を、秀吉から任されており、立派な体軀を折り曲げて、律儀に頭を下げた。

「本多どのも、よろしく頼む」

富正にも頭を下げて、自分の軍勢の方に戻っていった。

まもなく出陣の大太鼓が打ち鳴らされ、先陣から隊列を組んで、順次、馬嶽城の大手門を出ていき始めた。

秀康も墨藍にまたがり、鞭を片手に、今や遅しと出陣を待った。大軍だけに、先陣が出ていくだけでも手間取り、なかなか第二陣は動かない。

馬上で苛立ちながら待つうちに、ようやく佐々成政が動いたと知らせが来て、それに続いて秀康の兵も動き出した。富正も馬に乗って、秀康の前を進む。

秀康のすぐ前には墨藍の口取りがふたり、後ろには弓持や槍持が続く。富正の前には、配下の騎馬武者の列が続き、さらに前には、手に手に槍を持った足軽隊が、延々と続く。どの背中にも、白地に五三桐の旗指物《はたさしもの》がはためく。

山道は両側の木立が切り倒され、道幅は広げられていたが、それでも、のろのろとした進軍が続く。ずっと前方には、隅立て四つ目という佐々成政の旗が、木立の間から垣間見える。

秀康は苛立って前に声をかけた。

「富正、もっと早く行けぬのか」

しかし前が詰まっていて、富正にもどうすることもできない。

秀康は合戦といえば、平原を馬で疾走し、敵味方が入り乱れて鉄砲を撃ち合い、槍で突き合うような、勇ましいものだと思い込んでいた。だが現実は、だいぶ違った。

馬嶽の斜面を降りきると、軍勢は今川という渓流沿いを、西に向かってさかのぼり始めた。川沿いに降りてみると、視界が広がり、まさに若葉が燃え立つような谷間だった。

少し早足になったが、すぐに谷いっぱいに兵が詰まってしまい、立ち往生して待たされる。進軍の速度は、きわめて遅かった。

ふたたび谷が狭まり、目指す岩石山が近づく。城に向かう山道に入ろうという時だった。前方から法螺貝《ほらがい》の音が鳴り響いた。何種類もの法螺貝の音が、山中にこだまする。

すると突然、前進に勢いがついた。兵が走り出し始めたのだ。墨藍も蹄の音を響かせて、狭い山道や石段を駆け上がる。秀康は歓声を上げた。

「いいぞッ、早く進めッ」

もしかしたら先陣が、もう攻撃を始めたかもしれなかった。後れを取ってなるかと、気持ちが逸る。だが山の中腹まで進んだ時、ふたたび進軍が止まってしまった。

「どうしたんだッ。どうして進まないッ」

苛立って叫んだ。そして富正に命じた。

「そなた、先に前に進んで、様子を見てまいれ」

富正は馬から降り、兵をよけながら、前方に走っていったが、まもなく先陣の伝令と一緒に戻ってきた。伝令は地面に片膝をついて告げた。

「岩石城が落ちたそうでございます」

秀康は耳を疑った。

「落ちた？　本当かッ」

「まだ詳しくはわかりませんが、落ちたのは間違いありません」

秀康は自分の膝に、鞭を叩きつけた。

「くそッ」

せっかく手柄を立てて、秀次と秀勝の兄弟を、見返してやろうと思っていたのに。後ろから来る羽柴秀勝の顔が、目に浮かぶ。また小馬鹿にしたように言うに違いない。

「城攻めに間に合わなかったのか。やはり若君育ちだな」

今まで、あの兄弟に、どれほどの侮りを受けてきたか。それを思うと、悔し涙が込み上げる。こんなことで泣くまいと思うものの、鼻先に涙の滴が光る。

慌てて籠手でぬぐって、なんとか伝令に言った。

「わかった。次の命令を、ここで待つ」

伝令は一礼すると、さらに後方に伝えるために、山道を駆け降りていった。

岩石城は、ほぼ無傷のまま引き渡され、軍勢は意気揚々と入城した。秀吉自身は、ゆっくりと馬獄城からやって来て、緒戦の好結果に相好を崩した。

「いや、ようやった、ようやった」

戦勝祝いの酒宴で、居並ぶ武将を前に、秀勝がいつものぎょろ目を向いて、秀康をからかった。

「聞くところによると、なんでも秀康は泣いたそうじゃな。どうした。城攻めが怖くなって、泣き出したか」

秀康の顔に血が上った。怖くて泣いたわけではない。だが泣いたのは事実だ。言い訳するのも見苦しいが、武将たちの前で馬鹿にされ、つかみかかりたい思いに駆られた。

その時、佐々成政が大声で言った。

「いやいや、秀康どのは怖くなったわけではない。あれは悔し涙じゃ」

そして秀康を誉めちぎった。

「城攻めに間に合わず、悔し涙を流されるとは。さすが徳川どのに、よく似たご気性じゃ」

すると秀吉も上機嫌で話を合わせた。

「いやいや、秀康の気性は、徳川どのに似たのではない。わしが育てた子じゃ。わしに似たのじゃ」

その場にいた武将たちが、いっせいに笑い、秀康の面目は守られた。それでも秀康の心には、たまらなく不愉快な思いが残った。

その夜、佐々成政が秀康の部屋を訪れた。

「落城が早かったのは、二の手の威光が強かったからでござる。これも秀康どのの、お手柄じゃ」

秀康は首を横に振った。

「いいえ、私など、何もできませんでした」

「いやいや、初陣としては充分な出来ですぞ。わしも徳川どのに鼻が高い」

実父の名前が出て、秀康は、なおさら情けなかった。

「こんな情けない初陣では、徳川の父には伝えられません」

成政は大きく眉を上げた。

「何を申される。立派な戦勝じゃ。胸を張って、お伝えなされればよい」

秀康は、かたくなに首を横に振り続けた。

「伝えませぬ。だいいち徳川の父には、私の初陣など、どうでもよいことですし」

今度の城攻めで手柄を立てて、堂々と家康に伝えたかった。それも空振りに終わってしまい、もはや自棄《やけ》になっていた。

すると成政は指先を口元の髭に当てて、小首を傾げた。

「何ゆえに、そのように考えられる？」

「何ゆえと申されましても」

また涙が込み上げそうになる。なんとか目をしばたいてごまかした。

「私など父にとっては、どうでもよい存在なのです」

成政は髭から手を離し、穏やかな口調で説いた。

「親にとって、どうでもよい子供など、おらぬ。特に、そなたは徳川どのにとって、辛い思いで手放した息子じゃ。誰よりも愛しいに違いない」

秀康は初陣が不本意に終わった苛立ちから、いつになく感情が抑えられず、思わず成政に食ってかかった。

「愛しいはずなどありません。愛しい子なら、愛しい子なら、人質に出して、捨てるような真似はしないはずです」

それは今まで、ずっと抑えていた感情だった。かつては自分から言ったのだ。父には大坂城に来てもらわなくていいと。だが心の中は裏腹だった。本当は来て欲しかった。

自分には会いに来なかった父が、朝日を正室に迎え、お仲を人質に取った末に現れた。その事実は、受け入れたつもりだった。しかし長くこらえてきたものが、初陣の興奮や落胆とともに、一気に吹き出した。

「父は私のことなど、どうでもいいのです。私は、どうでもいい存在なのです」

「いや、そのようなことはない。私は誰よりも、徳川どのの、お気持ちを知っている。そなたは徳川どのにとって、大事な息子じゃ。以前、たがいの子供の話を、したことがあるのじゃ」

成政は長男を初陣で失ったという。それも八人いた子供は、七人までもが姫で、たったひとりの息子だった。

「松千代丸といって、元服もまだだったが、わが子ながら勇ましい子でな。せがまれて、つい合戦に連れていったら、勇んで敵陣に突っ込んでいき、それきりじゃった」

だからこそ秀康の初陣が心配だったという。

「初陣というのは、死なぬことが第一。第二には、できれば負けぬこと。生まれて初めての合戦で、恐怖を植えつけられては、困るのでな」

だから秀康の初陣は、これで充分な出来なのだという。

「それに、たとえ負けたとしても、その苦い経験を次に活かせばよい。今の苛立ちを、次に活かすのじゃ。そうして武将というものは育っていく。悔しい思いをしてこそ、学ぶことは多い」

成政は、ふたたび髭に手を当てて話した。

「わしが徳川どのと知り合うたのも、いくさがきっかけじゃった」

かつて信長の大きな合戦には、家康は必ず同盟者として協力し、何度も兵を出した。信長配下としてともに戦った成政は、家康の戦術の巧みさと、実直な三河侍の強さに瞠目《どうもく》したという。

信長が本能寺の変で没すると、佐々成政は大名として独立し、越中富山に領地を持った。その後、秀吉との反目が始まり、直接対決が避けられない事態になった。

この頃、家康は小牧長久手の戦いを続けていた。しかし、そもそもの合戦の火蓋を切った織田信雄が、秀吉と和議を結んだことで、家康も兵を引かざるを得なくなってしまった。

この時、成政は、どうしても家康を味方につけて、秀吉に対抗したかった。そのために家康に再起を促すべく、直接会って説得しようと考えた。

しかし浜松まで会いに行く間、富山城を留守にしたことが秀吉側に知られれば、たちどころに攻め込まれる。内々に行動せねばならず、近江や美濃を経由するのは不可能だった。

ただ日本海側の富山から、太平洋側の浜松までは、ほぼ真南方向に一直線だ。もしも立山《たてやま》を越えて、信濃《しなの》の松本側の盆地に出られれば、あとは天竜川の渓谷沿いに南下して、浜松まで行かれる。

そのもしもを、成政は命がけでやってのけた。熊の毛皮をまとい、家臣百人を引き連れ、深雪をかき分けて、真冬の立山を越えたのだ。

「わが家中では、その時の山越えを、さらさら越えと呼んだものじゃ。浜松城に着いたのは忘れもせぬ、天正十二年の十二月二十五日じゃった」

　突然、現れた佐々成政の姿に、家康は驚嘆したという。そして成政の熱意を知り、親身になって迎えてくれた。

「わしは誠心誠意、説いた。ともに戦おうと」

　成政には学問がある。家康も今川の人質時代に学問を修めた。そのため、ふたりの対話は、理詰めだったという。

　家康は織田信雄が手を引いた今、兵を起こす大義名分がないと主張した。一方、成政は、いかにすれば四国や九州の大名たちと、反秀吉で結束できるかを説いた。

「徳川どのは、わしが冬の立山を越えてきた熱意に、何とか応えたいと言うてくれた。本当に苦しそうな様子じゃった。だが結局、わしには説き伏せられなかった」

　秀康は初めて疑問を口にした。

「それは、何故です」

　成政は頰を緩めて応えた。

「その理由は、そなたにある」

「私に？」

「そうだ。そなたが大坂に養子に行くために、浜松城を出たのが、いつだったかを覚えておろう」

「覚えています。私が十一歳の年末です。たしか十二月十二日だったかと」

「わしが立山を越えて、浜松に至ったのは同じ年の十二月二十五日。そなたが出発した十三日後のことじゃ」

秀康は驚いた。自分が出発した後の浜松城で、そんなことが起きていようとは、夢にも思わなかった。

「徳川どのは言った。今頃、息子の一行は、ちょうど大坂城に着いている頃じゃろうと。それを聞いて、わしは、それ以上、押せなかった」

衝撃的な話だった。険しい雪山を越えてまで説得に来た成政を、そんな理由で拒もうとは。秀康は信じがたい思いを、そのまま口にした。

「でも、それは、もしやして父が、佐々どのの頼みを断るための、方便だったのでは」

「そうではない」

成政は即座に否定した。

「あの時の、わしと徳川どのは、たがいに腹の内までさらけ出し、何の嘘いつわりなく、飾りもなく、とことん話し合ったのじゃ」

成政は初陣で死んだ松千代丸の話をし、家康は、切腹させてしまった信康のことを打ち明けたという。

「あの切腹については、徳川どのは悔いておいでじゃった。どうして大事な長男を、死に追いやってしまったのかと。どうして、もっと歩み寄れなかったものかと。次男には、どうあっても長男の二の舞は、させたくないと言われた。その言葉には、わしも引き下がらざるを得なかったのだ」

「でも、でも」

　秀康は戸惑いながら聞いた。

「でも、それなら父は、なぜ大坂城に来なかったのです。私が殺されるかもしれなかったのに」

「徳川どのは、いずれ行くつもりだったはずじゃ」

「そんなはずはありません。父は私など、初めから見捨てるつもりだったのです。実際に、そう言われて、私は大坂に送り出されました」

「そうなる危険が、まったくなかったわけではなかろう。そのために、そなたに覚悟させておかねばならなかったのだ。いざとなった時、男子たる者が慌てたり、取り乱したりせぬように」

　秀康はなおも信じられず、成政が帰るなり、控えの間にいた富正を呼んだ。

「そなた、佐々どのの話を聞いたか」

「はい。恐れながら」

「どう思った？　佐々どのの、さらさら越えの時、そなたは浜松にいたのであろう」

　富正はうなずいた。

「あの時、徳川の家中では、佐々どのに味方すべきだと、誰もが言い立てました。でも上さまは、お断りになられた。理由は明かされませんでしたので、秀康さまのお命を惜しんだからだろうと、これまた誰もが言い立てました」

　家康は躍起になって否定し、以来、秀吉からの使者が来て、秀康を殺すぞと脅しても、けっして大坂に出向こうとしなかったのだという。

　秀康は呆然とした。それが事実だとしたら、今まで抱いてきた実父への不信感は、自分の思い違いだったことになる。しかし、長く固まった感情だけに、容易には氷解せず、秀康は不安定な思いを抱き続けた。

そして緒戦の岩石城攻めから一カ月あまり、軍勢は南下を続け、島津義久の降伏によって、秀吉は九州全域を支配下に収めた。その間、秀康が手柄を立てる機会はなかった。

第八章　見えない明日

秀康の初陣から一年あまり経った夏、本多富正が血相を変えて、秀康の部屋に駆け込んだ。

「申し上げます。佐々どのが、佐々成政どのが、ご切腹なされたとのことでございます」

秀康は耳を疑った。佐々成政は九州征討後、秀康の後見役や武功が認められ、秀吉から肥後《ひご》一国を与えられた。それが一転、切腹とは、寝耳に水の話だった。

「お国元の肥後で、佐々どのが検地を始められたところ、民百姓が一揆を起こし、それを関白さまが咎められて、ご切腹を命じられたそうでございます」

「義父上が、佐々どのに、切腹を？」

「さようでございます」

なおさら信じがたかったが、すぐさま立ち上がった。

「富正、今すぐ本丸に行く」

「何をなさりに行かれるのです」

「義父上に問いただすのじゃ。何故に切腹など命じられたのか」

富正は慌てて引き止めた。

「おやめください」

「なぜ止める。あの佐々どのに、切腹させられるような落ち度など、あるはずがない」

成政は誰もが認める人格者だ。民百姓にも無理難題を押し付けるような武将ではないはずだった。しかし富正が声を落とした。

「この件は、関白さまが佐々どのを陥《おとしい》れたのだと、もっぱらの噂でございます」

検地は秀吉の命令で始めたことであり、地元で反対が起きることは、充分に予測できたという。特に九州が治めにくいのは明白だった。

「それを落ち度と言い立てて、切腹を命じるなど、言いがかりでしかございません」

「でも、なぜ、そのような言いがかりを？」

秀康の問いに、富正は言いにくそうに応えた。

「かつて佐々どのは、関白さまの敵でございました。その恨みを、関白さまが果たされたのだと噂されています」

「ならば義父上は、佐々どのに治めにくい領地を与えておいて、死に追いやる目論見だったというのか」

富正は黙ってうなずく。

「まさか、そのような」

「いえ、その、まさかを、皆、確信しています」

成政の死は、誰の目にも理不尽だという。

「助命を願い出る僧侶や大名もいたようですが、まったく関白さまは耳を貸さなかったそうです」

秀吉の怒りは凄まじく、下手に成政に味方すれば、巻き添えになりかねない様子で、今や誰もが、その顔色を窺っているという。

「だから、この件を関白さまに問いただされるのは、どうか、おやめください。問いただされたところで、佐々どのが生き返るわけではございません」

富正に強く袖をつかまれて、秀康は、どうにか腰を下ろした。

佐々成政は九州征討の間、何かと秀康をかばってくれた。父子関係の悩みも聞いてくれた。それが秀吉に陥れられたというのは、とてつもない衝撃だった。

今まで秀康は、まがりなりにも秀吉を尊敬していた。交渉や策略を用いて、できるだけ武力対決は避け、兵を起こす際にも、圧倒的な大軍で迫ることで、敵に降伏を促す。

家康や成政と違って学問はないのに、頭の回転が早く、次々と知恵が湧く。統治術にも学ぶものが大きかった。

応仁の乱が起きて以来、諸国にいくさが広まり、もう百二十年もの間、人々は乱世を生きてきた。秀康の先祖をさかのぼれば、祖父、曾祖父はもとより、その二代前、秀康から数えて五代も前から、合戦に明け暮れてきたのだ。

これほどの長きにわたって続く戦国の世に、終止符を打つには、合戦に勝ち残って、最後のひとりになりさえすれば、いいというわけではない。ただの豪傑では無理であり、織田信長でさえ不可能だった。天下人になれるのは、もはや豊臣秀吉しかいない。秀康は、そう確信しており、だからこそ尊敬もしていた。

富正が憂い顔でつぶやいた。

「関白さまが以前、敵対した者への恨みを忘れないとなると、徳川の御家も、まだまだ気は抜けませぬな」

今は家康が秀吉に臣従したことで、徳川家は安泰に見える。しかし、いつなんどき佐々成政の二の舞に、ならぬとも限らないのだ。

「よもや、そのようなことは」

いったん臣従した者の、過去を責め立てるなど、上に立つ者がなすべきことではない。だから信じたくはない。だが言葉とは裏腹に、秀康の心の中で、不安が黒雲のように広がる。

秀康の秀吉像が歪《ゆが》み始めていた。

それから間もなく、お茶々という秀吉の側室が、懐妊したという噂を聞いた。

秀康は拍子抜けする思いがした。秀吉は五十二歳になっており、もう実子は望めないものと思い込んでいたのだ。だから跡継ぎは秀次か秀勝。よもや自分ということはないものとは思っていたが、兄弟からは警戒され続けてきた。

そこに実子が生まれるとなると、跡継ぎは白紙に戻る。男児が生まれれば、当然、その子が関白豊臣家の跡を継ぐだろうし、女児ならば、年格好の合う婿を迎えることになる。

秀康はおろか、秀次も秀勝も婿としては年がかさみすぎており、三人同時に跡継ぎ候補の座から滑り落ちたのだ。しかし兄弟の落胆ぶりを想像すると、むしろ妊娠したお茶々に、拍手喝采したい思いだった。

年が変わって天正十七年（一五八九）の正月、十六歳になった秀康は、お仲に呼ばれて、京都の聚楽第《じゅらくだい》に年頭の挨拶に出かけた。

聚楽第は堀川の西側に、秀吉が築いた関白屋敷だ。御所に遠慮して、大坂城のような威圧感はないものの、十七間あまりの幅の堀がめぐらされ、満々と水をたたえている。

敷地の南北には、それぞれ枡形門が設けられ、秀康は南側の大手門から入城した。本丸の屋根は金箔瓦で葺かれ、早春の陽光を受けて、目もくらまんばかりの輝きだ。敷地の一角に、屋根を檜の皮で葺いた小ぶりな建物があり、そこがお仲の住まいだった。

お仲は秀康の来訪に相好を崩した。

「よう来た、よう来た。待っとったで」

聚楽第の暮らしは、やはり居心地が悪いという。

「わしゃ、大坂の山里曲輪みてえなのが、ええんじゃが、さすがに都じゃ田舎くせえのはいかんて、秀吉が言うもんだで。しかたねえで、御殿に住んどるんだわ」

それでも周囲の建物と比べると、素朴な雰囲気があり、山里家《やまざとや》と呼ばれていた。家の中は土壁に土間と板敷きで、天井を張らずに小屋裏まで吹き抜ける田舎家風だ。

お仲は衣装も、公家風のお引きずりの重ね着など面倒でたまらず、小袖の裾を短く着付けて、動きまわりたいという。

そして侍女に命じて、正月の膳を持ってこさせた。金蒔絵の膳の上に、揃いの絵柄の椀や杯《さかずき》などが、ところ狭しと載っている。どれも朱塗りの部分よりも、蒔絵の金の方が多そうな器だ。

「こんな金ぴかの椀より、木をくりぬいただけの方が気楽でええんじゃが、秀吉が正月くりゃあは、これにせいて言うもんで」

お仲は揃いの屠蘇《とそ》盆から、取っ手と尖った注ぎ口のついた銚子を取り上げ、秀康に屠蘇を勧めながら聞いた。

「お茶々ちゅう妾《めかけ》に、子ができた話は聞いたか」

「はい。おめでとうございます」

秀康は杯を手に持ち、屠蘇を注いでもらいつつ、祝いを口にした。

「さぞ、義父上さまも、お喜びでしょう」

すると、お仲は銚子を置いて、呆れ顔を見せた。

「喜ぶどころじゃねえわ。今から、どえりゃあ親馬鹿だで。妾に城まで造ってやって」

秀康は思わず笑い出した。秀吉の狂喜ぶりは、大坂城でも話の種になっている。お茶々が無事に子を産めるようにと、わざわざ淀という川沿いの地に、城を建て直し、産屋代わりに与えるという。

秀康も銚子を取り上げて勧めた。お仲は勧められるまま、屠蘇をひと飲みすると、溜息まじりに言った。

「秀吉の困ったところじゃ。身内のことになると、なんにも見えんようになる。その辺は、おみゃあさんの父上さんの爪の垢でも、煎じて飲ませてえくりゃあだで」

秀康は秀吉の肩を持った。

「でも、それが当たり前だと思います。徳川の父は、冷たいくらいで」

秀吉に実子ができるのは、かれこれ二十年近く前に、妾腹《しょうふく》の子が生まれて以来のことだという。

その頃、秀吉は信長配下で手柄を立て、初めて城持ちになり、側室も持てたのだ。この子は石松《いしまつ》丸《まる》と名づけられ、珠《たま》のように大事に育てられた。

しかし石松丸は、わずか六歳で早世してしまったのだ。以来、秀吉の女漁りが始まった。正妻のお寧との間には子ができない。そのために新しい女ならばと、次々と若い妾を増やした。

「そうまでして、ようやっと授かった子だけによ、喜ぶのも当たり前じゃがな。それにしても親馬鹿じゃ」

お仲は秀吉をくさしながらも、やはり血のつながった孫ができるのが嬉しそうだった。箸を取り上げて、秀康にも料理を勧める。

「ほれ、おみゃあさんも食え。雑煮もあるでよ」

椀の蓋を開けると、すまし汁の中に餅が沈み、その上に青菜と削り節が載っていた。秀康は、ひと口すすって言った。

「懐かしい味がします。浜松で食べていた雑煮と似ています」

お仲は歯のない口を開けて、満足そうに笑った。

「そうか、そうか」

自分も、ひと口すすって言う。

「こっちの雑煮は、味噌が甘ったるうて、いかんわ。やっぱり雑煮は、これが一番じゃ」

それから椀ごと、手を膝の上に置いて言った。

「女の子が生まれるとええな」

秀康も椀を下ろして聞いた。

「なぜです。跡継ぎの男の子が欲しいでしょう」

「いいや、男はいかん。考えてもみやあ。秀吉は甥の秀次や秀勝でも、甘やかし放題だがや。これが息子になったら、どんなことになるか。馬鹿息子しか育たん」

あまりに的を射た指摘に、秀康は苦笑した。

「女の子が生まれりゃ、おめえと夫婦にすりゃええ。少し年は離れるが、徳川さんとの仲をつなげるし、それが一番ええ」

秀康は何も応えられなかった。女児だったとしても、秀吉が溺愛するのは明白だ。まして佐々成政を切腹させるような秀吉だけに、その娘婿というのは難しい立場であり、なおさら気が重い。

「私は男が生まれて欲しいです。その方が跡継ぎが、はっきりしますし」

娘婿の座をめぐって、また秀次や秀勝と争うかと思うと、それだけで煩わしかった。

「けどな、秀康」

お仲は椀と箸を膳に戻した。

「もしも元気な男の子が生まれたら、おみゃあは、このままちゅうわけにもいかん。もとの家に戻るか、どこか別の家に、また養子に出るかせにゃならん」

秀次と秀勝は、すでに城と領地をもらい、独立した形だ。だが秀吉が血縁でもない秀康に、そこまでする筋合いはない。男児が生まれたら、ふたたび養子に出されるのは、覚悟しなければならなかった。

しかし、そうなると、また新しい養父母に仕えることになり、お万を迎えには行かれなくなる。

お仲は秀康の浮かぬ顔を見て言った。

「秀康、何度も養子に出されるのは辛かろう」

「正直なところ、もう養子は面倒です。いっそ」

「いっそ?」

「いっそ、富正ひとり連れて旅に出て、どこかの土豪にでも仕えたい気がします」

それは偽らざる夢だった。

「馬の口取りも、槍持も従えず、自分の思う通りに、力いっぱい馬を駆けさせて、弓を引いて、矢を放って」

九州征討のように、ただ大軍の後ろに続いて歩くだけでは、合戦とは思えなかった。奥州辺りまで行けば、豪族同士の合戦は、まだ続いていそうだった。

「そうか」

お仲は合点した様子で言った。

「わかる。おみゃあの気持ちは、この婆には、ようわかるでよ」

「わかりますか」

「ああ、わかるとも。わしもな、こんな御殿は飛び出して、また百姓に戻りてえ。真っ青な空の下で、田んぼの泥水につかって、畑を耕して暮らしてえ」

夢見心地につぶやく。

「秋に、たんと米が穫れた時にゃ、そりゃ嬉しかったもんだ。いつもは稗《ひえ》だの粟《あわ》だのばっかり食っとったが、稲刈りの後だけは、真っ白い米を食べたもんだ。うまかった。あれほど、うめえもんは、この御殿暮らしじゃ、ありつけん。いくらご馳走を並べても、うまさが違うんじゃ」

膳の前で深い溜息をついた。

「ま、何を言うても、無理じゃな。だいいち、もう、わしも年じゃ。鍬も持てん」

もういちど屠蘇の銚子を持ち上げて秀康に勧めた。

「まあ、おみゃあは、思うように生きりゃええ」

秀康は箸を置き、黙って酌を受けた。

「けど、おみゃあに、ひとつだけ頼みがある」

お仲は銚子を膝に載せて言った。

「おみゃあは、この家と、徳川さんの絆じゃ。どこに行っても、それだけは忘れねえでな。この家と徳川さんの仲立ちを、してちょうよ」

さらに、すがるようにして頼んだ。

「ほやから秀吉に女の子が生まれたら、婿になってくれや。あの親馬鹿を、何とかしてやってちょうでえ。頼むで」


その年の桜のつぼみが膨らむ頃、今度は大地震の噂が届いた。それも駿河から遠江にかけて、大きな被害が出たという。四年前にも美濃を中心に、大規模な揺れがあり、大坂城でも、そうとう揺れた。今度の地震は、範囲は狭かったものの、被害は甚大だと聞く。

秀康は母が心配になった。家康は三年前に浜松から駿府に移り、お万も、ほかの側室たちとともに駿府に引き移っていた。

母からは時おり手紙が届く。いつも秀康の身を案じる内容だ。しかし元気にやっているとしか応えようがなく、返事は滞りがちだ。だが今度ばかりは見舞状を書き送った。

お万宛の手紙を書き終えると、ふと永見貞愛にも、久しぶりに便りをしたためようと思った。双子の弟のことは、いつも気にはなっている。ただ手紙を書くとなると、自分の近況を書き綴《つづ》ることになる。それは脚の不自由な貞愛には手の届かない世界であり、何度も伝えれば、やはり羨ましがらせることになりかねない。

それが秀康には嫌で、めったに便りは出さない。だが遠江で地震があったのなら、隣国の三河も大きく揺れただろうし、様子を聞こうと思い立ったのだ。

母と弟宛に、それぞれ見舞状を送り、その返事が、まだ来ない頃だった。今度は京大坂を震撼させる事件が起きた。聚楽第の南鉄門に、落首が貼られたのだ。数首あったというが、その中の二首を、秀康は見た。

「大仏のくどくもあれや槍かたな　くぎかすがいは子だからめぐむ」

ここのところ秀吉は刀狩を進めていた。百姓から武器を取り上げ、集めた刀剣類は、釘や鎹《かすがい》に鋳直して、京都東山の大仏殿建立に用いた。そのため刀を供出すれば、大仏のご利益があると、大々的に触れていた。

落首は、大仏のおかげで、子種がないはずの秀吉も、子宝に恵まれたという皮肉だった。

もう一首は、佐々成政に関わるものだった。

「ささたへて茶々生いしげる内野原　今日はけいせい香をきそいける」

冒頭の「ささ」とは成政のことで、「内野原」とは聚楽第を意味し、「今日」も京の掛け言葉だ。佐々成政の死を悼み、側室の「茶々」が増長しているという意味だった。佐々成政の切腹が、いかに理不尽なものだったかを象徴する落首だった。

　この落首に対する秀吉の怒りは、すさまじかった。待望の実子の誕生に難癖をつけられて、我慢がならなかったのだ。そして落首を貼った下手人捜しに出た。

　南鉄門の警備にあたっていた番衆十七人が、まっさきに捕縛された。警備の目をかすめて、落首など貼れるはずがなく、番衆が見逃したか、番衆の誰かが貼ったと、みなされたのだ。

　彼らのうち十人が拷問にかけられ、一日目に鼻をそがれ、翌日は耳を切り落とされ、三日目には逆さに吊られた。そして七人が引きまわしの上、磔《はりつけ》や斬首など死罪に処された。

　さらに疑わしい者を匿《かくま》ったという理由で、庶民にまで罪は及び、六十人あまりが死罪となった。あまりに疑わしい者が多すぎて、最後は籤引《くじび》きで刑が決まり、死刑にされた中には、年寄りから幼い子供まで含まれた。

　秀康の中で、すでに佐々成政の切腹で歪み始めた秀吉像が、落首事件で決定的に崩れ落ちた。

　そうしているうちに三河の永見貞愛から、地震見舞いの返事が来た。三河では地震の被害は、さほどではなかったという。それより秀康から手紙を貰って、とても嬉しかったと、神官らしい端正な文字で綴られていた。そして秀康の出世を、心から祈っていると結ばれていた。

　それと前後して、お万からの返事が届いた。浜松城下では倒壊した建物もあったが、城内は無事だったという。お万は、お茶々の妊娠を耳にしており、今後、秀康の立場がどうなるかと心配していた。浜松城内では、徳川家の跡継ぎは、三男の長松丸という雰囲気が、もはや出来上がっているという。後は秀吉に女児が生まれて、秀康が婿に収まるしかないと書かれていた。

　秀康は何もかもが面倒だった。貞愛の期待には応えられず、母には心配のかけ通しで、いよいよわが身が情けない。西の丸の堀端に立ち、高々とそびえ立つ本丸の石垣を見上げて、かたわらの富正につぶやいた。

「この城に留まることが、今までになく苦痛じゃ」

富正は大きな溜息をついてから言った。

「では、逃げますか」

富正も石垣の上に立ち、堀を見下ろした。大坂城の堀は大河につながり、果ては海にまで続く。体力さえあれば、泳いで逃げることは、まったく不可能というわけではない。

「奥州まで逃げ切って、土豪にでも仕えましょう。私は、どこまでも、お供いたします」

わざと生真面目に言う様子に、秀康は思わず吹き出した。富正も笑い出す。

秀康は富正の腹に、ふざけて拳を押し付けた。冗談なのはわかっているが、その気持ちが嬉しかった。


淀城で秀吉の子が生まれたのは、夏の初めのことだった。男児だった。秀吉は狂喜した。捨子は丈夫に育つといわれており、験《げん》を担いで、棄丸《すてまる》と名づけられた。

秀康としては安堵した。しかし周囲から気の毒がられ、いたく不愉快だった。秀吉の娘婿など、最初から願い下げだったのに、その気持ちを、富正以外の誰も理解しないのだ。

お万から手紙が届き、そこにも慰めの言葉が、延々と綴られていた。母心とは思えども、煩わしいだけだった。

日が経つにつれ、気の毒がられるだけではなく、人の態度が劇的に変わったことに、秀康は気づいた。

お茶々の懐妊以来、何かと、へつらう者がいた。秀吉の娘婿という可能性が、ないわけではなかっただけに、とりあえず近づいておこうという魂胆らしかった。そういう者に限って、男児が生まれた途端、手の平を返すように横柄な態度に変わった。城内ですれ違っても、頭も下げない。秀次や秀勝の家臣の態度は、なおさらひどくなった。ふたりとも、すでに大坂近郊に領地を持つ大名だが、大坂城下にも屋敷を持ち、時折、家臣を引き連れて、秀吉の機嫌伺いにやって来る。秀康は秀勝の近習たちから、すれ違いざま、聞こえよがしに嫌味を言われたこともある。

「関白さまも、お大変なことよのォ。お世継ぎが、お生まれになったというのに、余計なものを捨てられず」

「姫君でも生まれれば、婿という芽もあったかもしれぬが、つくづく運の悪いことよ」

秀康は、むっとして振り返った。

「余計なものとは、何のことだ」

すると、ひとりが空とぼけた。

「いえ、秀康さまのお耳に入れるほどの話では」

「私の耳に入れたいからこそ、聞こえよがしに言ったのであろう」

「とんでもございません。何も聞こえよがしになど」

慌てたふりをして謝る。秀康は怒りを抑えて言った。

「そなたらは知らぬかもしれぬが、私が養子に来た当初、周囲に宣言した。無礼があれば、その場で手討ちにすると。それは義父上も、お認めになったことだ。それを忘れるな」

相手は上目遣いに応えた。

「いえ、まあ、それは」

「それは何だ？」

「前と今とは、違いますし」

秀康は、いっそう腹が立った。

「義父上が認められたことを、取り消されたとでも申すのか」

「いえいえ、そういうわけでは」

秀勝の近習たちは、何度も頭を下げげつつ、その場から退散した。


秋口のことだった。秋晴れの空の下、秀康は富正とふたり、大坂城の馬場で、愛馬の墨藍を走らせていた。

大坂城の馬場は、秀康が暮らす西の丸よりも、さらに外堀を隔てた西側にあり、広大な草地に柵がめぐらされている。秀康は西の丸の馬屋から、ここに墨藍を連れてきては、毎日、数周ずつ走らせるのを、日課にしていた。富正も自分の馬を駆けさせる。

ふたりとも、それぞれの馬に鞭を入れ、早足から駆け足、全力疾走と、速度を速めていった。鐙に力を込めて、軽く腰を浮かし、手綱を握る。馬の背の躍動感と、全身が一体化して、まさに乗馬の醍醐味だった。

秀康の耳元に風切り音が響き、小袖は風をはらんで、袖も背中も帆のように膨らむ。風が素肌をすり抜けて心地よい。馬を走らせている時だけは、何もかも忘れられた。

富正の馬は、半周ほど離れて疾走していた。

その時、視界の端に、若い男たちの集団が馬を引いて現れた。以前、秀康に嫌味を言った秀勝の近習と、その仲間たちだった。馬術の稽古に来たらしい。嫌な奴が姿を現したことで、秀康は、そろそろ終わりにしようと思った。

その時だった。ひとりが柵の向こうで馬にまたがるなり、柵を越えて、秀康と墨藍に向かって突進してきたのだ。ほかの男たちが、口笛や奇声で囃《はや》し立てる。

今にもぶつからんばかりに近づき、墨藍が驚いて急停止し、両前脚を振り上げた。馬体が大きく斜めになったが、秀康はかろうじて振り落とされずにすんだ。

だが次の瞬間、別の馬が逆方向から突進し、墨藍にぶつかった。前脚を振り上げていた墨藍は、均衡を崩した。あっと思った時には、墨藍の後ろ脚がもつれて転んだ。

秀康は馬体とともに、ぶざまに地面に叩きつけられた。目も開けられないほど土埃が舞う中、男たちの爆笑が聞こえた。手を叩いて笑っている。

すぐに富正が追いつき、馬から降りて、秀康に手を貸した。

「お怪我はッ」

秀康は立ち上がった。重い馬体の下敷きになって、少し片足を痛めたが、立ち上がれないほどではない。それよりも墨藍の方が心配だった。懸命に立ち上がろうとしているのに、立ち上がれない。急いで脚を確かめると、後ろ脚を二本とも骨折していた。

なおも男たちの嘲笑が続く。向かってきた二頭の馬は、柵近くの男たちのもとに戻り、ふたりの乗り手は、すでに馬から降りていた。

秀康は大股で近づいて聞いた。

「この無礼は、誰の命令だッ」

最初に突進してきた男が、顎を上げ気味にして応えた。

「誰の命令というわけではありませんよ」

「ならば、おまえが言い出したことか」

「いや、馬が勝手に走り出したのです」

「馬のせいにするのかッ」

秀康は刀の柄《つか》に手をかけて怒鳴った。

「前に言ったはずだ。無礼があれば、手討ちにすると」

男は顔色が変わっていた。そして慌てふためいて、刀を抜いた。

秀康も、ゆっくりと自分の刀を引き抜く。

柵の向こうにいた男たちも駆けつけ、次々と抜刀して、秀康と富正を取り囲んだ。だが誰ひとりとして、腰が引けていない者はない。最初の男が虚勢を張って怒鳴った。

「いくぞッ、いいなッ」

秀康は余裕で応えた。

「どこからでも、かかって来い」

男は血走った目を見開いて、前に飛び出し、しゃにむに刀身をふり下ろした。秀康は瞬時に、下から刀を振り上げた。刀身がぶつかり、金属音とともに、火花が散る。

そのまま鍔《つば》迫《ぜ》り合いになり、相手の真っ赤な顔が、目の前に迫る。

ふたりの動きが止まったのを見極めて、別の男が刀を構え、脇から突進した。動いている間は、味方を傷つけそうで、斬りかかれないのだ。

秀康は鍔迫り合いの相手の腹を、力いっぱい蹴り上げた。男は、よろけて地面に尻餅をつく。

ふたり目の男は仲間を傷つけそうになって、慌てて刀を引いたが、すぐに体勢を立て直して、ふたたび迫り来る。秀康はすれ違いざま、刀の峰で、相手の胸をしたたかに叩いた。男は衝撃で刀を取り落とし、両手で胸を抑えて、その場にうずくまった。

三人目と四人目が同時に襲いくる。ひとりが斜め前、もうひとりが背後だ。さらに五人目が別方向から、高々と刀をかざして踏み込む。

秀康は三人目の刀を、自分の刀身で、はじき飛ばした。四人目は、富正が助太刀し、力まかせに殴り倒した。

その間に五人目が踏み込み、銀色の抜き身が、凄まじい風切り音とともに、秀康の頭上に振り下ろされた。秀康は身を引きながら、反射的に刀を振り上げた。相手を思いやる余裕は、もうなかった。

相手の刀は、秀康の耳元をかすめて空を切り、地面に突き刺さったが、秀康の刀は、向こうの腹に届いていた。嫌な手応えがあって、切っ先が腹を切り裂き、真っ赤な血飛沫を引きずりながら、斜め上へと抜けた。

男の口から、獣《けもの》の咆哮のような絶叫が飛び出し、そのまま腹を抱えて、地面に転がった。男の仲間たちも悲鳴をあげ、その場に刀を放り出して、男に駆け寄った。

男は七転八倒し、顔を歪ませ、からだを海老《えび》のように丸めて暴れる。仲間たちは慌てふためき、泣き出す者もいた。

秀康は、刀身を振って血糊《ちのり》を飛ばすと、男たちに言った。

「戸板を持ってきて、運んでやれ。医者も呼べ」

さほどの深手ではないし、出血もひどくはない。この程度、腹を斬っただけでは、致命傷にはならないはずだった。

ひとりが秀康に向かって何度も頭を下げると、戸板を取りに、建物の方に走り去った。

秀康は抜き身を下げたまま、墨藍の方に戻った。すでに富正が、倒れた墨藍のかたわらに、しゃがんでいた。

墨藍は、なんとか馬体を持ち上げようとするが、後ろ脚に力が入らず、むなしく前脚が空を蹴る。後ろの両脚を傷《いた》めては、農耕馬として生きる道もなく、助けることはできない。

秀康は抜き身の刀を足元に置いて、首の横にしゃがみ、愛馬の名を呼んだ。

「墨藍」

墨藍は、もう立ち上がろうとはせず、腹を大きく上下させながら、哀しげな目で見上げる。

秀康は手早く陣羽織を脱ぎ、それで墨藍の頭から首までを覆うと、左手で首の下の動脈を探った。指先にぬくもりと、鼓動が伝わる。

右手で抜き身の柄をつかんで、陣羽織の下に切っ先を差し入れ、左手で確かめた動脈めがけ、一気に突き刺した。

墨藍が全身をばたつかせる。吹き上げる血潮で、たちまち陣羽織が赤く染まっていく。ほどなくして墨藍は動かなくなった。地面に血溜まりが大きく広がっていく。

秀康は愛馬の腹に手を置いて泣いた。

秀康が、秀勝の近習を手討ちにしたという噂が、あっという間に城内に広がった。話に尾ひれがつき、即死だったとまで、ささやかれた。

秀康は、もうどうでもいい気がした。とにかく自分に落ち度はない。秀吉から叱責を受けるなら、どうとでもなれと思った。下手をすれば、切腹もあるかもしれない。あんな男たちのために、命を失うのは不本意だったが、秀吉が耳を貸さなければ、仕方なかった。

本丸に呼ばれて、富正とともに出かけると、はたして秀吉は渋面《じゅうめん》で迎えた。

「そなた、秀勝の家来を手討ちにしたのか」

「手討ちではありません。無礼がありましたので、立ち合いました」

「詳しく聞かせよ」

問われるまま、秀康は当日の様子を、包み隠さずに伝えた。最後まで聞き終えると、秀吉は富正に確認した。

「今の話で、相違ないか」

富正は両手を前について応えた。

「間違いございません」

すると秀吉は首を横に振った。

「秀勝の小姓たちは、そうは言うてはおらん。そなたが馬をぶつけてきて、いきなり刀を抜いて襲いかかってきたと」

秀康は腹が立って、思わず声を荒立てた。

「それは違います」

「秀勝も、そなたが悪いと言うておる」

「いいえ、秀勝どのは、今度の件を見ておいでになりませんッ」

秀吉はかたわらの脇息《きょうそく》を引き寄せて、深い溜息をついた。

「まあ、わかっておるわ。前々から秀勝は、そなたを軽んじているであろう。それが近習どもに伝わったのじゃ」

秀康は意味が理解できなかった。秀吉は身内びいきだ。当然、秀勝や、その近習たちの肩を持つと思っていたが、どうも風向きが違う。

「わしはな、秀康」

秀吉は脇息を前に置いて寄りかかった。

「子供の頃、義理の兄たちから、苛《いじ》められたものじゃ」

かつてお仲が、秀吉たちを連れて再縁した際に、義理の父となった竹阿弥には、ふたりの息子がいた。秀吉は竹阿弥だけでなく、彼らからも苛められたのだという。

「義理の兄弟というのは、なかなか難しいものじゃ。そうそう仲良くはできん」

だが秀康は、なおも怪訝に思った。秀吉の物分かりが良すぎる気がしたのだ。秀吉は頬を緩めて、脇息から身を起こした。

「なぜ、わしが、そなたの言い分を信用するのか、合点がいかぬようじゃな」

そして控えの間を、顎先で示した。

「会わせたい男がいる。治長《はるなが》、入れ」

ふすまが開くと、ひとりの男が平伏していた。

「苦しゅうない。近《ちこ》う」

治長と呼ばれた男は、二十代前半ほどの年格好で、目鼻だちの涼しい容貌だった。座っていても、かなり上背があるのがわかった。

「大野《おおの》治長という。わしの馬廻衆《うままわりしゅう》のひとりじゃ」

馬廻衆とは大名の警護役だ。

「もともと治長は、お茶々の乳兄弟《ちきょうだい》じゃ」

お茶々は赤ん坊の時から乳母に育てられており、その乳母の実子が、大野治長だという。

「実は、この治長が、そなたと秀勝の近習たちの、いさかいを見ていたそうじゃ」

たまたま馬場を通りかかって、止めに入ろうとした時、流血沙汰になったのだという。

「事情は治長から聞いた。嘘をつくような男ではないが、いちおう、そなたの言い分も聞いた。双方の話には、寸分の違いもなかったから、わしは、そなたを信じたのじゃ」

秀康は急いで治長に頭を下げた。

「ありがとうございます」

治長は控えめに応えた。

「いえ、私は目にしたことを、関白さまに、お伝えしたまでです」

秀吉は脇息を、かたわらに戻しながら言った。

「秀康、治長が案じているぞ」

「案じるとは、何を？」

「秀康が自棄《やけ》になっているのではないかと」

秀康は目を伏せた。治長に見通されているのが恥ずかしかった。

「秀康、今度のことは、これですますが、つまらぬ喧嘩などするな。わしも、そなたの行く末は考えておる」

秀吉は両手で、自分の膝を軽く叩いた。

「いちど淀の城にまいるか。わしの自慢の子の顔を見ておけ。そなたの弟じゃ」

秀康は、かしこまって頭を下げた。秀吉の言うことを、すべて鵜呑みにしたわけではない。行く末を考えてくれているというのも、その場しのぎな気がした。それでも、あんな男たちのために、命を落とさずにすんだのは、ありがたかった。


淀城の奥の間で、お茶々が胸をはだけて赤ん坊に乳を与えるのを、秀康は不思議な思いで見た。大名の奥方は乳母を雇い、みずから乳を与えることはない。授乳している限り、月のものが来ず、妊娠しにくい。そのために無理矢理、断乳して、次の子をはらむと聞いている。

だが、お茶々は自分自身の乳を与えていた。かたわらで秀吉が自慢げに言った。

「捨て子は育つというので、最初は棄丸と名づけたが、今は鶴松と改めた。大事にしすぎると丈夫に育たぬ。乳母もいかん。下々の子供のように、母親が自分の乳で育てねば」

秀吉は最初の子、石松丸を乳母に育てさせ、六歳で死なせてしまったことが、悔やまれてならず、今度こそは丈夫にと意気込んでいた。

「秀康、鶴松の顔を見てみよ。可愛いぞ」

鶴松が乳首を放すと、お茶々は白く豊かな乳房を襟元に収めて、鶴松を抱き直した。

秀康は赤ん坊の顔をのぞき見た。真っ赤な顔で、薄目を開けて、しきりに口を動かす。可愛いかどうかは、よくわからなかった。だが秀吉は愛おしそうに見つめる。

「姫が生まれていたら、秀康を婿にしてもよいと思うていたのじゃがな」

秀康は軽口で応えた。

「義父上の娘婿など、窮屈でたまりませぬ」

「そうか。願い下げか」

秀吉が大げさに目をむく。大野治長や本多富正など、その場にいた誰もが笑った。ただ、お茶々だけが眉をくもらせた。

「それは、誰でも願い下げでございましょう。ずいぶん前のことですが、秀康どのの兄上さまが、私の伯父上から切腹を命じられたことが、ありましたでしょう」

秀康が六歳の時、兄の信康が織田信長の命令で、切腹させられた件だ。信長の姫を娶《めと》りながら、その姫の讒言《ざんげん》によって切腹させられたと言われている。お茶々は信長の姪だという。その縁で信康の一件を聞き及んでいた。

「娘婿という立場は、なかなか難しいものなのだと思います。特に伯父上や関白さまのように、力のある方の娘婿は」

たいがいは秀吉の娘婿の座を逃したとして、秀康を不運と見なす。秀勝の近習たちも、そうだった。それは秀康の誇りを傷つける。しかし、お茶々は秀康を理解しており、それが秀康には意外だった。

　午後になると、秀吉が帰城を促した。

「わしは、この淀城に留まるゆえ、治長、そなた、秀康を大坂まで送ってゆけ」

「いえ、送っていただかなくても」

　秀康は遠慮したが、結局、大野治長と富正と三人で、大坂城に向かうことになった。馬を並べて進みながら、秀康は治長に聞いた。

「大野どのは、どちらの出ですか」

「北近江です。父が浅井《あざい》という大名の家来でした」

「浅井？」

「淀の方さまのご実家です。もう滅びましたが」

「誰に滅ぼされたのです」

「織田信長公です」

　秀康は驚いた。お茶々にとっては、父親が伯父に討たれたのだ。

「では淀の方さまは、さぞや信長さまを恨んでおいででしょう」

　お茶々は淀城で子を産んで以来、淀の方とか淀殿とか呼ばれている。治長は少し首を傾げた。

「わかりませぬ。ただ、そのような恨みに囚われていたら、生きてはいけぬでしょう。だいいち浅井を滅ぼすのに、誰よりも手柄を立てたのは、関白さまですので」

　なおさら驚愕だった。お茶々は、よりによって父を殺した敵の妾にされたのだ。

　治長は馬を進めながら、唐突に話題を変えた。

「秀康さまは姉川の合戦を、ご存知ですか」

「浜松にいた頃、父の家来たちが自慢するのを、よく聞かされました。信長さまの合戦に加勢して、徳川の家中が目覚ましい手柄を立てたと」

「その時の敵は？」

秀康は、あっと思った。姉川の合戦の敵は、たしか浅井と記憶している。それが、お茶々の実家だったのだ。

「ならば、ならば、徳川の父も、淀の方さまのご実家を、滅ぼしたのですか」

「いいえ、姉川の合戦は、織田さまと徳川さまの大勝でしたが、落城にまでは至りませんでした。浅井家が滅びたのは、その三年後です」

その頃、家康は甲斐の武田への応戦に手一杯で、信長に援軍を送るどころではなかったという。

「では、ご実家が滅びて、そのまま淀の方さまは、関白さまのもとに身を寄せられたのですか」

秀康の問いに、治長は首を横に振った。

「いいえ、それは淀の方さまが、まだ幼い頃の話ですし、いったんは織田家に」

お茶々の母、お市が信長の妹だったことから、母娘は信長の庇護下に入った。しかし、お茶々が十四歳の時に、本能寺の変で信長が命を落としたことで、ふたたび暮らしは大きく変わったという。

お市は、信長の重臣だった柴田勝家に嫁ぐことになり、お茶々は二人の妹たちとともに、母の再縁先の越前に移った。

しかし、ここもまた秀吉に攻め滅ぼされたのだ。お茶々と妹たちは落ち延びたものの、お市は城を枕に死を選んだ。そして、お茶々は三十二も年上で、父と母を死に追いやった男のものになったのだ。

秀康は馬に揺られながら、尋ねた。

「淀の方さまは、お嫌ではなかったのですか」

「お嫌だったかもしれませんが、さっきも申した通り、恨みに囚われていては生きていけません」

治長は笑顔で言葉を続けた。

「秀康さまの父上さまと、私の父も、姉川の合戦で敵対したはずです。でも今は、こうして馬を並べている。そういうものです」

治長は母親が、お茶々の乳母だったことから、長年、母子でお茶々のそばに仕え、苦労を目の当たりにしてきたという。

「淀の方さまは、前々から秀康さまを気にかけておいででした。ご自身と同じように、幼い頃から辛い思いをしているのではないかと」

秀康は、なるほどと納得できた。お茶々は苦労人だからこそ、秀康を深く理解できるのだ。

大坂城に着くと、大手門の内側で、三人は馬から降りた。轡取《くつわと》りたちが駆け寄って、秀康と富正の馬を引いていく。

治長は、自分の馬の手綱を持ったままで言った。

「淀の方さまは、秀康さまに期待しておいでです。鶴松さまを守って欲しいと」

秀康は首を横に振った。

「私には、そんな力はありません」

「いや、あります。徳川どののご実子で、関白さまのご養子という立場は、望んで得られるものではありません」

治長は鞍に手をかけて言った。

「ご自身としては、少し窮屈なお立場かもしれませんが、どうか、そのお立場を上手く用いて、先々、淀の方さまをお助けください」

そして一礼すると、軽々と鞍にまたがり、馬の首をまわして、大手門から出て行った。

治長を見送ってから、富正が言った。

「正直なところ、私は淀の方さまのことを、少し思い違いしていました」

秀康は聞き返した。

「思い違いとは?」

「もっと高飛車で、嫌な女かと思っていました」

秀吉には大勢の側室がいながら、お茶々だけに子が授かったことは、疑惑の目で見られがちだ。そのために聚楽第の南鉄門に、落首まで貼られたのだ。秀康自身も会うまでは、けっしていい印象は持っていなかった。

「そうだな。存外に、お優しい方だった」

秀康は、そうつぶやいて、富正とふたりで西の丸に戻った。

第九章　結城の地へ

北関東に結城《ゆうき》という城がある。宇都宮《うつのみや》の少し南に位置し、奥州路の入り口に当たる要地だ。

その城主、結城晴朝《はるとも》は太り肉《じし》ながら、鼻筋が通り、眼窩《がんか》が窪んで、印象の強い顔立ちだ。それが眉間に深いしわを寄せ、がっしりとした首筋に汗をにじませて、深い溜息をついた。

たった今、近習が来客を告げた。客の名は本多作左衛門。徳川家康から密かに送られてきた使者だった。

初対面ではあるが、用件は想像がつく。近いうちに徳川家が豊臣秀吉の先鋒として、小田原の北条《ほうじょう》家を攻める。その際に、味方につけと言うに違いなかった。

晴朝は二十五歳の時に家督を継ぎ、五十六歳の今まで、三十年以上も合戦に明け暮れてきた。正直なところ、もう終わりにしたい。というよりも、終わらせられるか否かの剣ヶ峰が、まちがいなく近づいている。

それも晴朝の判断次第で、生き残って戦国の世が終わるのを見届けるか、結城家が滅びて終わるかの瀬戸際だった。その選択を迫る使者が、本多作左衛門なのだ。

晴朝は渡り廊下を通って、作左衛門を待たせている広間に向かった。よく晴れた空の下で、東南方向に目をやると、筑波山がそびえ、逆方向には赤城山が望める。

結城家は晴朝で十七代目。もとは平安時代にまでさかのぼる名家で、初代の結城朝光《ともみつ》は源頼朝に仕え、この地に城を築いた。朝光は頼朝の落とし胤とも言われており、頼朝の朝の文字を、代々の当主は名前に用いてきた。

四百年以上の歴史の中で、結城家は何度も大きな合戦を経て、衰退と復興を繰り返した。特に足利幕府の時代には、鎌倉公方《くぼう》や古河《こが》公方と、関東管領《かんれい》との間で対立が起こり、それに巻き込まれた。

鎌倉公方とは、都にある幕府が、関東統治のために置いた将軍代理職だった。後に鎌倉公方は鎌倉を離れ、結城に程近い古河に移り、古河公方と称した。

一方、関東管領も、幕府が直接任命していた役職だった。名目上は公方の補佐役だったが、両者の関係が明確でないことから、たびたび対立を繰り返した。これに結城家だけでなく、関東各地の大名や豪族たちが、ことごとく巻き込まれたのだ。

そんな中で、特に結城家の名を高めた合戦があった。結城家十一代目の氏朝の時の戦いだ。やはり鎌倉公方の足利持氏《もちうじ》と、関東管領の上杉憲実《のりざね》との対立が発端だった。結果は足利持氏が負けて切腹となり、持氏の遺児たちが残された。

幕府は京都から新しい公方を派遣しようとしたが、結城氏朝が見かねて遺児たちを保護し、幕府に対して兵を挙げたのだ。この対立は関東のみならず、奥州や都にまで飛び火した。

結局、結城氏朝は敗北を喫し、一時、結城家は断絶となった。だが足利持氏の遺児が、ふたたび鎌倉公方に復帰したことで、なんとか家の再興が許された。

結城家は力を失いはしたものの、幼い遺児たちをかばって、時の権力に対抗したことで、広く人気を博し、この争いは結城合戦と呼ばれて、後の世まで知れ渡った。

その後は下克上の世になり、関東での合戦は勢いづくばかりだった。特に小田原の北条家が力を持つようになり、甲斐からは武田信玄が進出し、越後の上杉謙信も関東管領の座を手に入れて、三つ巴の戦いとなった。

武田家が滅びてからは、北条家と上杉家の対立が続いた。結城家をはじめ関東各地の城主たちは、時に北条に味方したり、時に上杉方についたりして、なんとか生き延びてきた。

それが、ここに来て、まったく別の勢力が、手を伸ばし始めていた。それが豊臣秀吉であり、秀吉の先鋒として関東に攻め入ろうとしている、徳川家康だった。

彼らに味方すべきかどうかが、晴朝の苦悩の種だった。目下のところ結城家は、北条に敵対する立場であり、それを貫くなら、当然、徳川に味方することになる。だが周囲の動きを見極めつつ、柔軟に判断しなければならない。下手をすれば、四百年続く名家が、自分の代で潰れるのだ。

本多作左衛門は広間で待っていた。そして晴朝が上座について、挨拶をすませるなり、予想通りの用件を切り出した。

「近いうちに、わが家中では、小田原城を攻めることになります。その時に是が非でも、お味方を、お願いしとうございます」

晴朝は慎重に聞き返した。

「たしか徳川さまは、ご息女を北条家に嫁がせているはず。そのご縁は、どうなさるのです」

かつて武田家が滅びた後、その遺領をめぐって、徳川家康と北条氏政《うじまさ》が、対立したことがあった。しかし結局、両家は和睦し、話し合いで領地を分け合った。家康が督姫という娘を嫁がせて、縁を結ぶ形で和睦したのだ。

作左衛門は言葉を選びながら応えた。

「その督姫さまの縁を用いて、これまでわが殿は、北条どのに大坂に挨拶に出向くよう、いくたびも勧めてまいりました」

家康は自分がそうしたように、北条氏政にも大坂城の秀吉のもとに、挨拶にいくように勧めた。その結果、氏政の弟が挨拶に出向いた。しかし秀吉が北条家に許した領土に関して、北条側に不満が残った。それがために、ここに来て、ふたたび秀吉に反旗を翻《ひるがえ》す気配が、北条家に高まっているのだった。

なおも晴朝が聞いた。

「このまま北条と手切れになり、それでも督姫さまが帰されなかったら、徳川どのは、いかがなさるおつもりじゃ」

手切れになった場合、嫁がせた娘は離縁になって、実家に戻されるのが筋ではあるが、命の保障はない。

「その時は、それまでのこと。もともと人質として渡したも同然の姫ですので」

「娘を見捨てると仰せか」

「わが殿は家中のためならば、ご自身のお身内を犠牲にされます」

晴朝には実子がいない。それだけに子への思いは実感できないが、それにしても家康の判断は、冷酷すぎるように思えた。晴朝は、もうひとつの気掛かりを口にした。

「率直にうかがいたい。北条攻めのことは、徳川どのは本気で、かかられるのか」

たとえば晴朝が家康への加担を明らかにした後に、万が一、家康が北条側と和議を結んで、兵を引くような事態になれば、結城家は立場がなくなる。いったん敵対を表明するからには、秀吉と家康には大軍を繰り出してもらい、北条家を完膚なきまでに叩きつぶさせねばならなかった。

すると作左衛門は力強く言った。

「わが殿は、とことん戦うために、まずは三男の長松丸どのを、人質として大坂城に差し出す心積もりでござる」

秀吉に対して人質を送り、覚悟を示すという。晴朝は、なおも疑心を口にした。

「その子も殺されてもよいという、おつもりならば、いつでも兵は引けましょう」

「さすがに、それはございませぬ」

作左衛門は長男の信康が切腹になり、次男の秀康が秀吉の養子になったいきさつを、包み隠さず話した。

「それだけに、このうえ長松丸さまを失うわけには、まいらぬのです」

晴朝は、また別の懸念を尋ねた。

「小田原城は難攻不落の城でござる。どのように攻められまする？　攻め落とせぬ場合は、どうなさるおつもりか？」

小田原城は箱根の山を背にし、南は相模《さがみ》湾に面している。さらには、ぐるりと城下町まで堀で囲い込んでおり、総構えの城郭都市だ。これを模したのが大坂城だった。

大坂同様、船で他国と連絡ができ、食糧の調達も可能で、何年でも籠城ができる。武田信玄でも上杉謙信でも、攻め落とせなかった名城だった。

作左衛門は自信に満ちた口調で応えた。

「難攻不落は小田原だけではござらぬ。今までに、わが家中では難攻不落といわれた城を、いくつも落としてまいりました。落ちない城など、ありませぬ」

そして計画を打ち明けた。

「関白さまは、わが殿に先鋒を命じられますが、その背後には、途方もない大軍が動くことになりましょう」

九州攻め並の軍勢を動員し、さらには、とてつもない長丁場を覚悟しているという。

しかし晴朝には、まだ大きな問題が残る。結城城周辺の城は、真岡《もおか》、壬生《みぶ》、鹿沼《かぬま》、小山《おやま》など、揃って北条方だ。

反北条に傾きそうなのは、常陸《ひたち》の佐竹《さたけ》家などわずかで、いたって心もとない。下手に反北条を表明して、周囲から一斉に攻め込まれたら、今の結城家では持ちこたえられそうにない。それが何より怖かった。

晴朝は、さらに慎重に聞いた。

「もしも徳川さまに、お味方するとしたら、こちらから人質を差し出さねばなりませぬな」

今まで徳川家とは縁がなかっただけに、絆になるような人質が必要だが、何分にも晴朝には実子がいない。すでに親戚筋の宇都宮家から、朝勝《ともかつ》という養子をもらってはいるが、すでに二十一歳だ。合戦になれば、大事な戦力になるし、これを人質に出すわけにはいかない。

しかし作左衛門は意外なことを言った。

「人質など要りませぬ。むしろ、わが殿の子を養子として、もらっていただきたい」

晴朝は驚いた。今までの話の流れは、ある程度、予想していた通りだった。だが家康の子を養子に迎えるなど、思いも及ばない話だ。

「徳川さまの、お子を？　それは、ご実子で？」

「もちろん、ご実子です。さきほど話にも出た秀康さまで、年は十六。武勇にも器量にも優れ、今は関白家のご養子になっておいでです」

晴朝は、なおさら仰天した。大大名の徳川家康の実子というだけでなく、関白豊臣家の養子でもある若者を貰うなど、にわかには信じがたい。

作左衛門は膝を乗り出して説明した。

「わが家中が小田原に滞陣する際、まず秀康さまを、このお城に、ご養子として入れます。その後は、いくらでも援軍を差し向けます」

「お、お待ちくだされ。何故に、そこまでして」

「諸国に名を知られた結城家が、そのようなご養子を迎えられて、真っ先に徳川に味方されたとなれば、ここに、いくらでも援軍が来るのは、誰の目にも明らかになります」

そうなれば、この辺りの城も、一挙に北条方から離反せざるを得ないだろうという。つまり、この養子縁組みは、北関東一円に見せつけるための、華々しい狼煙《のろし》なのだ。

「もうひとつの理由があります。秀康さまご自身のことを思えば、今のままで、よいはずがございません」

秀吉に実子ができた今、秀康は飼い殺し状態だという。作左衛門は秀康が生まれる前から、世話をしてきたことも、晴朝に打ち明けた。

「大坂城に、ご養子に出して、かれこれ五年。いくら、わが殿が身内に厳しかろうと、さすがに取り戻したいと考えておいでなのです。ですが養子に出した形ですので、今さら、おめおめと返してもらうこともできず、ならば、いっそ関東の名家に移したいということなのです。結城どのには、ご実子がござらぬようですし」

作左衛門は、さらに言葉に力を込めた。

「結城どのにお力添えをいただいて、北条を攻め滅ぼせた暁《あかつき》には、わが殿は結城どののために、思い切った加増を、関白さまに願い出る所存にございます」

晴朝は慎重に聞いた。

「思い切ったとは」

「実質十万石は、お約束いたしましょう」

あまりな高《たか》に言葉を失った。今の結城家にとって十万石といえば、とてつもない増収となる。話がうますぎる気がした。養子とは名目で、その実、徳川家に呑み込まれるのではないかという疑いが湧く。

「結城の家名は残るのでございましょうな」

「それは無論のこと」

信じがたい好条件に、晴朝は黙り込んだ。その怪訝顔に気づいて、作左衛門が言った。

「何もかも腹を割って、お話ししましょう。実は、わが殿は、今度の北条攻めが終われば、関白さまから、関東への移封を命じられるだろうと、覚悟しておいでです」

またもや晴朝は驚きを隠せなかった。

「先祖伝来の地を、離れると仰せか」

攻め滅ぼした敵の所領を、攻めた者が手にすることは珍しくはない。ただ移封というからには、今までの領地を手放すことになる。

「その通りにござる」

作左衛門は深くうなずいた。

「今までの徳川の所領は、三河、遠江、駿河、甲斐、信濃の五カ国において百五十万石。移封後は伊豆《いず》、相模、武蔵《むさし》、上総《かずさ》、下総《しもうさ》、上野《こうずけ》辺りまでの六カ国、二百五十万石には加増されましょう。うち十万石を結城家に、という算段でございます」

晴朝は太い腕を組んで考え込んだ。秀吉にしてみれば、家康は臣従したとはいえ、いまだ油断ならない相手に違いない。それを関東に追いやれるのだから、充分にありえる話だ。

一方、結城家としては、一挙に十万石の大名に格上げされ、けっして悪い話ではない。それどころか願ってもないことだ。徳川家が関東に移封になって、後ろ盾についてもらえれば、結城家の行く末は安泰だ。

ただ結城家では跡継ぎとして、すでに朝勝という養子を迎えている。お鶴という晴朝の姪との結婚も決まっており、晴朝は、そろそろ家督を譲ろうと考えていた時だった。もし今から秀康を養子にするなら、朝勝を廃嫡して、お鶴を正式に結城家の養女とし、そこに婿として迎えることになる。そうなると朝勝にとっては、面白いはずがない。

最後に、もうひとつ気掛かりが残った。

「その秀康さまご自身は、どのように、お考えなのじゃ。天下に知られる大坂城から、このような関東の果ての小さな城に送られては、さぞ、ご不満ではなかろうか」

よほど手に負えない若君で、厄介者を押しつけられるのではないかと案じた。しかし作左衛門は破顔して応えた。

「秀康さまのおそばに、わが甥をつけており、時々、手紙が届きます。それによると秀康さまは、御殿暮らしには飽き飽きしており、いっそ土豪の家来にでもなりたいと言うておいでとか。さすが、わが殿のお血筋と、頼もしい限りじゃ」

晴朝は結論を急がず、いったん話を締めくくった。

「この件は、今すぐには、お応えはできませぬ。家中の者の考えも、聞かねばなりませぬゆえ」

作左衛門も引くわけにはいかない。

「ならば、いつ、お応えいただけましょうか。それまで近隣の寺にでも宿を頼んで、お待ちいたすゆえ」

晴朝は翌日の回答を約束した。

その夜、晴朝は、さっそく養子の朝勝や重臣たちを、本丸に集めて相談した。灯りがともされた広間で、重臣たちは事情を聞き終えると、口々に反対した。

「十万石など、話がうますぎる」

「だまされているのじゃ。法螺《ほら》話に決まっておる」

「その若君が、よほどの愚鈍なのじゃ。厄介払いされてくるのじゃろう」

「そうじゃ、そうじゃ、徳川から追い出され、また関白の家からも追っ払われるなど、ろくな若君であるはずがない」

口々に言い立てて、広間がざわめく。晴朝は大声で一喝した。

「静まれッ」

太り肉のからだを少し前のめりにさせて、一堂をねめまわした。

「よく聞け。その若君の善し悪しなど、今、話している暇はない」

重臣たちは、たがいに顔を見合わせて、黙り込んでしまった。灯りが揺れて、人々の影も大きく揺れる中、晴朝は問いかけた。

「道は、ふたつにひとつ。秀康という若君を迎えて、豊臣と徳川に味方するか。それとも今まで敵だった北条と、手を結ぶか。それだけの話だ」

重臣たちは誰ひとり応えようとしない。だが彼らの視線が、養子の朝勝に集まった。朝勝は細面をまっすぐ前に向け、薄いくちびるをかみしめて黙っている。白いこめかみには、勘筋が浮かんでいた。重臣のひとりが、それを横目で見ながら聞いた。

「徳川から養子を迎えるとなると、われらが若君のお立場は、どうなるのです？」

晴朝は眉間にしわを寄せて応えた。

「当然ながら、朝勝が家を継ぐことはできなくなる」

「それは」

重臣は言葉に詰まりながらも続けた。

「あまりでしょう」

晴朝は鋭い目を向けて聞いた。

「ならば北条と手を結ぶか」

重臣は、ふたたび黙り込んだ。長年、戦ってきた北条にすり寄って、豊臣と徳川の連合軍と戦うなど、まず考えられないのだ。

晴朝は、ひとりずつをねめまわし、視線を朝勝に止めて聞いた。

「朝勝、そなたは、どう思う？」

朝勝は聞こえよがしに舌打ちをしてから、重臣たちに向かって言った。

「皆々は十万石に恐れ入っているようだが、そんなものに目をくらませてよいのかッ」

あぐらをかいた両膝を、手で握り締めて言う。

「徳川の思惑は、今度の北条攻めでも、その後、関東に移封になった時にも、この地は確実に押さえておきたいということだろう」

結城の北は宇都宮。広大な関東平野の北の果てで、宇都宮から北は山に入り、奥州に至る。奥州にはや伊達《だて》をはじめ、力のある大名が居並ぶ。彼らが関東に攻め入ろうとすれば、必ず宇都宮から、やって来る。それを阻止するために、結城は、きわめて最重要な城だった。

「われらは徳川の盾に、されようとしている。たかが十万石で、そんな立場を押しつけられるのだぞッ」

朝勝の理論立った話に、重臣たちがうなずく。

晴朝は、さっきと同じことを聞いた。

「ならば、そなたは北条と手を結ぶ方が、よいと思うか」

もともと朝勝は宇都宮家から養子に来た。徳川家から養子を迎えるなら、朝勝は宇都宮家に戻るしかなくなる。だが、その宇都宮家も北条に対抗する立場だ。

朝勝は、ふたたび苛立たしげに舌打ちして、晴朝に聞き返した。

「義父上は、もう徳川から養子を迎える気なのですかッ。ならば、このような話し合いなど、最初から無駄なことじゃッ」

今度は晴朝が黙り込んだ。図星だったのだ。朝勝は、いっそう苛立たしげに立ち上がると、両拳を握りしめ、仁王立ちになって叫んだ。

「その方らは褒美の十万石を貰って、愚鈍な養子に手を焼けばよい。だが、そのような者が当主になってみよ。すぐに結城家など、なくなるぞッ」

だが重臣たちは揃って目を伏せ、誰も応えようとしない。朝勝は彼らに見切りをつけたか、敷物を蹴り飛ばし、大股で広間を出て行った。

「若君ッ」

声をかける者もあったが、朝勝は振り返りもせずに立ち去った。その勢いで、広間の灯りの火が揺れた。

重臣たちは不安そうに、たがいに目を見交わすばかりだ。その中で、ひとりが口を開いた。

「殿、やはり養子の出来不出来は、われらには気になります。若君の仰せの通り、愚鈍な養子が城主になれば、結城家の先行きは危うくなりましょう」

晴朝は首を横に振った。

「いや、もしも、その秀康とやらが、よほど愚かな若君なら、とにかく祭り上げてしまえばよい」

「祭り上げて？」

「そうじゃ。合戦に挑む場合、大将は、優れた人物でなければならない。それは当たり前じゃ。しかし今度の北条攻めで、天下が治まるのなら、大将など賢くなくてもよい。周りの者が、しっかりしていれば」

晴朝は、養子を迎えても実権を渡さなければいいと、考えるに至ったのだ。

「だから、養子は家来なしで来てもらえばよい。近習のひとりや、ふたりはいいにしても」

それでもなお重臣たちは納得しなかった。

「しかし、おとなしければともかく、乱行のあるような若君であったら」

「その場合は、徳川家に返せるように、確約を取っておこう。ともかく今は養子を迎えて、北条を葬り去るのだ」

晴朝の決意は堅く、もはや、誰も反対しなかった。

翌朝、晴朝は作左衛門に承諾を伝えた。すると作左衛門は笑顔を隠し切れずに応えた。

「きっと、わが殿も、お喜びになりましょう。これで北条攻めは万全です」

しかし晴朝は釘を刺した。

「ただし、その若君に乱行などあった場合は、徳川どのにお返ししたい。それだけは約束していただきたい」

作左衛門は、いっそう笑顔になって応えた。

「結城どのが心配なさるような若君ではござらぬが、念のため、上さまから一筆、書いていただきましょう」

作左衛門の方からも頼みがあった。

「実は、この養子の段取りは、手放した子息のことだけに、わが殿が、関白さまに話を持ちかける筋ではないのでござる。そのために御家から関白さまに、養子縁組を願い出るという形に、してはいただけぬであろうか。もちろん内々の手はずは、調えておきまするゆえ」

晴朝は承諾した。

「わかりました。すぐにでも大坂城に、使者を立てましょう」

ただ朝勝だけは、秀康を迎えることに、最後まで不服を唱え続けた。

「私は宇都宮家に戻ります。ただし宇都宮の姓には戻りません。いったん結城家に養子に入った身ですから、これからも結城朝勝と名乗らせていただきます」

そして不満を抱いたまま、数人の側近を連れただけで、実家に帰っていった。


天正十八年（一五九〇）が明け、秀康は十七歳になった。すると年頭の挨拶という名目で、秀康の異母弟である長松丸が、徳川家から大坂城に送られてきた。

長松丸は緊張の面持ちで、秀吉に挨拶し、それから秀康に向かって、深々と頭を下げた。

「兄上さま、お久しぶりでございます」

五年ぶりの再会であり、長松丸は十二歳になっていた。秀康が大坂に来た頃と、同じような年格好だ。秀吉が相好を崩した。

「ここに来た頃の秀康に、よう似ておるな」

そして音を立てて手を打った。

「そうじゃ、そなたを元服させよう。名前も、わしの秀の字をやろう」

長松丸は突然の申し出に、表情を硬くしている。だが秀吉は自分の思いつきに、大満足の様子だ。

「もう一文字は何としよう。家康どのの康の字は、秀康が使うているしのォ」

かたわらに座る秀康に向かって聞いた。

「家康どのの父上の名は何という？」

「祖父は広忠と申しました」

「おお、それはよい。そこから忠の文字を取り、秀忠《ひでただ》とするがよい」

秀康は呆気にとられた。家康の父親の名が広忠であることなど、おそらく先刻、調べがすんでいるのだ。祖父の名から一文字もらうなど、こじつけに過ぎない。秀忠と聞けば、秀吉に忠義を尽くすという意味だと、誰でもが思う。それがねらいに違いなかった。

しかし長松丸自身はもちろん、徳川家からついてきた従者たちも、何も言えない。秀康は弟を気の毒に思った。

その夜、長松丸が泊まる部屋を訪れると、重苦しい雰囲気の中、長松丸が慌てて目元を拭った。目が赤く、泣いていたらしい。秀康は弟の前に座って言った。

「長松丸、秀忠という名が嫌なら、私から別の名を頼んでみよう」

だが長松丸は激しく首を横に振った。

「いいえ、秀忠で、けっこうです」

そして律儀に頭を下げた。

「兄上に、ご心配おかけして、申し訳ありません」

秀康は小さな溜息をついて聞いた。

「そなた、いつまで、この城にいるように、父上に言われてまいった？」

「関白さまが帰ってよいと、仰せになるまでです」

秀康は、やはりと合点した。正月の挨拶という名目だが、実のところは人質として送り込まれてきたのだ。北条攻めが終わるまで、大坂城に留め置かれるに違いなかった。

ただ単刀直入に聞いたところで、長松丸も従者たちも詳しい話をするはずがない。秀康は、それとなく探りを入れた。

「姉上が帰されてきたそうだな」

秀康の異母姉、お督のことだ。秀康よりも九歳上で、秀康が大坂に来る前年に、北条家の当主、北条氏直に嫁いだ。それが離縁されて、徳川家に戻ったと聞いている。徳川家が秀吉に味方し、北条と敵対した結果だった。

「姉上は、今度の北条攻めを、さぞ嘆いておいでであろう」

秀康の問いに、長松丸は重い口を開いた。

「姉上は父上に何度も頼んでおいでです。どうか北条を攻めぬようにと」

家康は北条氏直を、娘婿として気に入っていたという。それだけに秀吉からは、北条寄りと疑われかねない。その疑惑を撥ねのけるために、家康は、長松丸を人質として差し出してきたに違いなかった。

秀康は長松丸を早く帰してやりたいと思った。人質など自分ひとりでたくさんだった。

一方、秀吉は、さっそく元服式の用意を調え、烏帽子親を買って出た。秀康の目の前で、長松丸は前髪を剃り落とされ、大人の顔になった。秀吉が烏帽子を冠《かぶ》せ、顎の下でひもを結んだ。

「これより、そなたは徳川秀忠じゃ。よいな」

すべての儀式が滞りなく終わり、くつろいだ雰囲気に変わった時、秀康が思い切って言った。

「元服も終わったことですし、どうか、秀忠どのを駿府に、お帰しください」

秀忠と名を変えたばかりの長松丸自身が、誰よりも驚いた。秀康は、かまわずに続けた。

「秀忠どのは、徳川家の大事な跡取りでございましょう。ならば徳川どのは、今度の北条攻めの一部始終を、跡取りに見せておきたいはずです」

あえて他人行儀に徳川どの、秀忠どのと言った。

「またとない城攻めになりましょうし、秀忠どのも見ておくべきです」

これは秀康の賭けだった。秀吉が帰国を許すか、それとも腹を立てて、余計に手放さなくなるか。かたずを呑んで返答を待った。

すると秀吉は突然、手を打って笑い出した。

「そうか、そうか、北条攻めを見せておきたいか」

そして秀忠に向かって、しみじみと言った。

「そなたは、よい兄を持ったものじゃの。よい兄じゃ」

秀吉は血縁を重んじる。それだけに秀康が弟をかばったことに、感じ入ったのだ。それから自分の両膝を叩いた。

「秀忠、帰るがよい。秀康の願いじゃ。徳川どのも待っておろう」

秀忠は秀康とふたりになるなり、袖にすがるようにして礼を言った。

「兄上、ありがとうございました。ありがとうございました」

涙ぐむ弟に、秀康は少し面はゆい思いがした。


秀忠が秀康の進言で帰され、まもなく小田原への出陣準備が始まると、まっさきに秀吉は、秀康に聞いた。

「新しい鎧《よろい》と兜《かぶと》を作ってやろう。どんな形がよい？　人の度肝を抜くような、どでかい金の飾りをつけるか」

秀康はかしこまりつつも、率直に応えた。

「大きさや重さは、いといませんが、きらびやかな飾りは好みませぬ。できれば総黒漆《そうくろうるし》塗《ぬ》りで、お願いします」

「そなたは地味好みよのォ」

秀吉は少し不満顔ながらも、秀康の願い通りに作らせた。

そして新しい兜が完成した。土台が唐冠《とうかん》と呼ぶ中国古代の冠の形であり、左右に山羊の角のように張り出す脇立は、飛雲と呼ぶ意匠で、勾玉《まがたま》の尻尾を天に向かって、長く引き延ばしたような形だ。それが三、四尺もあろうかという巨大さで、全体が黒漆で仕上げてある。

秀吉は笑顔で手渡した。

「冠ってみよ」

秀康は両手で兜を持ち上げた。大きいだけに、なかなか重い。冠ると首に重量がかかる。だが充分に耐えられる重さだった。

秀吉は、さらに満足そうに言った。

「よう似合《にお》うている。九州の初陣の時は、まだ十四で、このような重い兜は無理じゃったが、今度こそ、関白家の子にふさわしい装いじゃ」

秀吉は自分の兜も見せた。それは馬藺後立付兜《ばりんうしろだてつきかぶと》といい、とてつもなく派手な意匠だった。馬藺とは菖蒲の葉を意味し、細長い刀身のような飾りが、二十九本も兜の後ろに広がっており、それが後光のように見える。

「ふたりで兜を冠って並んだら、さぞ人目を引こうぞ」

自慢げにいう。

「陣羽織も着てみるがよい」

それは西洋風のマントだった。黒地に色鮮やかな総刺繍が施《ほどこ》されている。外国の街の絵柄だった。刺繍糸の重みが、ずっしりと手にかかる。秀康が羽織ると、ふたたび秀吉は目を細めた。

「そなたは顔立ちがよいゆえ、華やかなものが、よう似合うのお」

将たる者、目立つことも大事だという。

「よいか、秀康、今度の小田原攻めは、いつも、わしのそばにいよ。城の攻め方を教えてやろう」

それからまもなく、西国の諸大名が兵を率いて、続々と大坂城に集まり始め、順次、関東を目指して出発していった。

三月には秀吉本隊の出陣となり、秀康も飛雲の兜を冠り、陣羽織代わりの総刺繍のマントを羽織って、秀吉の本隊に同行した。

途中、三河を進軍中、秀康は母の実家だからと口実を設け、わずかな従者たちとともに本隊から離れて、知立神社に立ち寄った。双子の弟の永見貞愛《さだちか》とは、十一歳で初めて会って以来の再会だった。

貞愛は、脚を引きずりはするものの、神官らしい立派な装束で、顔立ちも際立っていた。秀康が兜を外すと、貞愛は鎧姿を、ほれぼれと見つめた。

「ご立派になられましたな」

目を潤ませている。貞愛の義兄に当たる貞武も、秀康の勇姿を賞賛した。

「ご立派です」

そして貞武は、兜を抱えた秀康の足元に、片膝をついて言った。

「私を家来にしていただけませんか」

思いがけない申し出に、秀康は戸惑った。

「由緒ある神社の神主を、家来になど」

しかし貞武は真剣だった。

「神主の座は、貞愛に譲ります。私は武家としての永見家を再興したいのです」

そのために長く兵法や治政を学んでおり、武芸の稽古も怠りないという。

秀康は正直に応えた。

「まだまだ自分は、大名として独り立ちしているわけではない。それに、この先も、どうなるか定かではない。それゆえ今のところ、家来を持つことはできぬ」

するとと貞武は残念そうに言った。

「ならば行く末が定まられたら、どうか、家来にしていただきたい」

秀康は兜を抱えたままでうなずいた。

「わかった。もしも、きちんと家を構えることができたら、声をかけよう」

それから本殿に上がり、貞武が白い大麻を振って、小田原攻めの無事を祈願した。

別れ際に馬に乗ろうとすると、貞愛が手綱をつかんで言った。

「どうか、ご活躍を。どうか、私の分まで。ぜひ兄のためにも」

それから少し冗談めかして付け加えた。

「兄が、ご家来になれれば、私は、この神社を継げますので」

秀康は笑顔になって、深くうなずいた。この先、何が待ち構えているかは定かではないものの、自分は精一杯、生きなければならない。そして、できれば貞武の望みを叶えて、家臣として迎えたかった。

短時間の再会だったが、ふたたび軍勢に合流し、気持ちを新たにして東に向かった。

浜松を過ぎ、駿府に至った。すでに徳川軍は出陣しており、駿府城内は閑散としていた。

秀康は今度の進軍に際し、期待と重苦しさを同時に感じている事柄があった。お万との再会だ。本来なら駿府城にいるはずだった。

しかし駿府に着いてみると、お万はいなかった。秀康は落胆とともに、わずかに安堵した。母には会いたいが、先が見えない今の立場では、合わせる顔がない。

聞けば、家康の出陣に同行したという。秀吉は大名たちに、こう言って、妻妾の同行を命じていた。

「箱根には、いい湯がある。女たちも湯治のつもりで、連れてくるがよい」

家康が、それに応えて、お万を連れて行ったという。しかし秀康には意外だった。あれほど不仲だったのに、どうしたことなのか。

ともあれ秀康は、秀吉とともに駿府城を後にし、ふたたび進軍を続けた。

箱根の山中に入って、まず中腹の山中城を落とし、頂上の芦ノ湖畔を過ぎてから、湯本の早雲寺に入った。北条家ゆかりの寺だが、秀吉は、ここを占拠して、本陣に定めた。北条家に従う僧侶たちを追い出し、本堂の仏像を焼き捨てさせた。

先に着陣していた石田三成《いしだみつなり》という家臣が、早川沿いを下り、見晴らしのいい高台まで、秀吉と秀康を案内した。

「ここが箱根連山の東の端に当たります」

秀吉の配下には、いかにも豪傑然とした重臣が多く、黒々とした髭を蓄え、言葉も尾張弁で荒々しい。しかし三成は厳《いか》つさがなく、なで肩で、優しげな印象だった。話す言葉は上方の抑揚があり、近江の出だという。

秀吉は眺望に歓声を上げた。

「秀康、見よ、絶景じゃ」

秀康もかたわらに立った。眼下には新緑に萌える斜面が広がり、早川が深い谷を刻んで、はるか下を流れていた。

三成が谷の先を指した。

「その向こうに小田原城が見えましょう」

彼方に天守閣が望めた。周囲に城下町を抱え、何重もの堀が銀色に輝いている。早川は城の大外堀となって、南に広がる相模湾に注いでいた。

「後ろも、ごらんください」

言われた通りに振り返ると、早川の谷を囲む峰々に、諸大名の旗が、びっしりと翻っていた。その先には箱根連山がそびえる。

秀康が遠眼鏡を三成に返すと、秀吉は秀康に身を寄せて言った。

「この布陣は三成の采配じゃ。この男は見たところは少々、頼りなげだが、知恵のあることで、わしに並ぶのは、わが家中では、この者だけじゃ。これからは武将も、槍を振るっていればすむ時代ではない」

三成は九州への出兵で名を挙げたという。十八万にも及ぶ出兵だったために、兵糧の確保や輸送が、大きな課題となった。それを手際よく成し遂げたというのだ。

「そのような裏方のことを軽んじる輩も少なくはないが、これは大事なことじゃ。三成がいなければ大軍は動かせぬ」

三成は少し恐縮した様子で、すぐ後ろの土地を示した。

「例の城ですが、この辺りがよろしいかと」

秀吉は周囲を歩きまわってから、両手を打ち鳴らした。

「ここがよい。この上なく、よい場所じゃ。今すぐ築城にかかれ」

三成が急ぎ足で下がっていくと、秀吉は秀康に説明した。

「ここに城を築く。北条方に知られぬうちに、夜も昼も休みなく、あっという間に築くのじゃ。中身など後でよい。とにかく東側だけは、石垣も積んで立派な城郭に仕立てるのじゃ」

いちおうの格好がついたら、周囲の木立を切り倒して、下から見えるようにするという。一夜で城が出現したかのように見せかけるのだ。

「北条のやつらは驚くぞ。城の名前は石垣山城だ」

秀吉は、いかにも楽しそうに笑う。

「秀康、この城には北条を驚かすだけでなく、もうひとつの意味がある。何だか、わかるか」

秀康は思慮深く応えた。

「何年かかっても、小田原の城を落とすという覚悟を、北条方に知らしめることでしょうか」

仮設の陣屋ではなく、本格的な城を建てることで、攻め落とすまで退陣しない意志を、敵に示す目的に違いなかった。

「その通りじゃ。大名に女どもを連れてこさせたのも、そのためじゃ」

長丁場になるらしいと、商人などの口から、小田原城内に伝わることを狙っていた。

「秀康、さきほどの三成もそうじゃが、槍をふるって勝ち進むばかりが武将ではない。ここを使え」

自分の頭を指差す。

「知恵を絞り、できるだけ合戦を避けて、勝ちを収めるのじゃ」

今まで秀吉は、さまざまな策を用いて、勝利を収めてきた。家康との小牧長久手の戦いでは、織田信雄と講和を結んで、家康が戦う大義名分を奪った。九州征討では、とにかく大軍を繰り出して、相手の気勢をそいだ。規模が大きくなればなるほど、実戦を避けるようになった。

「大きな合戦をすれば、こちらの痛手も大きい。だから策で勝ちを収めるのじゃ」

そして秀康の肩を軽く叩いた。

「よいか。わしの言うたことを忘れるなよ」

妙に改まった言葉に、秀康は身の引き締まる思いがした。

佐々成政の切腹や、聚楽第の落首事件で崩れた秀吉の印象が、ここにきてふたたび回復した。だいいち、こんなふうに戦場で、秀吉の身近に呼ばれ、戦法について教えられるのは初めてだった。

諸大名が勢揃いすると、秀吉は、それぞれの妻妾を早雲寺に同行させ、本堂に膳を運ばせて酒を酌み交わした。

秀吉自身は、お茶々を連れてきていた。赤ん坊の鶴松は、正妻のお寧《ね》が、京都の聚楽第で預かっているという。

家康も呼ばれてきており、お万を同行していた。ただ秀康の記憶の中の母よりも、ずっと小柄だった。秀康と別れた時が二十八で、今は三十四歳になったはずだった。美しかった容貌にも陰りが見えて、息子を手放して以来の苦労が偲ばれた。

秀康は「母上」と呼んで駆け寄りたかった。しかし勝手はできない。自分は関白家の養子という立場なのだ。座る場所も、家康やお万よりも上座だった。

諸大名が酒を酌み交わし、美貌の妻妾たちが侍《はべ》る中、家康が前に進み出て、秀吉に、お万を引き合わせた。

「これが秀康どのの生みの母でございます」

養子に出した息子を、あえて他人行儀に「どの」づけで呼んだ。

お万は秀吉と秀康に向かって、深々と頭を下げ、顔を上げた時には、大きな瞳が潤んでいた。

立派に成長した息子を抱きしめたいのに、それができない。再会の喜びに、もどかしさが入り交じって、大粒の涙になる。

秀康は、喉元にこみ上げる熱いものをこらえた。血縁への情の厚い秀吉も、目を赤くした。

「長く離ればなれにして、すまなかったの」

それから秀吉は突然、立ち上がり、秀康を示して大声で言った。

「皆の者、見よ。これが、わしの自慢の息子じゃ。男前であろう。実の父は徳川どのじゃ。母者も、ここにおる」

ざわついていた場が静まり、秀康に注目が集まった。秀康は気恥ずかしい思いがした。だが続く言葉に、甘い思いが吹き飛ばされた。

「わしの自慢の息子ではあるが、このたび手放すことにした」

あまりに急な話に驚いた。だが同時に、来るべき時が来たという思いもあった。いつまでも関白家の部屋住みではいられない。秀吉は大声で続けた。

「秀康は、下野国《しもつけのくに》の結城家を継ぐ」

諸大名からざわめきが起きた。秀康自身、想像だにしていなかった養子先だった。結城という名は、結城合戦の家として知ってはいる。だが、それ以上は何も知らない。だいいち養子に出るとなれば、都周辺の大名家とばかり思い込んでいた。

ただ秀吉が大勢の前で、突然、発表してしまっただけに、秀康自身には否も応もない。さらに秀吉は、家康に向かって同意を求めた。

「それで徳川どのも、よかろうな」

家康は当然と言わんばかりに応えた。

「関白さまに差し上げました子ゆえ、ご随意に」

とっさに秀康は、お万を見た。息子の養子先について、不満を口にするのではないかと案じたのだ。しかし、お万は口を真一文字に閉じ、潤んだ目で前を見据えている。

秀康は直感した。この養子の件は、すでに両親は了解しているのだと。だからこそ家康は、お万を伴って来たのだ。

大名たちが大きな拍手で賛同を示す。秀吉が満足そうに着座すると、かたわらにいたお茶々が不満げに聞いた。

「もしや、このお話、秀康どのは、ご存知なかったのでは、ありませぬか」

秀吉は当然とばかりに応えた。

「その通り。秀康は今、知ったばかりじゃ」

お茶々は形のいい眉を寄せた。

「ご本人にも知らせぬうちに、なぜ、そのようなことをなさいます」

「なぜも何もない。結城どのの方から、話があったのじゃ」

何が悪いかと言いたげだった。

「前からあった話を、今、秀康の母者の顔を見て、決めたのじゃ。結城に行けば、母者とも一緒に暮らせるゆえ」

「でも、あまりではありませぬか。そのような関東の果ての、小さな家に追いやるとは」

秀吉は普段から、お茶々に甘い。それでも自分が決めたことに、横槍を入れられて、不愉快そうに横を向いた。

「これは、そなたが口を挟むことではない」

だが、お茶々は負けじと言い募った。

「上さまは、実の子が生まれたからといって、秀康どのを、また別の家にやるなど、あまりな仕打ちではございませんか」

実子を産んだ当人だからこその強気だった。

すると秀吉は憤怒の表情で立ち上がった。衆目の中、お茶々に向かって、怒声を発しようとした時だった。秀康が片膝を立てて、お茶々を止めた。

「淀の方さま、どうか、誤解のありませぬように」

座が静まり返り、大名たちの視線が、秀康に集まる。

「お気遣いは嬉しく存じます。ですが私は結城に参ります。喜んで参ります」

言葉を重ねて強調した。

「実は私は、どこかの土豪にでも仕えたいと、夢見たことがありました」

それは以前、お仲と富正にだけ打ち明けた夢だった。

「馬の口取りも、槍持も従えず、自分ひとりで力いっぱい馬を駆けさせて、弓を引いて、矢を射て。そんなふうに戦いたかったのです」

それから秀吉に視線を移した。

「そんな合戦だけが勝負ではないと、義父上さまから教えられたばかりですが、それでも、たとえ小さくても家を継げば、城持ちの身。自分の考え通りに動けます。私の夢が叶います」

それは本心でもあり、同情されまいという虚勢でもあった。

「それに、これで母とも暮らせましょうし」

養子先が大家でないだけに、お万を引き取れるはずだった。

すると突然、秀吉が破顔し、大きく手を打った。

「これは勇ましい。頼もしい」

そして秀康を誉めちぎった。

「自分の考えで動きたいか。よい心がけじゃ。さすがじゃ。さすが、わしが育てた息子じゃ」

お茶々が戸惑い顔で口をつぐむ。秀吉は、あえて渋面を作った。

「いやはや、立派に育ったものじゃ。これほどの息子を、いざ手放すとなると、惜しくなるのぉ」

それから家康に向かって言った。

「結城へは、徳川で兵を出して、送り届けてやってくれ。天下一、立派な婿入りにしてやろうぞ。関東の者どもが目を見張るような婿入りじゃ」

家康は、かしこまって頭を下げた。

秀康は自分の役割に気づいた。派手な婿入り行列は、小田原から出て、緊張感の高まる関東平野を縦断し、結城の地に向かう。その間、関白家の養子で、徳川家の実子は、人々の注目を集め、噂になるはずだった。それによって味方の士気を鼓舞するのだ。秀吉は最後まで、秀康を利用するつもりなのだ。

秀康は、それでもいいと思った。むしろ最後まで、利用価値のある養子でいたかった。

すぐに結城に使者が立てられて、婿入りの準備が整えられた。秀康は本多富正など側近だけを伴って、まずは小田原城の東に滞陣していた家康の軍勢に合流することになった。

早雲寺を出る際に、お茶々に礼を言った。

「淀の方さまには、かたじけなく思っています。あんなふうに肩を持っていただけるなど、夢にも思っていませんでした」

お茶々は首を横に振った。

「わらわは余計なことを、言うたのかもしれませぬ。ただ秀康どのには都の近くにいて欲しかった。秀康どのの名前の通り、関白さまと徳川どのの橋渡しを、していただきたかったのです」

秀康は頰を緩めて応えた。

「どこにいても橋渡しはできます。今は結城家は関東の小大名のようですが、いずれ大坂の城下にも屋敷を持ちましょう」

そして、お茶々の後ろに控えていた大野治長にも、頭を下げた。

「馬場での一件で、かばっていただいたこと、生涯、忘れません」

治長は涼やかな目元を、ほころばせて応えた。

「そう思っていただけるのなら、淀の方さまの願いを、どうか、受け止めてくだされ」

秀吉と家康の仲介について念を押され、秀康は深くうなずいた。

出発に際しては、秀吉も、早雲寺の門まで見送りに出た。

「十一で養子にもらって、長いようで短い六年だったな」

名残惜しそうに言う。

「いざ手放すとなると惜しくなるというのは、わしの本心じゃ。そなたは武芸にも秀で、知恵もある。早く分家してやればよかったかと、今更ながら悔いる」

秀康にとって秀吉は、不思議な養父だった。突き放されていたかと思うと、突然、かばってもらえたりする。それでいて甘えられない。ただ別れ際に、秀康はお仲を思った。

「どうか、大政所さまに、よろしく、お伝えください。お暇乞いもできませんでしたが、孫として可愛がっていただいて、本当に嬉しかったと」

秀吉は南蛮人のように秀康の手を握り、もう片方の手で肩を軽く叩いて、別れを惜しんだ。

秀康は箱根の山を下り、小田原城の北を迂回して、家康の陣に入った。

葵の紋所の幔幕の前で、お万が待ち構えていた。そして馬上の息子の姿を見るなり、幼い子供のように駆け出した。秀吉の本陣で顔を合わせた時とは、別人のような笑顔だった。

「母上ッ」

秀康は馬から飛び降りて、駆け寄るお万を抱きしめた。記憶の中の母よりも、ずっと小さな母だった。

「秀康、帰ってきてくれたのですね」

　お万の声が潤む。

「母は待っていました。きっと帰ってきてくれると信じて、ずっと、ずっと待っていました」

　息子の袖にすがり、襟元をつかんで泣いた。

「それが、こんなに立派になって、帰ってきてくれるなど、まるで夢のようじゃ」

　秀康は、お万のお垂髪《すべらかし》に顔を寄せ、いっそう強く抱きしめた。泣き顔を見られたくなかったのだ。どれほど母が孤独だったかと思うと、どうしても涙がこらえられなかった。

　秀康の到着を聞いて、家康も出迎えた。口の重い父だけに、特に何も言いはしないが、その視線は温かかった。


　秀吉の本隊が箱根に留まる一方で、諸大名が動き始めた。小田原城を孤立させるために、北条に味方する関東各地の城を、ひとつずつ攻め落としていくのだ。

　家康の軍勢も小田原から東に向かい、まず玉縄《たまなわ》という城を手に入れた。鎌倉の北西に位置する城だ。続いて武蔵国に入って江戸城、下総国で佐倉城と、次々と開城させていった。どこも大軍に恐れをなして、抵抗なく城を引き渡した。

　秀康は手勢とともに、父に従って入城し、お万も駕籠で同行した。

　家康は手に入れた城の隅々まで、秀康を連れて検分し、それぞれの城の特徴と弱点を教えた。

　特に江戸城では、本丸脇の櫓《やぐら》に上って、周囲を見渡した。

「この城は、いい場所にある。海にも近いし、手を入れれば、いい城になりそうだ。だいいち、この広さを見よ。これからは関東だ」

山々は遥か遠く、四方には広大な平野が続いている。

もともと、この場所は江戸家という豪族が館を建てた土地だったが、太田道灌《どうかん》が堀をめぐらせて、茅葺き屋根の素朴な城を築いた。その後、城主が代わり、北条家の配下に入っていたのが、徳川の軍勢に対して開城したのだ。

秀康は櫓の手すりに手をついて、懸念を口にした。

「でも土地が低すぎませぬか。始終、川が氾濫しそうです。飲み水も手に入るかどうか」

江戸城は湿地帯の際に建っており、東には葦《あし》の原が広がり、南は海が迫る。だが家康は平然と応えた。

「大坂城の周りの土地も、もとは低かった。そこに堀を築き、土を盛って町を造ったのじゃ。飲み水は遠くからでも引けばよい。江戸は、きっと大坂をしのぐ町になる」

秀康は、父が関東への移封を覚悟し、むしろ前向きにとらえていることが意外だった。

「父上は、ご先祖から受け継がれた三河の地を、離れることになるのですか」

家康は櫓の柱をつかんで、きっぱりと応えた。

「豊臣家に従った時から、移封は覚悟している」

大坂城の秀吉のもとに挨拶に出向いた時に、いずれは三河から追われることを、覚悟したのだという。たしかに臣従するからには、無理難題を押し付けられても、聞くしかないのだ。

秀康は父の真意を初めて知った。

「あの時、父上が、なかなか大坂城に来られなかったのは、その、お覚悟を定めるために、時間がかかったからなのですか」

　家康は柱から手を離し、胸を反らし気味にして応えた。

「わしは覚悟はできていた。というよりも、わしは新しい土地が嫌いではない。むしろ好きだといってもよい」

　新しく手に入れた地に、どんな城を築き、どんな町を造るかは、心弾む仕事だという。

「関白さまは先祖伝来の領地という、しがらみを持たぬ。だから、どこにでも身軽に移り、新しい城を建てられた。それが、わしには羨ましかった」

　それから後ろ手を組み、ゆっくりした足取りで、櫓の上を歩いた。

「なかなか大坂城に行かなかったのは、わしの覚悟ではなく、家来どもが覚悟するのに手間がかかったのじゃ」

　秀康は長い間、疑問に思っていた。石川数正が出奔しても、朝日が嫁いできても、家康が、かたくなに秀吉への臣従を拒み続けた理由を。もしかしたら、自分自身を高く売りつけるためかとも思った。

　しかし、そうではなかったのだ。秀吉が老いた母を人質として差し出して初めて、家臣たちが納得し、覚悟を決めたのだ。秀吉の命令次第では、先祖伝来の地を離れるかもしれないという覚悟を。

　家康は後ろ手のまま、秀康を振り返った。

「時間がかかったせいで、そなたには、さぞ嫌な思いをさせただろうな」

　かつて自分自身が人質になった経験を持つだけに、父親の対応が、どれほど人質の心を傷つけるかを、誰よりも心得ていた。

「そなたには礼を言わねばならぬ」

家康は珍しく饒舌だった。

「秀忠を早く帰すように、関白さまに進言してくれたそうだな。秀忠が兄上に助けてもらったと、大喜びで帰ってきた」

秀康は首を横に振った。

「父上に礼を言っていただくほどのことは、していません。秀忠が少しかわいそうだったので、余計な口出しをしただけです」

家康は、しげしげと息子を見た。

「このあいだの早雲寺での態度も見事じゃった。お茶々どのを制して。あれでは関白さまが、そなたを手放すのを惜しんだというのも本心だろう」

誉められて、かえって不審を覚えた。何もかも秀吉と家康の思惑通りであり、自分はふたりの手の上で、踊らされているような気がしたのだ。

「誉めていただくようなことは、何もありません」

反発のあまり、思わず開き直った。

「秀忠が、ねたましくないと言えば、嘘になる。父上に愛され、父上の跡を継げる。一方で私は、関東の果てに追いやられる」

それは、ずっと封印していた感情であり、今まで直視したくなかった醜い心だった。

「それでいいのかという思いは、今も心の隅から消えません」

すると家康は黙り込み、櫓の上を一周してから、唐突に聞いた。

「秀康、そなた武将として、いちばん大事なことは何だと思う？」

秀康は迷いなく応えた。

「素早い判断力でしょう」

合戦場で大勢の家臣を引き連れて、即座に状況を判断できなければ、勝ち残ることはできない。

家康は小さくうなずいた。

「それも大事だ。だが、それがいちばんではない。優れた判断力を持ちながら、滅びた武将は数知れぬ。本当に大事なのは耐える力じゃ。そなたは耐える力を身につけた。かけがえのない力じゃ」

秀康は、なおも反発を露わにした。

「私に耐えよと教えてくれたのは、兄上でした。父上に逆らってはならぬと」

幼い頃、大好きだった信康に、なぜ父は切腹を命じたのか。それを問いつめたい。だが、さすがにためらわれた。

家康は足を止めて、ふたたび黙り込んだ。眉間に深いしわが刻まれている。その時、秀康の心に、突然、佐々成政の言葉がよみがえった。

「あの切腹については、徳川どのは悔いておいでじゃった。どうして大事な長男を、死に追いやってしまったのかと。どうして、もっと歩み寄れなかったものかと」

九州攻めの時に聞いた話だ。そうだった。父も苦しんでいたのだと気づき、秀康は即座に頭を下げた。

「余計なことを申しました。ご容赦ください」

謝ったものの、いたたまれない思いで、家康のかたわらから離れ、櫓の梯子を降りた。

なぜ父を苦しめるようなことを言ったのか。せっかく歩み寄ろうとしてくれたのに。三歳で初めて顔を合わせた時から、こんなふうに誉めてもらえる日を、ずっと夢見てきたのに。

秀康は悔い、みずからを苛《さいな》んだ。


下総の佐倉で家康の本隊とは別れ、お万を連れて、結城まで北上することに決まった。

佐倉城での最後の晩、家康は本丸の奥に秀康を呼んで、改まって対峙した。

「そなたは、わしを恨んでいるかもしれぬが、それでも言っておかねばならぬことがある」

「恨んでなど」

うまく言い訳ができなかった。家康は、かまわずに話を続けた。

「前に話したことがあったかとは思うが、わしは十九の年に、今川どのの人質という立場から逃れ、三河に帰った。その時、わしの帰りを、家来どもは待ちわび、大喜びで迎えてくれた」

家臣たちは、家中のために幼い命を張った家康に感謝し、以来、家康のためなら、命を惜しまぬようになったという。

「だが、そなたは、あの時のわしとは立場が違う。結城家は鎌倉以来の古い家柄だ。外から入る者など、喜んで迎えられはしまい。そなたには計り知れぬ苦労があろう」

そして一通の書き付けを、秀康に差し出した。

「今後、壁に当たった時には、この書き付けを見よ。きっと、なすべきことが書いてある」

そこには箇条書きがあった。

「一、結城の家は旧家の事なれば、よく其《その》家法を守られ、万事旧臣と相談すべし。

一、上は下を疑わず、下は上へ忠誠を尽し、かたみに一体の思いをなすべし。

一、大臣にあわるる時は礼要を厚うし、威厳を正しゅうせらるべし。己が行儀正しければ下々おのずから正しくなる道理なり。

一、朔望《さくぼう》には臣下をよび立て国務を議し、いつも親に対せらるる如く、心を持るべし」

朔望とは毎月一日と十五日のことだ。月二回は家臣を集めて、領国の統治について議論せよという。けっして長い書き付けではないが、旧家で守るべきことが並んでいた。

「そなたは思慮深い。旧家の跡を継ぐ難しさも、きっと乗り越えられよう」

さらに家康は、畳んだ白布を差し出した。

「これを、そなたに」

秀康が開いてみると、白地に「厭離穢土欣求浄土《おんりえどごんぐじょうど》」と墨書された縦長の旗だった。戦いに明け暮れる地を穢《けが》れたものとし、戦のない世界を求めるという意味だ。家康が長年、これを旗指物として用いていることは、広く知られている。

「本多作左衛門が、そなたを結城まで送り届ける。結城までの道中、作左衛門配下の者には、すべて、この旗を背に立てさせる。その後も、そなたが合戦に出る際には、これを用いよ」

この旗を掲げるのを許された者は、ほかにいない。まさに徳川家康が、わが子として認めた証《あかし》だ。秀康がこれを掲げる限り、背後に徳川の大軍が控えていることを、広く示すことになる。

秀康は書き付けとともに、父からのはなむけとして押しいただいた。

翌朝、家康が、秀康の出発を見送りに出ると、本多成重《なりしげ》が進み出て言った。

「上さま、私が秀康さまの家来として、結城のお城に留まりますことを、どうか、お許しください」

本多成重とは、かつて秀康と人質仲間だった仙千代だ。十九歳になっても、右頬の大きな黒子《ほくろ》と、少し下がり気味の眉は変わらない。

父の作左衛門とともに結城までの旅に付き従い、そのまま徳川家の家臣から、結城家の家臣に移りたいというのだ。しかし家康が応える前に、秀康自身が許さなかった。

「成重、そなたは本多家の跡取りだ。私の家臣などになってはならぬ」

「でも、それが、私が大坂城を去った時の約束です。必ず若君のもとに帰って来ると」

たしかに従兄弟の富正と交代させられた時、泣きながら約束したのだ。だが秀康は、なおも首を横に振った。

「そなたの気持ちは、ありがたく受け取る」

成重が秀康の家臣になれば、大大名徳川家から離れ、本多家の家格が下がることになる。それは遠慮せねばならなかった。

「それに結城の家からの意向で、家来の人数が限られている。ついてくるのは富正だけでよい」

秀康は前から考えていたことを口にした。

「それより、いつか私に息子ができた時に、そなたの幼名をくれ」

成重は戸惑い顔で応えた。

「そのようなことは、もったいのうございます」

「いや、そなたの心を忘れぬよう、私の長男には、仙千代と名づけたい」

成重は昔と変わらぬ涙もろさで目を潤ませ、改めて誓った。

「でも、いつか私は参ります。秀康さまのもとに」

成重は、あの時の悔いを、今も引きずっていた。不本意ながらも秀康を見捨てて、大坂城を去ってしまった悔いを、なんとしても挽回したがっていた。秀康としては、その気持ちを受け止めないわけにはいかなかった。

「わかった。ただし私がそなたを迎えられるだけの大名になったらだ」

成重は目を輝かせて応えた。

「秀康さまは、きっと立派な大大名になられます。私は、その時を待っています。必ず帰参させてください」

家康は珍しく上機嫌で言った。

「秀康、そなたにも、よい家来ができそうじゃな」

本多成重は、知立の永見貞武に続いて、ふたり目の家臣志願となった。

一行が佐倉城を出てからの道中は大評判となった。たちまち沿道の見物人が増えていく。徳川家康の実子で、豊臣秀吉の養子になっていた若武者の顔を、ひと目見ようというのだ。

「あの立派な兜を見よ」

「りりしいのォ。見たこともない陣羽織じゃ」

「お顔立ちも品がいい。さすがに徳川さまの、お血筋じゃ」

馬上の秀康にも、人々のささやきが聞こえた。

途中、休憩を取った際に、本多作左衛門が胸を張った。

「秀康さまが結城家に入られるという話が、あっという間に関東中に広まり、各地の北条方の城が、戦意喪失していますぞ」

結城家が豊臣と徳川の後ろ盾を得たことが、はっきり目に見えたことで、雪崩《なだれ》を打って不戦開城に向かっているという。

秀康は秀吉が、これほど派手な甲冑と陣羽織を、用意してくれた意味を理解した。人目を集めることが、何より重要だったのだ。

さらに作左衛門は、思いがけないことを打ち明けた。

「今度の養子縁組は、もともとは上さまが言い出されたことでした」

「父上が？」

「そうです。家中の関東移封を予想された上で、秀康さまを結城家に入れられたのです。関白家から取り戻して、近くに置きたかったのでしょう」

今度の養子の一件が、秀吉と家康の話し合いで決まったことは、容易に想像がつく。だが話の発端が、家康側にあったとは意外だった。

「結城どのへの使者には、不肖、本多作左衛門が立ちました」

だからこそ詳しいのだという。

「前に富正が手紙で知らせてきたことがあったのです。秀康さまが大坂城から逃げ出して、どこかの土豪にでも仕えたいと仰せじゃと」

秀康は笑い出した。

「あれは座興じゃ」

「いや本心もありましたでしょう。男なら御殿暮らしなど、飽き飽きするものじゃ。ならば、いっそ大坂から遠くはなれた関東にと、わしも思うたのです。お万の方さまも、お喜びになられるし」

そういって作左衛門は、お万の駕籠を振り返った。

その後、秀康が結城家に入ったことにより、秀吉の北条攻めは、圧倒的な勝利を収めた。結城家は十万石の所領を手にし、晴朝は秀康に家督を譲った。以来、秀康は結城秀康と名乗り、一大名として独立した。

家康は予想通り、関東に移封になり、江戸城を大改修して、徳川家の居城を築いたのだった。

第十章　火中の栗

秀康が結城家に入った翌年、大坂城で鶴松が病死した。秀吉は哀しみのあまりか、とんでもない命令を、諸大名に下した。朝鮮半島への出兵だ。

そのために、まず養子の秀次に関白の座を譲った。以来、太閤と名乗って都を離れ、肥前《ひぜん》の名護屋《なごや》という地に、巨大な城と町を築くことになった。ここから船で朝鮮へ渡るのは、広島辺りに行くよりも、はるかに近いという。

結城家にも出兵が命じられ、秀康は国元を結城晴朝に任せて、軍勢を率いて結城城を出た。途中、江戸城に寄って、家康の軍勢に合流した。家康も名護屋までの出兵が命じられていた。

その後、秀康は徳川勢に加わって大坂まで進み、大坂城では家康とともに、秀吉に挨拶した。何をするにも、まず家康、それから秀吉。秀康は大名として独立しても、ふたりの傘の下から逃れられないことを、自覚せざるを得なかった。

秀吉は大坂の船大工に、大量の軍船を造らせていた。これを有無も言わせずに、諸大名に買い取らせ、海路で九州に向かわせた。

家康が秀康にささやいた。

「諸国から膨大な金が、大坂の町に流れ込む。太閤さまは、とてつもないことを考えつかれたな」

その金は、大坂城に吸い上げられる仕組みだった。秀吉は領地からあがる石高とは、別枠の収入源を手に入れたのだ。

家康は苦々しげに言った。

「いくさは金を生む。だが、その味を知った者は、いくさを止められなくなる」

秀康は憤りを口にした。

「そのような理不尽が、堂々と、まかり通ってよいのですか。太閤さまを、お諫めせねば」

しかし家康は首を横に振った。

「秀康、今は黙っていよ。佐々どのの二の舞になる」

佐々成政のように、切腹させられるというのだ。

秀康は納得できなかったが、家康の言う通りに口を閉ざした。そして軍船を買い入れ、瀬戸内海を西に進んだ。船には兵だけでなく、馬や兵糧も載せるために、とてつもない隻数が必要だった。

名護屋は玄界灘《げんかいなだ》に面した九州北岸に位置し、丘陵が連なる半島の東側に、名護屋浦という美しい入り江があった。

すでに西国の諸大名の軍船が、名護屋浦に碇《いかり》を下ろしていた。家康の船も、秀康の船も、名護屋浦に入った。

上陸した父子を迎えたのは石田三成だった。小田原攻めの時に、秀吉が秀康に引き合わせた腹心の大名だ。

「よく、おいでくださいました。これで主立った方々は、ご到着になられました。まもなく太閤さまも大坂を出て、こちらに向かわれましょう」

三成は秀吉に代わって、半島を案内した。

そこでは信じがたいほどの規模で、普請が始まっていた。名護屋浦に面した低地には、町家が建てられ、丘陵地の峰々には、諸大名の陣屋が築かれていた。半島の中心部には膨大な石垣が積まれて、名護屋城の普請が進んでいた。秀吉自身の居城だ。

諸大名は当座の米や建築資材は、国元から運んでおり、大工や職人たちも連れてきている。だが、いずれ食糧や必要物資を、ここの商人から買い入れることになる。そうして落とされた金は、また秀吉の懐に吸い上げられるのだ。

三成は普請場を案内してから、家康と秀康に慇懃に言った。

「まずは、おふた方にも、陣屋を建てていただきたく、お願い致します」

秀吉の考えに基づいて、すでに全大名に土地を割り振っているという。家康も秀康も、それぞれ指定された場所に案内された。

だが秀康は、与えられた場所に呆然とした。家康は名護屋城のすぐ近くなのに、秀康は遠く離れ、もっとも町から外れていたのだ。名護屋浦を隔てた対岸に位置し、背後には無人の山が広がるばかりだ。

「ここですか」

秀康がつぶやくと、三成が聞き返した。

「ご不満ですか」

秀康は黙って首を振った。不満など言い立てられる立場ではないことは、重々、承知している。

さっそく芽吹き前の樹木を切り倒して、普請を始めた。だが慣れぬ仕事だけに、失敗の連続だった。石垣を積んでも、すぐに崩れてしまう。

困り切って、家康に助言を求めた。しかし現れたのは石田三成だった。

「徳川どのに頼まれました。隣の誼《よし》みで、秀康どのの陣屋を見てやって欲しいと」

驚いたことに、三成の陣屋は、すぐ隣の峰だったのだ。

秀康は落胆した。こんな時こそ父を頼りたかったのに、また突き放された気がした。半ば自棄《やけ》になって、三成に図面と現場を見せた。

すると三成は、ちょっとした助言をくれた。切り倒すべき木、残すべき石、削るべき斜面、土を盛るべき場所など、ひとつずつ示した。そして、その通りにやってみると、普請は、驚くほどうまく進むようになった。

まもなく秀吉が名護屋入りした。大名たちは港に勢揃いして、熱狂的に迎えた。

だが秀康の気持ちは冷めていた。本当は朝鮮への出兵など、喜んでいる大名は、ひとりもいないのは明らかだった。しかし絶対的な力を持った秀吉に、誰も反対できないのだ。

派手な歓迎の宴が催され、その席で、秀吉は秀康に声をかけた。

「秀康、そなたの陣屋は、よい場所であろう。知恵者の三成の隣じゃ。いろいろ教えてもらえ」

秀康は何も言い返せなかった。その場で、三成から誘われた。

「結城どの、いちど私の陣屋に、おいでになりませんか」

上機嫌な秀吉の手前、断るわけにもいかず、数日後、気が進まぬまま、三成の陣屋を訪ねた。すでに建物は、あらかた完成しており、誘われて座敷で酒を酌み交わした。三成は日本全土の絵図を広げて、検地の話をした。

あれから秀吉は日本中の田畑を測量し、諸国の米の収穫量を把握した。太閤検地だ。それを実際に取り仕切ったのが、石田三成だった。

三成は正確な測量に当たるために、みずから諸国に脚を運んだという。そのために諸国の事情や、人心の掌握に通じていた。また算盤勘定《そろばんかんじょう》ができることから、今回の出兵でも、いかに無駄なく人や物を動かすかに、細心の気配りをしていた。

秀康は当初、自慢話かと、斜《しゃ》に構えて聞いていたが、いつの間にか引き込まれていた。それでも少し酔いもあって、三成に皮肉を向けてみた。

「ところで石田どのは、このような場所に、陣屋を造らされて、苦々しくは思われませぬか」

秀吉に重用されている割には、自分と同じ町外れでは、あまりに、ないがしろにされているのではないかという意味だった。すると三成は酒をひとすすりしてから、聞き返した。

「以前、結城どのは場所には、ご不満はないと仰せでしたが、やはり苦々しく、お思いでしたか」

秀康は開き直って応えた。

「苦々しくというか、軽んじられたのは確かでしょう」

「太閤さまに軽んじられたと？」

「そうでないなら、もっとお城に近い場所を与えられるはずです」

三成は、きっぱりと否定した。

「それは違います。関白さまは秀康どのの価値を、ご存知だからこそ、お城から遠ざけられたのです。警戒したというべきかもしれません」

「警戒？　私を？」

「そうです。今度の出兵を快く思わない大名も大勢います。表立っては反対しませんが」

「それは、いるでしょう。正直なところ、私も無駄な出兵だと思っています。天下が治まった今、何も日本の外にまで、合戦をしかけずとも」

三成は秀吉の側近だ。不用心に心の内を明かせば、秀吉の耳に入れる危険もある。だが秀康は、それでもかまわなかった。三成は笑って応えた。

「結城どのの、そういう思い切ったところを、関白さまは警戒されるのでしょう。出兵に反対の大名が、結城どのの周りに集まり、関白さまに反旗を翻さないとも限りませんし」

秀康は杯を手にしたまま言い返した。

「私には、それほどの力はありません。だいいち私のことを信頼する大名などおりません」

「それは結城どのに限ったことではありません。今は大名同士、信頼する者など、おりませぬ」

いかに出兵に反対でも、たがいに疑心暗鬼で、本心を明かせないという。

「太閤さまが、いちばん警戒しておいでなのは、やはり徳川どの。だから、ご自身のお城のすぐ近くに陣屋を築かせて、目を光らせている。その次に警戒しておいでなのが、実は結城どのです」

秀康は、わけがわからなかった。

「矛盾していませんか。同じように警戒しながら、町のただ中と、町外れに置くなど」

「父子で手を握られるのが怖いのです。だから遠くに離したのでしょう」

その点は、家康自身も自覚しており、だからこそ秀康から普請の助けを求められても、自分は出向かず、三成に助言を頼んだのだという。

秀康は、なおも疑問をぶつけた。

「父の陣屋が、太閤さまの近くだという理由は納得できます。でも、それでは私に目が届かないではありませんか」

「結城どのを見張るのは」

三成は秀康の杯に酒を注ぎながら、平然と言った。

「私の役目です」

秀康は少し不愉快になった。

「では石田どのは、私が今度の出陣に反対だということを、太閤さまに告げ口なさるのですか」

「まさか。そのようなことは」

三成は笑って否定した。

「私は結城どのに一目置いています。つまらぬことで陥れるつもりなど、ありません」

たしかに三成は秀吉に心酔しながらも、こびへつらうことはなかった。ほかの大名たちが、秀吉の顔色を窺う中で、堂々と意見を主張し、むしろ異色だった。

秀康は三成という人物が、少し気になり始めた。

三成との接触のほかにも、名護屋での滞陣は、大名同士の交流の機会となった。秀康は特に佐竹義宣《よしのぶ》という若い大名と親しくなった。佐竹家の城は水戸で、結城家と領地を接している。義宣は年は秀康より四歳上で、色黒で目が鋭く、いかにも武将らしい容貌で、妙に馬が合った。

たまたま城下町で、義宣と出会い、軽く挨拶をすると、一緒にいた同年代の大名を紹介してくれた。

「宇都宮どのだ。会ったことはないか」

宇都宮家とは佐竹家同様、国元で領地を接していたが、当主の宇都宮国綱《くにつな》に会うのは、秀康は初めてだった。だが国綱は、いきなり値踏みするような視線を向けた。

「あなたが徳川どのから送られてきた養子でしたか。そうでしたか」

そして背後にいた細面の男を示した。

「これが、わが弟の結城朝勝です」

結城朝勝は薄いくちびるをゆがめて言った。

「あんたのおかげで、結城の城から追い出されて、実家に帰った養子ですよ」

秀康は少し不愉快だったが、以前から事情を聞いて気の毒に思っていただけに、朝勝の身を思いやって申し出た。

「まだ結城の姓を捨てていないのなら、帰参する気はないのか」

すると朝勝は顎を上げ気味にして応えた。

「それは、ありませんね。当主の座に返り咲けるなら、まだしも」

かなり恨みを抱いているらしい。佐竹義宣が慌てて仲に入った。

「ちょっと待て。穏やかではないな」

そして急いで国綱たちと別れて、秀康に謝った。

「余計な紹介をして悪かった。あいつらが結城どのに恨みを持っていたのを、うっかり忘れていた。宇都宮どのとは陣屋が近いのでな」

佐竹家や宇都宮家の陣屋は、名護屋城の西、半島の突端近くに割り振られているという。秀康や三成の陣屋とは反対側の外れだ。

義宣は話題を変えた。

「そういえば、結城どのの隣は、石田三成どのであろう。あの男、なかなか面白いぞ」

秀康は意外な気がした。いかにも武将然とした義宣が、三成を買っていようとは思ってもいなかったのだ。

「佐竹どのは、石田どのと、どのような縁が?」

「小田原の北条攻めの時からだ。あの城攻めで、わしは当初、関白さまに従う機を逸してしまったのだ。その後、石田どのが声をかけてくれた」

秀吉から兵を出すように命令が下った時に、義宣はほかの敵と対峙しており、すぐには動けず、秀吉に敵視されてしまったという。その後、三成が仲立ちしてくれて、秀吉に挨拶に行き、北条攻めに大きな功績を挙げた。その結果、五十五万石に加増されたのだ。

義宣は手で杯を飲み干す仕草をして言った。

「近いうちに、石田どのも交じえて、酒でも飲まぬか」

秀康は自分から申し出た。

「ならば、私の陣屋で、どうですか」

もういちど三成の話を聞きたい気がしていたのだ。三成を誘うと快く承諾した。

約束の夜、義宣は遠くの陣屋から、はるばる馬でやって来た。三成は、また酒を酌み交わしながら、さまざまなことを教えてくれた。城の築き方、攻め方、兵糧の補給。どれも具体的で、秀康も義宣も、身を乗り出して聞き入った。

特に領地を豊かにする方法を、三成は熱心に語った。

「領主としてなすべき第一は治水です。洪水が起きやすい場所は、川の堤を強固にし、田植え時に水争いが起きるところでは、どんなに遠くからでも水路を掘って、水を引かねばなりません」

対立する村々から人を動員して、同じ仕事をさせることこそ、領主の力だという。

「その時は、百姓たちは余計な賦役を命じられて、不満を口にするでしょう。それでも掘ってしまえば、二度と水争いはなくなり、米の収穫も増大します」

三成は領主がなすべき第二として、百姓による副業の奨励を挙げた。

「大名は紙漉《かみす》きや機織《はたお》りなど、農閑期の手間仕事を軽んじがちですが、これが実は大きな収益になるのです」

できたものを領主が買い上げてやり、大坂や京都などから商人を呼んで売る。そうすれば副業が盛んになり、たとえ米が不作の年でも、飢えることがなくなるというのだ。

「武士は商人を軽んじますが、彼らは国を豊かにしてくれるのです」

三成の出身地であり、今の領地でもある近江は、行商が盛んだという。

「もともと都に近いことから、地元で作った薬や塗物を、都に運んで売っていたのです。彼らは、しだいに遠くまで足を伸ばすようになり、今では近江商人は諸国をまわって、大きな富を持ち帰ります。諸国の様子も、彼らの口から聞くことができますし」

そんな行商の大規模なものが海外貿易であり、特に南蛮貿易は膨大な収入を得ることができるという。三成は朝鮮半島への出兵も、海外貿易の拡大という意味でとらえていた。

「出兵の目的は大明国です。かの国との交易は、足利将軍の時代には行われていましたが、今は途絶えています。太閤さまは大明国を征服すると仰せですが、本当のところは、交易をよみがえらせたいと、お考えなのです」

ただ足利将軍時代の交易は朝貢貿易だったという。

「大明国は、周りの国々から貢ぎ物を受け、皇帝が返礼を下げ渡すという形を取ります。日本も直接、使者を送れば、そうさせられるでしょう」

中華思想に基づく朝貢貿易は、古代から続いており、対等な商取引ではないという。

「朝貢貿易でも、金銭の面では損にはなりませんが、国として対等な立場につくには、まず日本の武力を見せつける必要があるのです」

秀康は商業の重視には共感できたが、大陸への出兵には納得がいかず、率直に疑問を口にした。

「ですが外国にまで、いくさをしかけなくてもよいではありませんか。日本中の合戦が収まったのなら、どうして太閤さまは、それで満足なさらないのです？　以前は合戦は避けるべきだと仰せだったのに」

義宣も不審を露わにした。

「太閤さまは鶴松さまが亡くなり、嘆きのあまり、まともな判断ができなくなったのじゃ」

三成は、ふたりの問いに深くうなずいた。

「たしかに避けられる合戦は避けるべきです。でも大陸への出兵は、どうしても避けられないものなのです」

秀康は断固、反論した。

「いえ、避けられないはずはありません」

「いや、避けられないのです。太閤さまは、日本中のいくさを終わらせました。でもこのままでは、またどこかで小競り合いが始まります。いくさ好きな武将は、山ほどいるのですから。彼らが、もういいと思い知るまで、とことん戦わせる必要があるのです」

戦乱の世は応仁の乱に始まり、もう百三十年近くも続いている。これに終止符を打つのは、並の方法では無理であり、唯一の方法が大陸出兵なのだという。

「これが、いくさの世の締めくくりになるのです。大陸出兵なくして、日本から合戦は、なくなりません」

特に秀吉配下の武将たちには、手痛い敗戦の経験がない。常に勝ち残ってきただけに、まだまだ戦う気でいるという。そんな好戦的な武将たちには、外国という共通の敵を与えて、同じ方向を向かせておくのだという。

「そうでなければ、彼らは、また争い始めるでしょう」

「しかし、それでは、あまりに身勝手ではありませんか。かの国の人々は、思わぬいくさをしかけられて、大いに迷惑しているはずです」

なおも秀康は納得がいかなかった。

「それに三成どのの論法では、大陸への出兵は負けが決まっているように聞こえます。いくさ好きな武将たちが、もういいと思い知るということは、手痛く負けるということでしょう」

「その通りです」

三成は深くうなずいた。

「朝鮮での合戦は、短期間なら勝てるでしょうが、長期戦になると難しいでしょう。たしかに身勝手で、大義あるいくさではありませんから」

「でも、それでは大明国との朝貢貿易を改めるという目的も、果たせないではありませんか」

「それは勝たなくても、日本の武力を見せつければ、結果は出せます」

「負けてもですか」

「その辺りは交渉次第です」

秀康は反論できず、義宣と顔を見合わせた。三成の論法は詭弁のようにも感じたが、それでも何か惹かれるものがあった。


諸大名の陣屋が完成し、三成は出兵の総奉行として、いよいよ渡海を命じられた。

秀康も同行を望んだ。合戦で手柄を立てたいというよりも、石田三成の仕事を、この目で見たかったのだ。だが秀吉は渡海を許さず、三成も秀康をなだめた。

「人は誰でも生まれながらの役割があります。結城どのの役割は、戦場に出ることではない。いくさのなくなった世を、いかに治めるか。それが結城どののなすべきことです」

「でも出兵しないなら、わざわざ名護屋まで来た意味がありません」

「もしかしたら援軍を、お願いすることになるかもしれませんが、それよりも徳川どのや結城どのは、ここに滞陣することに意味があるのです」

秀吉は自分が名護屋に来ている間に、諸大名が謀反を起こすことを、何より恐れているという。そのために渡海しない大名も、とにかく名護屋に集めておいて、秀吉みずから見張っているのだという。

「太閤さまが毎日のように茶会を開いて、徳川殿をもてなしているのは、そのためです」

たしかに秀吉は総金箔張りの茶室を、大坂城から移築し、そこで茶会三昧をしている。その目的が監視だったとは、秀康は考えてもいなかった。

三成は秀吉の裏も表も教えてから、軍船に乗り込み、玄界灘に乗り出していった。

朝鮮での合戦は日本側が優勢で、あっという間に、ほぼ朝鮮半島全域を制圧した。その知らせに、秀吉は狂喜した。

だが、その後、思わぬ反撃にあった。朝鮮の水軍との海戦に負け、兵糧を積んだ軍船が、ことごとく海に沈んだのだ。

秀吉が大坂で造らせた軍船は、安宅船《あたけぶね》という大型船が主流だった。安宅船は、ちょっとした天守閣のような建物を船上に載せており、見た目こそ雄壮だったが、きわめて安定性が悪く、船足も遅かった。

三成が渡海していなければ、すぐさま船を改良し、新たな兵糧を送り出すところだが、三成に代わる者がいない。兵糧は届かず、半島での戦いは暗転していった。

そんな中、大坂から、秀吉の機嫌をよくする知らせが届いた。お茶々が、ふたり目の男児を生んだという。秀吉は小田原攻めの時と同様、お茶々を名護屋城に連れてきていたが、しばらく前に妊娠がわかって、船で大坂城に戻していたのだ。

捨て子は育つという験《げん》を担いで、最初の鶴松は棄丸と呼ばれたが、今度の子も同じ理由で、拾丸《ひろいまる》と名づけられた。

しかし拾丸出生と同時に、秀吉の鋭さが消えた。大明国など、どうでもよくなってしまったかのように、名護屋城を離れ、そそくさと大坂に帰ってしまったのだ。

かつて、お仲が秀吉を、こう評した。

「あの子のよくねえところは、家のもんへの情が深すぎることじゃ。人の上に立つ身じゃ。家のもんなど二の次にせにゃならん。おみゃあさんの父上さまは、その点、えりゃあわ」

たしかに、その通りだった。

文禄三年（一五九四）になると、秀吉は諸大名を、名護屋城下から呼び戻し始めた。今度は伏《ふし》見《み》城下に、それぞれの屋敷を建てろというのだ。

伏見は京都の南に位置し、そこから船に乗って宇治川と淀川を下れば、大坂に至る。京都と大坂を結ぶ交通の要所だった。かつて秀吉が、お茶々に与えた淀城にも近い。

秀吉は関白の座を、養子の秀次に譲った後、ここに隠居城を建てていた。それが突然、ただの隠居城ではなく、城を拡大し始め、川船の港を整備した。さらに城下の土地を、諸大名に割り振ったのだ。商人向けの町割りも行った。

秀康も家康も屋敷の建設を命じられ、前後して伏見入りした。秀康が割り振られたのは、秀吉の居城から堀を隔てた北側、家康は城の南で、またもや完全に隔てられた。三成の屋敷地は、城の大手門のすぐ脇と、城下の西の外れの二カ所だった。

人々は秀吉を普請狂いと呼んだが、伏見の城下建設の狙いが、名護屋城と同じであることは明らかだった。諸大名を身近に置いて見張り、さらに金も落とさせるのだ。

たちまちのうちに伏見には、きわめて美しい町が出現した。南には巨椋池《おぐらいけ》という湖が水をたたえ、背景の城山は、緩やかな傾斜を持つ。さらに城山の頂上には天守閣がそびえ、城下には白壁の大名屋敷が建ち並ぶ。

そんな伏見は武家の都となり、公家の都である京都、商人の都である大坂と並ぶ位置づけが確立した。

しかし、あらかた大名屋敷が完成した頃、京都で凄惨な事件が起きた。秀吉が関白の秀次を切腹させたのだ。罪状は謀反だった。

それだけでなく、秀次の妻妾や子供から侍女たちまで、三十九人もが、京都の三条河原で処刑された。さらには秀次に味方した大名たちも処罰されるなど、大事件に発展した。

しかし謀反とは何だったのか、具体的なことは明らかにされず、謎のままだった。ただ拾丸のために、秀次が邪魔になっただけだと噂された。

一方、朝鮮での戦闘は膠着状態に入り、和平交渉が行われた。しかし結局、交渉は決裂。元号は慶長と改められ、ふたたび激しい戦闘が、始まることになった。

同じ年、拾丸が四歳で元服し、豊臣秀頼《ひでより》と名を改めた。秀吉は体力の衰えを感じ、これを機に、自分の死後の政治体制を調えた。

まず徳川家康を筆頭として、前田利家《としいえ》、毛利輝元《もうりてるもと》、上杉景勝《うえすぎかげかつ》など、大大名五人を大老に指名した。秀頼が成人して自身で政治を執り行えるまで、大老が合議制で天下を治める形だった。大老の下には、実務担当の奉行を置き、石田三成など五人に、これを命じた。三成は、朝鮮から和平交渉の使者を同行して、すでに帰国していた。

秀康は、伏見城下建設の本当の意図に気づいた。大坂城の周囲では、諸大名に割り振る土地がないために、あらたに伏見に町を造ったのだと思い込んでいた。しかし実は、そうではなかった。今度の目的は金でもなく、何より、この五大老五奉行の体制を調えるための場所造りだったのだ。秀吉は自分が死んだら、秀頼は成人するまで大坂城で暮らすようにと、すでに命じている。五大老五奉行は伏見に置き、秀頼を彼らから離しておきたいのだ。

かつて秀吉は、織田信長の死後、信長の幼い孫である三法師を担いで、権力を手にした。それと同じように、幼い秀頼が、誰かひとりに利用されることを、恐れたに違いなかった。

伏見の城下建設も、秀次の切腹も、秀頼に権力を継承させるための布石に過ぎなかったのだ。秀吉は、そこまで用意周到に調えて、死の床に伏した。

慶長三年（一五九八）、秀頼が六歳になった年の秋口、いよいよ秀吉の重体が伝えられた。秀康は二十五歳になっており、家康とともに最後の別れのために、伏見城本丸の奥に出向いた。

病でやせこけ、老いさらばえた姿には、かつての豊臣秀吉の面影はなかった。秀吉は家康と秀康のふたりを、拝むようにして繰り返した。

「秀頼を頼む。どうか、どうか、頼むぞ」

かすれ声で必死に願う。

「秀康、秀頼は、そなたの弟なのだからな。頼むぞ、頼むからな」

秀康を結城家に養子に出したことなど、忘れたかのように頼み続ける。その姿は哀れであり、醜悪でさえあった。朝鮮への無謀な出兵や、凄惨な秀次の事件により、すでに秀康の気持ちは、秀吉から離れていた。

そして豊臣秀吉は六十二歳で、この世に未練を残しつつ、生涯を閉じたのだった。

五大老五奉行の制度は、すぐにほころび始めた。臨機応変に行動する家康と、建前を重んじる三成が対立したのだ。

家康は三成との仲介役として、秀康を大老に加え、大老を六人にしようと試みた。しかしほかの大老や奉行たちが、家康の力が増すことを懸念し、いっせいに反対して、実現はしなかった。秀康自身は中立のつもりだったが、周囲の目は、完全に家康の片腕として見ていた。

豊臣秀頼は大坂城にあり、三成が側近として補佐し続けた。一方、家康は、伏見の徳川屋敷の場所を、城の大手門近くから、向島に移築した。

向島とは巨椋池に浮かぶ小島だ。ここに土盛りをして、内堀を築き、向島屋敷を建てたのだ。ただし伏見城をしのぐ規模だった。建物も本丸、二の丸、三の丸と呼んで、すでに屋敷の範疇《はんちゅう》を超えており、明らかに第二の伏見城だった。

秀康は父の野心を見た。秀吉亡き後、秀頼が成人するまで、五大老のひとりに収まっている気など、さらさらないのだ。

家康は向島屋敷に、秀康を呼んで言った。

「太閤さまは商人を重んじた。そのために次々と新しい町を造っては、商人や職人に金をまわし、それを取り立てた。無用ないくさも金儲けのためだ」

今までになく朝鮮出兵を強く批判した。

「配下の不満を外国に向けるなど、詭計《きけい》でしかない。そのようなことを、いつまでも続けることはできぬ。わしは百姓こそを重んじ、いくさのない世を末永く続けたい」

農業に基づく体制を確立しなければ、天下は治まらないという。秀康は正面から父を見据えて、あえて尋ねた。

「そのために征夷大将軍の座に、つくおつもりですか」

家康は視線を外さずに応えた。

「その通りじゃ」

かつて家康は松平から徳川に改姓する時に、近衛前久という公家に、自分の先祖の権威づけを頼んだ。近衛前久は秀康が元服する際に、烏帽子親を頼んだ公家だ。あの時から、家康が将軍の座をねらっていたのは明らかだった。

家康は野心を隠さずに語った。

「太閤の考え通りに、五大老に力を分散させておくことはできぬ。そのような形では、ふたたび天下が大きく乱れる。下克上の世が始まった時と、同じようにな」

今の時点では、秀吉に代わる絶対的な権力者が、どうしても必要なのだという。もういちど秀康は、父の真意を確かめた。

「征夷大将軍になるのは、いくさの世を終わらせるため。それに相違ないのですね」

「周囲の出方次第で、今いちど、大きな合戦が避けられぬかもしれぬ。だがそれは、いくさの世を終わらせるための合戦に相違ない」

秀康は小さくうなずいた。

「ならば、私にできることがあれば、いくらでも、お手伝いさせてください。私は徳川家康の子であり、もとは豊臣秀吉の養子でした。それでいて今は一大名で、しがらみのない立場です。そんな立場で、お役に立てることもありましょう」

家康は安堵の表情を見せた。

しかし、まもなく三成が命を狙われているという噂が、大坂から聞こえてきた。狙っているのは、福島正則《ふくしままさのり》や加藤清正《かとうきよまさ》など、武断派と呼ばれる大名たちだった。彼らは尾張出身であり、秀吉の下で合戦の手柄を積み重ねてきた、いわゆる秀吉子飼いの大名だ。

これに対して、三成は近江の出で、算盤《そろばん》勘定と知恵で、秀吉に重んじられてきた。そのために最初から妬まれやすかった。秀吉亡き後は、幼い秀頼を利用しているとも見なされた。朝鮮出兵に関しても、三成は終戦講和を進めたが、現地で戦った武断派たちとの間に、大きな溝が生じていた。

武断派は三成に対抗するために、家康を頼るようになった。家康と三成の対立に、武断派の大名たちが加担したのだ。そして武断派は、とうとう三成の命を狙うまでになったのだ。

秀康は本多富正を呼んで、大坂城の三成のもとに遣わすことにした。

「よいか、石田どのに、こう申すのだ。大坂で何か危ういことが起きたら、どうか伏見においで下さいと。私が徳川の父に口添えをして、なんとか致しますと、そのように伝えよ」

武断派は感情論で、三成を亡き者にしようとしている。家康は三成と対立しているものの、そういった義のない争いを好まない。その点を、秀康は利用するつもりでいた。

さらに佐竹義宣にも連絡をした。三成の身に危険が迫った場合は、力を合わせて助けようと。義宣は大坂の城下にも屋敷を持っており、頼りになる存在だった。


大老の中で、唯一、家康に対抗しうる力を持っていた前田利家が亡くなり、いよいよ五大老五奉行は均衡を欠き始めた。

その翌日のことだった。佐竹義宣の近習が血相を変えて、伏見の結城屋敷に駆け込んだ。

「大坂で石田さまのお屋敷が襲われましたッ」

秀康は驚いて聞き返した。

「それで、石田どのはッ?」

「われらの大坂屋敷に逃げ込まれましたので、お駕籠に乗っていただき、わが殿も一緒に、こちらに向かっていますッ」

襲ったのは、案の定、福島正則ら武断派七人で、義宣は彼らの目をくらますために、三成を佐竹家の家紋入りの駕籠に乗せて、大坂を脱出したという。

すぐさま秀康は馬を駆って、向島の徳川屋敷に向かい、家康の前に両手をついた。

「石田三成どのが襲われて、こちらに逃げてまいります。どうか手を、お貸しください」

家康は驚きを隠さなかった。よりによって石田三成から、保護を求められるとは思ってもみなかったのだ。だが秀康の予想通り、拒むことはしなかった。

「わかった。今すぐ城下の守りを固めよう」

武断派の追っ手がかかって、伏見で争乱が起きないよう、町の各所に兵を配備するという。

伏見から大坂に下る場合は川船を使う。しかし大坂から伏見へは、川をさかのぼることになり、陸路を馬で走る方が早い。それを見越して、秀康は伏見の町外れで、三成と義宣の到着を待った。

その間にも、徳川家の兵が武装して、続々と向島から繰り出し、街道筋の警備についた。三ツ葉葵の旗指物が町中《まちじゅう》にはためく。

しばらくすると大坂方面から土埃を盛大に上げながら、騎馬の一団が駆けてくるのが見えた。背に背に、佐竹家の月丸扇という旗指物を掲げている。義宣と家臣団が、三成を囲んで駆けてきたのだ。途中で駕籠から馬に乗り換えたらしい。

秀康は一騎で迎えに走った。

「結城どのッ」

義宣が歓声を上げた。だが三成は馬の足を止め、徳川家の武装兵に、警戒のまなざしを向けている。秀康は馬上から大声で言った。

「心配はござらぬ。徳川の父が力を貸してくれます」

三成は、ようやく安堵の表情を見せて、礼を言った。

「結城どの、かたじけない」

土埃まみれで、疲れ切った表情をしており、まさに間一髪で逃げてきた状況が察せられた。

秀康は三成を、向島の徳川屋敷に連れていき、大坂での事情を説明させた。三成に落ち度はなく、まったく突然に襲われたのだという。

この一件は、家康が三成をかばったことにより、武断派の七人も、矛を収めないわけにはいかなくなった。ただ七人の言い分もあり、家康の仲裁によって、三成は奉行職から退くことを承知し、国元の城での謹慎と決まった。

三成の城は、琵琶湖東岸の佐和山にある。守りの堅い城で、ここで謹慎している限り、襲われる心配はない。だが佐和山までの道中に不安があった。表向き、武断派は手を引いたものの、三成を亡き者とせんと襲うかもしれなかった。

秀康は家康に申し出た。

「私に佐和山までの警護を、お命じください」

武断派の襲撃を防ぐには、自分しかいないという自負があった。

すぐに許可され、秀康は家臣団を武装させ、三成を囲んで出発した。大坂での襲撃の三日後のことだった。一行は伏見から山科《やましな》に出て、さらに大津に向かい、そこからは琵琶湖畔を進んだ。

突然の襲撃がないか、周囲に目を配りつつも、秀康と三成は馬を並べて進んだ。秀康は三成の立場を思いやって言った。

「できるだけ早く、謹慎が解けるように計らいます。でもしばらくは国元の城に、おいでになる方が確かでしょう」

焦って領国を飛び出し、京大坂に出たりしたら、今度こそ無事ではすまない。

「わかっています」

三成も馬を進めながら応えた。

「ただ私は、筋の通らないことは許せないのです。たとえ結城どのの父上さまでも」

秀吉亡き後、家康は伏見屋敷の移転だけでなく、血縁の娘を養女とし、諸大名に嫁がせては、縁を広げている。大名同士の縁組みは、豊臣家の許しが必要だったはずであり、家康の勝手な行動が、三成には目に余るのだ。

「太閤さまが決められたことは、守り抜かねばなりません。ふたたび戦乱の世に戻らぬように」

手綱を握る三成の手に、力がこもっていた。

「なぜ大陸にまで出兵したのか。いくさの世を終えるためです。それが、ようやくかなって、太閤さまが今の政《まつりごと》の形を定められた。これは何があっても、崩してはならないのです」

秀康は口調を抑えて反論した。

「父のことは、私もできるだけのことは、いたします。ただ」

「ただ？」

「ただ徳川の父も、いくさの世に戻らぬよう心を尽くしています。それに秀頼さまは、あまりに幼い。それを支えるために、父に期待が集まるのは、時の流れです」

するとと三成は、しみじみとした口調に変わった。

「そもそも結城どのが、豊臣家を継ぐべきでした」

生前の秀吉が、秀次になど関白職を譲ったのが間違いだったという。

「その器《うつわ》でない秀次どのに、無理な役目を与えたために、太閤さまは謀反を疑うことになってしまったのです。そのうえ、しなくてもいい殺生《せっしょう》まで」

三成は、秀吉が秀次の妻妾まで処刑したことを、さすがに苦々しく思っているのだ。しかし秀康は首を横に振った。

「太閤さまは血縁の情が篤い方ですから、もともと私が豊臣家の跡を継ぐなど、ありえないことでした。それに、あったとしても」

「あったとしても？」

「秀次どののように、切腹を命じられたかもしれません。そうならなかっただけでも、結城の家に養子に出たのは、運がよかったのかもしれません」

「いや、結城どののご気性なら、謀反を疑われるような真似は、いっさいなさらない。切腹など、ありえませぬ」

三成の言葉は確信に満ちていた。

「それよりも私が言いたいのは、秀次どのが切腹して果てた後のことです。結城どのを結城家から呼び戻してでも、関白の座につけるべきでした」

「それこそ、ありえないことです。すでに秀頼さまが生まれておいででしたし」

「だからこその話です。秀頼さまへの中継ぎとして、結城どのほどふさわしい方は、おいでになりません」

たしかに豊臣秀頼の後見役は、徳川家康の子にこそ適任だった。それでも秀康は同調はしなかった。

「三成どのが私を買ってくださるのは、嬉しい。でも今さらのことですし、それに私には、今の立場がいちばんです」

徳川家康の子でありながら、徳川家の外にいる。徳川の威光を利用できる一方で、自由な立場で行動できるのだ。

「これは得難い立場です。弟の秀忠は、徳川家の跡継ぎですが、いつも父の顔色を窺っていなければならない」

三河以来の重臣たちも、秀忠にとっては、うるさい存在だった。

「それに徳川の父は、私に後ろめたさを感じています。大坂城に人質に出して、それきりになってしまったことで」

だからこそ秀康が、多少の無理を言っても、聞いてくれるのだ。三成を助けて欲しいと願い出られたのも、そんな父子の微妙な関係が、背景にあるからだった。

「わかっています。結城どのの今のお立場だからこそ、私を助けていただけたのですし」

三成は改めて礼を言った。

「今度のことは、結城どのに、心から感謝しています。危ういことに、あえて関わってくださって。火中の栗を拾うようなものだ」

それから吐き捨てるように言った。

「あのような連中のせいで、私は命を落としたくは、ありませんし」

三成と武断派との対立は、秀康の想像以上に根深かった。

琵琶湖畔を進んで領地に入ると、三成が頭を下げた。

「もう、ここまでで結構です。ここから先は襲われる心配もありません」

だが秀康は聞き入れなかった。

「いえ、お城まで送らせてください。それが父からの命令ですし」

押し問答が続いたが、結局、三成が承知して、なおも馬を進めた。

街道の両側には、広大な田園が続いている。田植え前の田おこしの時期で、百姓たちが、あちこちで牛や馬を使い、土を耕していた。農耕に牛馬を使えるのは、豊かな証拠だ。百姓たちの着物も、遠目で見ても、こざっぱりしている。

秀康は感じたままを口にした。

「民百姓が豊かだ。名護屋の陣屋で、私や佐竹どのに教えてくださったことを、石田どのは実践しておいでだったのですね」

すると三成は苦笑した。

「私は検地やら合戦やらで、国元に落ち着いていられませんでした。だから父に任せきりです」

それでも治水や副業の奨励は進み、領内は年々、豊かになっているという。

馬を進めるうちに、百姓が一行に気づいて、遠くから集まり始めた。

「見ろッ。お殿さまじゃッ。お殿さまが無事に、お帰りになったぞッ」

百姓たちは田おこしを放り出し、わらわらと駆け寄ってくる。

「ほんまじゃ。お殿さまじゃ」

「よう、ご無事で」

誰もが今にも泣きそうな顔で迎える。ひとりが進み出て言った。

「大坂のお屋敷が、えらいことになったと聞いて、皆、案じておりました」

女たちは泣き出している。

「お殿さまが殺されでもしたら、わしら、どうしたらええのかと」

男たちも言葉に詰まる。

「帰ってきてくださって、ありがたいことじゃ」

「ありがたい、ありがたい」

馬上の領主を、誰もが拝むようにして迎えている。三成は振り返って、もういちど頼んだ。

「結城どの、どうか、ここまでで」

送り届けるといっても、実態は連行だ。その姿を、これ以上、領民たちに見せたくはないのだ。まして城まで行けば、家臣たちにも見られる。秀康は三成の心情を察して、うなずいた。

「ならば、ここまでで」

三成は馬から降りると、自分の腰から刀を鞘ごと引き抜いて差し出した。

「これは無銘ですが、太閤さまから拝領した正宗《まさむね》です。どうか、お納めください」

国元まで無事に送ってくれた礼だという。

「そのような大事なものを」

秀康は戸惑いつつも、下馬して押しいただいた。鞘から抜くと、きわめて美しい刀身が現れた。正宗は鎌倉時代の名刀工として名高いが、銘が刻まれた刀は、滅多にない。だが目の前の刀は、その美しさから、正真正銘の正宗と確信できた。

秀康は刀を鞘に戻して、頭を下げた。

「石田どのから、さまざまなことを習いました。でも、まだまだ教えていただきたい。だから、お命を大事になさってください」

秀康は、もういちど釘を刺した。謹慎が長引いても、短気を起こして、領地から飛び出したりしないようにと。

「石田どのが、無謀なことなど、なさらないとは思いますが」

かつて家康から教えられた鉄則を口にした。

「武将として、もっとも大事なのは耐えること。父から、そう教えられました。今までも、そして、これからも、私は耐えるべきことは、耐えていこうと思っています。どうか三成どのも、今は耐えていただきたい」

三成は小さくうなずいた。

「命は大事にします。軽々しく死にはしません。生きてこそ、人のために事を成せるのですから」

三成は領民のためだけでなく、合戦の場では、戦う人々のために、あらゆる便宜を図ってきた。石田三成は人のためにこそ、生きる男だったのだ。

秀康は、ふたたび馬にまたがり、片手を上げて、家臣たちに引き返しを命じた。そして今、来た道を戻り始めた。

しばし進んで振り返ると、三成が立ち止まったまま、こちらを見送っていた。百姓たちも、まだ周囲を取り囲んでいる。

その姿に、秀康の胸が熱くなった。どれほど三成が慕われているかが、よくわかる。自分も、こんな領主になりたいと、心から願った。

秀康が伏見に戻ると、町の辻々に、葵の紋所の旗印を背にした兵が立ち、秀吉のものだった伏見城にも、徳川兵が入っていた。武家の都は、完全に徳川家康のものになったのだ。今や、三成は佐和山に追われ、表だって文句をつける者はいない。

それから半年は、不気味なほど静かな日々が続き、九月九日の重陽《ちょうよう》の節句の祝いに、家康は大坂城に出向くことになった。そのために秀康に伏見城を預けて、わずかな手勢だけで出かけた。

だがまもなく早馬が駆け戻り、留守居役の秀康に、家康の命令を伝えた。軍勢を揃えて、大坂に向けて送り出せという。大坂城内で家康を狙った暗殺計画があったというのだ。

その首謀者の名を聞いて、秀康は息をのんだ。大野治長だった。お茶々の乳兄弟で、かつて秀康が馬場で刃傷《にんじょう》沙汰を起こした時に、かばってくれた男だ。何かの間違いだとは思ったが、すでに治長が捕縛されていると聞いて、秀康は本多富正に命じた。

「大坂城に使いして、父上に申し上げてくれ。大野どのの身柄は、ぜひとも私が預かりたいと。結城に引き取っておけば、いずれ何かの役にも立とう」

大野治長も三成同様、死なせたくない人物だった。まして、お茶々にとっては側近中の側近だけに、何かの役にも立つ。

「かしこまりました。すぐに大坂に向かいます」

富正は軍勢に先立って、馬を駆っていった。できることなら秀康自身が大坂に駆けつけて、治長の助命を、家康に願い出たかった。だが城を預けられた身だけに、伏見から動くわけにはいかない。

それからは随時、大坂から早馬で事態の経緯が知らされた。暗殺計画は治長だけでなく、前田利長も関わったという。前田利長は亡くなった前田利家の跡を継いで、大老に就任した大名だ。ほかに奉行も関わっており、計画自体が三成の指図だと、見なす向きもあるらしい。

伏見から送り出した徳川の軍勢が、大坂城に到着するのを待って、家康は西の丸に入った。大坂城本丸には豊臣秀頼と、お茶々がいる。その西の丸に入ったということは、城内の一角を占拠したも同然だった。伏見城に続いて、大坂城にも手をかけたのだ。

秀康は、家康が三成を挑発しているような気がした。大老や奉行を失脚させ、大坂城に入るなど、三成としては許しがたいことばかりだ。ここで三成が我慢できずに、佐和山を飛び出して兵をおこせば、一挙に叩くことができる。

秀康は三成宛に手紙を書いた。どうか短気は起こしてくれるなと説き、使者に持たせて佐和山城に走らせた。

もし父の本意が挑発にあるのなら、秀康は父の意思に反することになる。だが、それでもかまわないと思った。力でねじ伏せなくても、三成や治長をはじめとする豊臣方と、共存していくことは不可能ではないはずだった。

お仲の言葉が思い出される。

「おみゃあは、この家と、徳川さんの絆じゃ。どこに行ったとしても、それだけは忘れねえでな。この家と徳川さんの仲立ちを、してちょうよ」

お仲は、朝鮮出兵が始まってまもなく、八十歳で亡くなった。可愛がってくれた義理の祖母の死を、秀康は名護屋の陣屋で聞いたのだ。

お茶々からも、同じようなことを言われたことがある。

「秀康どのという名前の通り、関白さまと徳川どのの橋渡しを、していただきたかったのです」

秀吉の秀と、家康の康の文字を、受け継いだ名前。それは秀康の中で、いよいよ重い意味を持ち始めていた。

十月に入ると、大野治長が伏見城に護送されてきた。秀康は搦手門《からめてもん》まで出迎えて聞いた。

「大野どの、いったい、どうなされた？」

治長は悔しそうに訴えた。

「ぬれぎぬです。私たちは徳川どのを狙う気など、毛頭、なかったのです」

奉行たちの内紛で、暗殺計画がでっち上げられ、家康に通報されたのだという。秀康には正確な事実関係はわからない。ただ家康の挑発だという思いは、なおさら深まった。

「わかりました。とにかく私の国元に、しばらく滞在してください。いずれ許しが出るように、なんとしても計らいますので」

そして富正に命じて、治長を遠く結城城まで、送り届けさせたのだった。

第十一章　遠き関ヶ原

慶長四年（一五九九）十月半ば、お万は胸高鳴る思いで、大野治長を結城城に迎えた。結城に来て九年。お万は四十三歳になり、かつての漆黒のお垂髪には、すでに白髪が交じる。結城家先代の結城晴朝や、嫁に当たるお鶴とともに、大坂城から来た治長と対面した。

「しばらく滞在させていただきます」

治長は流刑同然の身だったが、目元の涼しい好青年で、卑屈な様子はない。晴朝も鷹揚な態度で接した。

「田舎で退屈であろうが、しばらく居てくだされ」

双方の挨拶が終わるのを待ちかねて、お万は膝を乗り出した。

「秀康は上方で、どうしているのでしょう。伏見とやらで、うまくやっているのでしょうか」

しばらく会わない息子の様子が、何より気がかりだった。すると治長は秀康を誉めた。

「結城どのは、武功こそ立てる機会に恵まれませんが、男気のある方です」

秀吉亡き後、巨大化する家康に盲従するわけではなく、自分の意思で行動しているという。

「私の身柄を預かられたのも、徳川どのの本心としては、ありがたくないことだったかもしれません」

お万は夢心地で聞いた。それほど息子が成長していようとは意外で、ことのほか嬉しかった。それでいて心配も残る。

秀康は十七歳で結城家に養子に入ってから、この城にいたのは二年に満たない。十九歳から九州の名護屋城に長滞陣となり、その後は伏見城下に結城家の屋敷を設け、今では家康の手足となって働いていると聞く。

国元は結城晴朝が留守を守る形で統治し、お万と、嫁のお鶴も城に留まって、秀康の帰りを待ちわびている。

お鶴は晴朝の娘ではなく、もとは姪だった。やはり親戚筋の宇都宮家から、朝勝を養子に迎え、お鶴と夫婦養子になる話が決まっていた。そこに突然、秀康の養子縁組みが持ち上がったのだ。

それだけに当初、結城の家臣たちは、秀康にいい印象を持っていなかった。豊臣と徳川の両家から持て余されて、押し付けられたのだと警戒した。しかし北条攻めの最中にやって来た秀康は、思いのほか好男子で、家臣への態度にも、おごったところがなかった。

後に晴朝が本心を明かした。

「いやはや、どれほど手に負えぬ若君かと覚悟しておったが、これほど貴公子然としていようとは、存外のことであった」

すると当時十七歳だった秀康は、折り畳んだ書き付けを、懐から出して開いて見せた。

「この家に入るに際して、徳川の父が書いてくれたものです」

そこには四カ条にわたって、名家を治めていくための戒《いまし》めが綴られていた。いつも身につけているのだという。

さらにお万は、結城家への養子縁組そのものが、そもそも家康が持ちかけたことだと知って驚いた。

かつて、お万は家康の意に反して、密かに浜松城を抜け出し、秀康を産んだ。そのために家康から妙な疑いをかけられ、三歳まで父子の対面もかなわなかった。その後も秀康は人質に出され、さらに結城家の養子に転ぜられた。まさに冷遇続きだった。

だが成長してみると、顔立ちも兄弟の中で、いちばん家康に似てきた。大きな目と鼻の形など、そっくりだ。

お万は気づいた。秀康は反発しながらも、父に対して憧れや、尊敬の念も抱いている。だからこそ家康の書き付けを身につけて、大事にしているのだと。

でも、そうなると今度は、父親に利用されはしまいかと、心配し通しだった。

晴朝も大野治長に質問を連発した。

「孫の仙千代や、虎松《とらまつ》も、伏見で元気にしているのであろうか」

「私は、ここに来る前に、伏見の結城屋敷で、いちどお会いしただけですが、おふたりとも、お元気の様子でした」

秀康は最初、お鶴との間に姫をもうけたが、幼くして亡くなった。その後、お鶴を結城に置いて、九州の名護屋、伏見と移り住み、その間に側室を迎えた。正妻と遠く離れていながら、跡継ぎをもうけねばならないだけに、大名としては当然の成り行きだった。

長男の誕生は、結城城には手紙で知らされた。名前は仙千代という。お万は、その名前に思わず微笑んだ。本多作左衛門の息子の幼名と同じだったのだ。

その後も、お万は治長から、秀康のことを詳しく聞き出した。特に、お鶴の前では聞きにくい、側室のことを教えてもらった。

治長は少し首を傾げつつも応えてくれた。

「私も詳しいわけではありませんが、若君を産んだのは、中川一茂《なかがわかずしげ》という者の妹だと思います。伏見のお屋敷では、岡山の方と呼ばれていました」

もともと中川一茂は秀吉の直臣で、治長とも旧知の仲だという。

仙千代は跡継ぎになるだけに、いずれは岡山の方ともども、国元に引き取らねばならない。だそうなると、お万としては、お鶴が気の毒でならなかった。お鶴は、その名前に似つかわしく、色白で、ほっそりとした女だ。姑に当たるお万に、よく仕えてくれている。

お鶴の実家は江戸家といい、ここに晴朝の妹が嫁いで産んだのがお鶴だった。

当時、江戸家は水戸の城主だった。しかし秀吉の小田原攻めの際に、江戸家は北条方につき、水戸城を失った。今や水戸は佐竹義宣のものだ。今の江戸家は、お鶴の弟が結城家の家臣となり、かろうじて家名を残している。

それは、かつてのお万の境遇と、よく似ていた。お万も家康の側室になった後、実家の永見家が知立城を失ったのだ。だからこそ、嫁姑で心通わせるものがあった。

そんな状況の結城城に、大野治長が送られてきたのだった。だが上方での騒動は遠く、その後も結城では、穏やかな日々が続いた。

治長が上方に戻ることが許されないまま、七カ月が過ぎ、慶長五年（一六〇〇）の五月末のことだった。本多富正が伏見から、突然、秀康の側室と子供たちを連れてきた。

「上さまから命じられました。今後は、こちらのお城に、お引き取りいただきますよう」

岡山の方と呼ばれていた側室は、もとの名を、お清といった。上方の女らしく、あか抜けている。お万もお鶴も警戒したが、物腰は控えめで、あくまでも相手を立てる態度だ。

驚いたことに、六歳の仙千代も、四歳の虎松も、初対面のお鶴に、母上さまと呼びかけ、お清は呼び捨てだった。お清は、わが子を若君さまと呼ぶ。

側室が産んだ子は、建前としては正室が母親役ではあるが、守られない場合が多い。お万自身、家康が正室の築山御前との間に、確執があったこともあって、秀康から母上と呼ばれてきた。

そんな原則を律儀に守ろうとは、少し意外だったが、お清は微笑んで言った。

「上さまが若君さま方に、ずっと言い聞かせられました。若君さま方の母上さまは、結城においでじゃと」

急に結城城は、子供の声でにぎやかになった。妻妾の仲も波風立たずにすみそうで、お万は安堵した。

ただ本多富正は、そんなことよりも、はるかに重大なことを、お万と結城晴朝に伝えた。

「実は、ご側室と若君さまを、こちらにお連れしたのには、理由がございます」

晴朝が大きなからだを乗り出して聞いた。

「理由？」

「まだ内々の話ですが、大きな合戦が近いのです」

伏見城下の屋敷に置いておくと、人質に取られる危険があるという。

「で、敵は？」

富正は声を低めた。

「まずは会津の上杉でございます。近いうちに上さまも、こちらに戻られて、上杉との合戦準備に入られます」

お万は息をのんだ。上杉景勝は奥州最大の大名だ。秀吉が任命した五大老のひとりで、百二十万石の石高は、二百五十六万石の家康に次ぐ。一方、結城家そのものは十万石に過ぎない。まして上杉家と合戦になれば、この辺りが最前線になる。

お万は不安に駆られて聞いた。

「でも、こちらで合戦になるのなら、仙千代も虎松も伏見に置いておく方が、確かではありませぬか」

「いいえ、会津攻めは、家中挙げての大挙兵になり、伏見のお屋敷では、お守りする者がいなくなりますので」

富正は一から説明した。

「ここのところ上杉には謀反の疑いがあり、これを討伐することになります」

秀吉の死以来、五大老の中で、大きな発言権を持つのは、当然ながら筆頭である家康だ。二番手の前田利長は、家康の暗殺事件に関与したとして討伐されかかり、以来、力を失った。

しかし残る上杉景勝が、何かと反発を露わにしている。そのため近々、家康が諸大名に出兵を命じ、当然、秀康も、それに従うという。

「近いうちに、こちらにも、正式な出陣命令が届くはずです」

晴朝が太い腕を組んで、つぶやいた。

「とうとう会津を討つか」

上杉景勝は上杉謙信の養子で、家康よりも十三歳若いが、家康同様、歴戦の将だ。

お万は長い間、合戦を身近に感じたことがない。家康が浜松の北方で、武田家と合戦を繰り返していた頃は、浜名湖畔の代官屋敷で、戦乱と関わりなく秀康を育てていた。

北条攻めの時も、小田原まで出向いたものの、陣太鼓も法螺貝の音も響く前に、結城の城に入った。

今度の敵は、今までになく近く、大きく感じられた。上杉家の会津城は、結城城から北に望む山々の、すぐ向こうにあるのだ。

一方、結城城は、わずかな起伏の丘の上にあるが、ほぼ平城だ。周囲は田園が広がり、北から東にかけては、田川という流れが大きく蛇行して、自然の外堀を形成している。

北西から南東にかけては、その支流に当たる堀が、まっすぐに延びている。内堀は空堀がめぐらされているだけだ。関東の城としては守りは堅い方だが、それでも上杉の軍勢に攻め込まれたら、ひとたまりもない。

そんな危うい城に、大事な子供たちまで迎えてしまい、お万は緊張せざるを得なかった。


その頃、秀康は大坂城の本丸で、お茶々を懸命に説得していた。

「どうか、秀頼さまから徳川家に、お命じください。会津の上杉を討てと」

お茶々は首を横に振った。

「まだ秀頼どのは八つじゃ。そのようなことは命じられませぬ」

秀康は食い下がった。

「がんぜないのは百も承知です。だから淀の方さまや、ご側近の方で判断されて、秀頼さまに、お勧めいただければよいのです」

なんとしても会津征討を、豊臣家から徳川家に命じるという形にしなければならなかった。いまだ徳川家は豊臣家に臣従している立場だ。主家から命じられた合戦でなければ、徳川の勝手な暴走であると天下に見なされる。

そして、お茶々を説得する役目は、徳川方では秀康にしか務まらない。会津征討の正当性が、秀康の肩にかかっていた。それでも、お茶々ははっきりしない。

「淀の方さまは、何を、ためらっておいでです」

「まだ秀頼どのが、ご自身で判断できぬうちは、わらわは合戦に巻き込みたくはないのです」

秀康はここぞとばかり、膝を乗り出した。

「合戦に巻き込むことにはなりませぬ。遠い奥州での戦ですので」

「いいえ、そうではないでしょう」

「そうではないとは？」

「徳川どのが軍勢を率いて東に向かう間に、こちらで兵を挙げる者が、あるやもしれませぬ。そうなれば嫌でも合戦に巻き込まれます」

確かに、その危険は充分にあった。秀康としては、お茶々がそこまで読んでいるならと、腹を割って話すことにした。

「率直に申し上げましょう。こちらで兵を挙げる危険があるのは、石田三成どのです」

家康が会津征討に出れば、加藤清正や福島正則など、三成に反感を持つ武断派は喜んでつき従う。

一方、西国には、家康に反感を持つ大名も多い。特に、五大老のひとり毛利輝元は、家康の失脚を狙っている。徳川勢が上方を留守にする間、三成が毛利を担いで、反徳川の諸大名に声をかけ、一斉に挙兵するかもしれなかった。

そうなると徳川勢にとっての敵は、会津の上杉だけではなくなり、かつてない大規模な合戦が起きる。天下を東西で二分する大合戦が起きるのだ。だが、それこそが家康の言う、いくさの世を終えるための最後の合戦なのだ。

秀康は、お茶々の説得を続けた。

「私は石田どのを優れた人物だと思っています。治政に関して、おそらく彼の右に出る者はおりません。ただ惜しむらくは、大軍を率いられるかどうかという点で、疑問が残ります。秀頼さまが石田どのの味方をすれば、共倒れになりかねません」

お茶々は、ふたたび首を横に振った。

「でも石田どのは忠義者です。太閤さまのご遺志を、誰よりも重んじてくれています」

「だからこその話です。だからこそ上杉を討つ件は、豊臣家から徳川に、お命じになることが大事なのです」

豊臣家の命令で動く限り、その裏をかくような挙兵は、三成にはできないはずだった。それでも、お茶々は納得しなかった。

「でも万が一ということも」

「わかりました。では仮に、石田どのや毛利どのが兵を挙げたとして、その軍勢を西軍と呼びましょう。私ども徳川勢が東軍です」

　秀康は具体的に説明した。

「私どもの留守中に、西軍が兵を挙げたら、あっという間に、この大坂城は、彼らの手に落ちるでしょう。そうなれば、必ず秀頼さまが担ぎ上げられます。でも、けっして応じてはなりません。利用されるだけですから」

　お茶々は深くうなずいた。八歳の息子を合戦に巻き込むなど、考えたくもないことなのだ。秀康は懇々と説き続けた。

「西軍の言いなりにならず、できるだけ中立を保つのです。そうすれば東西、どちらが勝ったとしても、豊臣家としては何の傷も負いません」

　お茶々が少しずつ納得していく。秀康は、なおも押した。

「ただ、この城のただ中にいる限り、豊臣家は西軍に味方したと、世間は見なしましょう。それで西軍が勝てばかまいませんが、もしも東軍が勝った時、それでは困りませんか」

「それは、もちろん困ります」

「だからこそ会津攻めを、豊臣家から徳川家に命じておくのです。さすれば豊臣家は最初から、東軍に味方していることになります」

　どっちつかずで旗色を明確にしないなど、男に通用する話ではない。だが、お茶々は合戦を嫌うだけに、この論法で説得できると、秀康は踏んでいた。さらに切り札を出した。

「大野どのからの手紙です」

それは治長の筆跡で、秀頼が成人するまでは、豊臣家は何が起きても中立を守るべき旨が、したためられていた。本多富正が国元で、治長に書かせた手紙だ。

この手紙を見せるのには、もうひとつ意図があった。治長が結城の人質であることを、言外に匂わせたのだ。お茶々にとって、治長は乳兄弟であるうえに、側近中の側近で、死なせたくない人物に違いなかった。

お茶々は手紙を読み終えると、覚悟を決めたか、大きくうなずいた。

「わかりました。秀頼どのの名で、上杉討伐を、徳川どのに命じましょう」

さらに意外なことを言った。

「口約束や書き付けだけでなく、まとまったお金も要りましょう。黄金二万両に、お米を二万石ほど。それで、よいでしょうか」

お茶々は、いったん決めたとなると、ことのほか腹が据わっていた。


秀康は急いで西の丸に赴き、家康に、お茶々との会見の結果を報告した。秀頼から会津征討の命令だけでなく、軍資金まで出るとあって、家康の機嫌は上々だった。

それを見極めて、秀康は思い切って別件を願い出た。

「私に伏見を任せていただけませんでしょうか」

徳川勢が会津に向かう間、伏見城の留守居をしたいと希望したのだ。家康は鋭い目で聞いた。

「合戦に出るのが嫌か」

「そういう意味ではありません。ただ私が伏見を守っていれば、石田どのも早まったことは、できぬはずです」

「いや、そなたには会津で、存分に戦ってもらう」

「どうしても、いけませぬか」

「駄目だ」

今までになく厳しい拒絶だった。さすがに秀康は、それ以上は押せなかった。

その代わり、もういちど石田三成に手紙を書いた。けっして早まったことはしてはならないと。秀頼が年少だけに、合戦を起こせば、豊臣家の滅亡を招きかねないと。

そうしているうちに豊臣家では軍資金の用意を進め、家康は六月二日、武断派の諸大名に出陣準備を命じた。

その四日後の六日、家康は大坂城西の丸で軍議に入った。十五日には約束通り、豊臣秀頼から家康宛に、黄金二万両と米二万石が下げ渡された。

その翌日、秀康は家康とともに伏見に戻り、さらに翌日、秀康は結城家の家臣団とともに、関東に向けて出発した。家康の本隊は、もう一日遅れの出発となった。

秀康は父との腹の探り合いを自覚した。会津征討が、三成に向けた挑発である可能性は高い。あえて反対勢力に挙兵させ、一挙に叩きつぶすために、家康は上方を留守にしようとしているのかもしれない。

家康は合戦に際して、何よりも義を重んじる。義に反する挙兵はしない。だから先に相手に手を出させなければならない。そこで挑発が必要になる。だが、たとえ本心は挑発であっても、けっして、それを表に出さない。

ならば、それを逆手《さかて》に取って、秀康は合戦の火種を鎮める側に、まわることにしたのだ。だから伏見に残りたいと申し出た。しかし、それは許されなかった。あれほどまでに厳しく拒絶したところを見ると、秀康が伏見に残っては困るのだ。残れば挑発にならないからだ。

だが秀康としては、たとえ父の本意に反したとしても、自分の信念を貫き通したい。父よりも、なお義を重んじるつもりだった。

石田三成を伏見で保護して以来、父子は微妙な均衡を保ちつつ、たがいの力を利用している。実に似た者同士であり、腹の探り合いの末に行動しているのだと、秀康は認識していた。

七月二日には家康本隊が江戸城に入り、七日には全軍が江戸周辺に集まった。ここで、もういちど軍議を重ねた。会津は盆地だけに、各方面から山を越えて攻め込むことになる。その攻撃口の割り振りを、各大名が再確認した。

翌朝、秀康は先陣として江戸城を出た。関東平野を北に向かって強行軍で進み、翌日には結城に着いた。城に入ると、お万が本丸から転がり出るようにして迎え出た。

「秀康、無事でしたか」

久しぶりの再会だったが、秀康は子供扱いされたようで、苦笑いで応じた。

「母上、ご無沙汰いたしました」

そして母にはかまわず、さっそく養父の晴朝や重臣たちと相談に入った。

会津攻めの足場は、宇都宮や小山など結城周辺になる。そこに徳川勢の大軍を迎え入れる準備に、かからなければならなかった。まずは諸大名の軍勢五万、続いて家康の本隊三万と、秀忠の三万が続く。今こそ、石田三成から教えられたことが活かされる時だった。

相談の最中に、お万が割って入った。

「秀康、そなた、徳川家に利用されているのでは、あるまいな」

秀康は、むっとして応えた。

「母上、父上は父上。私は私の判断で動いています。心配はご無用です」

「でも、でも」

お万は、おろおろしながらも、口出しをやめなかった。

「そなた、信康どのが最後に言い残したことを、忘れてはいまいな」

秀康にとって、たったひとりの兄、信康は切腹する前に、こう言い残した。

「於義丸《おぎまる》、父に逆らってはならぬぞ。何があってもじゃ」

今の秀康は、家康に逆らうような真似を、しているのかもしれない。たしかに兄の遺志には反する。お万は、なおも言い募った。

「そなた、勝手な真似をして、信康どのの二の舞には、ならぬであろうな」

お万は、息子が家康の言いなりになることも、逆らうことも、どちらも気がかりでならないのだ。秀康は、そんな母の心配を笑い飛ばした。

「兄上が切腹を命じられたのは、二十一歳の時ですが、私は、もう二十七です。自分の判断に信念を持っています」

なおも不安顔の母をなだめ、男同士の相談に戻って、絵図を開いた。

結城の北には、関東の名城と呼ばれる宇都宮城がある。かつて結城家の養子だった朝勝の実家だ。しかし宇都宮家は三年前、秀吉が勧めた養子を拒んだために改易された。以来、朝勝は居場所を失って、佐竹義宣のもとに身を寄せている。

今や宇都宮城は別の大名のものとなり、反上杉で結城家と手を結んでいる。

宇都宮から奥羽路沿いに北上すると、盆地と山が鎖のように現れる。白河の関を越えると、上杉家の所領に入り、白河、会津、米沢と盆地が続く。さらに北に位置する山形の盆地は、最上義《もがみよし》光《あき》という大名の領地となり、その東には伊達政宗《まさむね》がいる。

秀康は絵図をたどって、晴朝や重臣たちに説明した。

「最上と伊達は反上杉で手を結んでいる。徳川家では彼らを味方につけて、上杉を南北から押さえ込む手はずだ」

奥州の最南端、白河城を示して言った。

「北に攻め込む時には、わが家中で先陣を願い出ようと思う。皆々、覚悟はよいな」

秀康が重臣たちに確かめると、誰もが一斉にうなずいた。

そうしているうちにも、後続の軍勢が続々と到着してきた。秀康は結城周囲の支城や寺社に、人数を振り分けて迎え入れた。たちまち各城に兵馬が満ちて、連絡の早馬が行き来し、物々しい雰囲気が漂う。

結城のすぐ西に、小山《おやま》という城がある。ここに秀康は、家康の本隊を入れようと待ち構えていた。秀忠の軍勢は宇都宮城に送るつもりだった。

しかし家康の本隊は、なかなかやって来なかった。待ちかねた諸大名が騒ぎ始める。催促の使者を江戸に送っても、芳《かんば》しい返事がない。ただ出陣準備に手間取っているという。

秀康は父への疑惑を、強めざるを得なくなった。やはり三成を挑発しているのだ。もし本気で上杉を討つつもりなら、一刻も早く会津に進軍しなければならない。いたずらに日が過ぎれば、三成が西国の諸大名に呼びかける隙を与える。この進軍の遅さは、まぎれもなく、三成の挙兵を待っているとしか考えられなかった。

なおも苛立ちながら待っていると、七月二十一日になって、ようやく家康が三万の軍勢を率いて、江戸城を出たという知らせが届いた。秀忠軍も同行しているという。秀康の江戸出発から、すでに十三日も経っていた。

秀康は大野治長に、本心を打ち明けた。

「これは徳川の父の挑発です。これに乗ったら石田どのは罠にかかったも同然。下手をすれば、豊臣家も巻き添えになりましょう」

治長は使者として立つことを望んだ。

「どうか、私を大坂に行かせてください。秀頼さまから石田どのに、自重を命じていただきます」

秀康は首を横に振った。

「それは、できません。大野どのは人質です。今、手放すわけにはいきません」

「ならば、いつか私を使者に立ててください。必ず、お役に立ちます」

「わかりました。いつか、お願いすることがあると思います」

今や治長は、秀康の大事な持ち駒だった。

七月二十四日、家康が小山城に、秀忠が宇都宮城に、それぞれ入った。だが同じ日に、伏見から早馬が駆けつけて、重大な知らせをもたらした。

石田三成の挙兵だった。伏見城が大軍で囲まれているという。今から引き返しても、とうてい援軍は間に合わない。落城は目に見えていた。

秀康は、きつく唇をかんだ。自分が伏見城に残っていれば、こんなことはなかったという無念と、やはり挑発だったのかという思いが湧く。

家康は、秀康に伏見城を任せなかった代わりに、鳥居元忠《とりいもとただ》という老臣に留守居を命じた。鳥居元忠は、本多作左衛門の妻、お濃の兄に当たる。つまり鳥居元忠と作左衛門は義兄弟の仲で、どちらもよく似た忠義者だ。

おそらく家康は、最初から元忠を見捨てるつもりで、また元忠も死を覚悟の上で、留守役を引き受けたに違いなかった。

すぐさま秀康は、周辺の各城に知らせを走らせ、家康のいる小山城に、諸大名を集めた。翌二十五日、全員が集結したところで、家康が口を開いた。

「聞き及んでおろうが、石田三成が兵を挙げた。まだ詳しい知らせは届かぬが、おそらく毛利が味方したのだろう」

家康は一同を見据えて聞いた。

「わしとしては、すぐに引き返して、三成を討たねばならぬ。ただ伏見や大坂の城下に、女子供を置いてきている者もおろう。その者たちは三成の人質に取られていよう。もし人質が気がかりならば、この先、わしに従わぬともよい」

秀康は家康の誘導に内心、舌を巻いた。

すでに秀康は、伏見に居たお清と、仙千代と虎松のふたりを、結城に引き取ってある。それも家康の勧めだった。上杉攻めに向かうに当たって、伏見の守りが手薄になるという理由だった。その時は秘密裏に出発させたものの、隠し通せるものではなく、噂は広まった。

側室や子供たちを伏見城下の屋敷に住まわせるのは、徳川家に対する人質だ。その中で秀康が、側室と子供を結城に引き上げたとなれば、周囲は何かあると感づいて、密かに同じ行動に出る。たちまち伏見城下の大名屋敷から、女子供の姿が消えた。

それに家康が気づかないはずがなく、黙認したのだ。だから今、妻子を三成側の人質に取られた者など、ほとんどいないはずだった。なのに、あえて家康は言うのだ。女子供の命が惜しくば、三成側につけと。

まっさきに福島正則という大名が、勢いよく立ち上がり、割れるような大声で断言した。

「わしは今まで通り、徳川どのにお味方するッ」

福島正則は豊臣恩顧の大名の中で、武断派の代表格であり、反三成の筆頭でもあった。

「三成めは、秀頼さまを担いで兵を挙げたのであろうが、秀頼さまは、まだ八つ。判断がつくお年ではない。三成こそが奸臣であるッ」

一瞬、場が静まり返ったが、すぐさま追従する者が現れた。

「わしも徳川どのにお味方する」

「今こそ、三成を討ち滅ぼすのだッ」

「急いで西に戻れッ」

口々に言い募る。あっという間に、家康に対する支持が固まった。だが、たったひとり、異を唱える男がいた。

「待っていただきたい」

佐竹義宣だった。福島正則ら豊臣恩顧の大名たちが四十歳前後であるのに対して、義宣は三十そこそこ。それでも色黒で鋭い目は、多勢の中で負けてはいなかった。

「このままでは天下を二分するような、とてつもない合戦が起きる。それでよいのですか」

だが、すぐさま嘲笑が浴びせられた。

「佐竹どのともあろう者が、臆病風に吹かれたか」

「まあ、佐竹どのは前々から、三成とは仲がよかったし。せいぜい奸臣の味方になればよい」

秀康は、むっとした。自分のことを言われたかのように腹がたち、義宣を擁護しようと口を開きかけた。その時だった。家康が両腕を上げ、大声で全員を制した。

「静まれッ」

そして全員を、ねめまわして言った。

「先ほどから言うているであろう。わしに従いたくない者は、従わずともよいと」

秀康は発言の機会を逸し、さすがに義宣も口を閉ざした。家康は威圧するような口調で言った。

「ならば、皆々、異存はないな」

福島正則が大声で応じた。

「もとよりッ」

秀康と佐竹義宣以外の全員が大きくうなずく。家康は、それを見極めてから言った。

「では明日にでも西に戻ってもらいたい。ただし、ここを空にするわけにはいかぬ。上杉に対する押さえが要る。ただ、ここに残るということは、伏見城の二の舞になりかねん」

上杉が大軍で南下を始めれば、周囲の城は、こぞって上杉方に寝返り、たちまち結城は孤立して、落城の危険にさらされる。たしかに伏見城の留守居を務めた鳥居元忠と、同じほどの覚悟が必要だった。

「誰にでも、させられる役ではないが」

家康は、ひとりひとりに視線を移してから、秀康に目を止めた。

「秀康、そなた、やってはくれぬか」

秀康は瞬時に、父に謀《はか》られたと気づいた。三成寄りの息子を、天下分け目の合戦から、遠ざけるつもりなのだ。だが、ここで秀康が拒めば、伏見城の二の舞を嫌って、命を惜しんだかのように取られる。とうてい断ることはできない。

家康は追い討ちをかけるように言った。

「佐竹どのにも残ってもらおう。秀康とふたりで、上杉の盾になってもらいたい」

佐竹義宣も言葉を失い、呆然と立ちすくんでいた。

翌朝、福島正則の軍勢が真っ先に出発し、ぞくぞくと大軍が続いた。

秀康は大野治長に言った。

「やはり石田どのは、父の挑発に乗ってしまいました。こうなった以上は、豊臣家が巻き添えにならぬよう、大野どのは、どうか父に味方して戦っていただきたい」

治長は待っていたとばかり承諾した。

「わかりました。今こそ、秀康どのの、お役に立ちましょう」

そして秀康は、治長を家康に引き合わせた。

「どうか大野治長どのを、お連れくださ い。父上の挙兵が、豊臣家の命であることを、いよいよ天下に示せましょう。合戦後の大坂城への使者としても適任です」

家康は歯に衣を着せずに聞いた。

「なるほど、よい案じゃ。しかし、よもや敵方に寝返ったりは、せぬであろうな」

治長自身が言葉に力を込めて約束した。

「断じて、そのようなことは、ございません。このままでは豊臣家は、石田どのに引きずられます。ここはなんとか、私の力で引き戻したいのです」

「わかった。では、われらの味方として戦ってもらおう」

家康は治長の参戦を認めた。そして秀康とふたりになると、声をひそめた。

「大野治長の件は、これでよい。それよりも佐竹が危うい。三成の敵になるのを嫌って、上杉方につくやもしれぬ」

秀康は口を閉ざした。

佐竹家は五十五万石の水戸城主で、関東屈指の大大名だ。それに対して結城家は、十万石に過ぎない。動員できる兵は、徳川家の援軍を数に入れても、三万が限度だ。もし義宣が上杉方についたら、たしかに太刀打ちはできない。

「とりあえず上杉は、会津の北にいる最上や伊達を相手に戦うだろう。それよりも」

家康は珍しく言いよどんだ。

「それよりも？」

秀康が促すと、覚悟を決めたように続けた。

「もしも、佐竹が上杉方につき、わしの旗色が悪くなったら、そなたは自分で判断せよ」

「判断せよとは、どのような意味です」

「自分の思う通りにせよということじゃ」

秀康は、かっとなった。

「私に寝返れとでも、仰せですかッ」

家康は黙り込んだ。肯定されたも同然だった。秀康は余計に腹が立った。

「父上は、私が裏切るとでも、お思いですか」

怒りで声がふるえた。それでも家康は黙り込んだままだ。秀康は、ふと気づいて、せせら笑うように言った。

「それとも父上が、そう仰せられたら、かえって私が裏切らないとでも、お考えなのでしょうか」

この父ならば、そこまで策を巡らせても、おかしくない気がした。

「いや、そうではない」

家康は首を横に振った。

「そうではなく」

なおも言いよどむ父に、秀康は挑みかかるように聞いた。

「そうではなく？　何なのです」

「父が負ける時の話じゃ。もしも徳川の負けが見えたら、そなたは、すぐに上杉につけ」

「同じことではありませんかッ」

「いや、同じではないッ」

家康は断言した。

「天下を二分する大合戦じゃ。勝負は五分五分。わしは無謀な合戦はせぬ。だが今度ばかりは、負けることも、充分に考えておかねばならぬ」

そして秀康の目を、正面から見つめた。

「そなたは三成に信頼されている。西軍に味方して勝利を収めれば、充分に加増され、生き残っていかれよう」

ふたたび秀康は声を荒立てた。

「そのようなことはッ」

「黙って聞けッ」

大声の応酬の後、家康は穏やかな口調に戻った。

「負ければ、わしは陣中で腹を切る。秀忠もじゃ。わしも秀忠も、それでよい。いくさの世を終わりにするためならば、惜しい命ではない。ただ、徳川が断絶すれば、大勢の家来どもが浪人する」

目を伏せて、言葉を続けた。

「そうなった時に、そなたが家来どもを、拾ってやって欲しい」

秀康は父の意図を初めて理解した。徳川家康に尽してきた家臣団の行く末を、何より気にかけているのだ。

「しかし」

父の意図を理解しても、受け入れることはできなかった。

「しかし私は死ぬまで言われるでしょう。天下分け目の合戦に際して、実の父親を見限ったと」

家康は小さな溜息をついてから、唐突に話題を変えた。

「そなた、淀の方に勧めたそうじゃな。中立を守れと。なぜ、そう言うた？」

「それは」

秀康は戸惑いながらも応えた。

「豊臣家を滅ぼしたくなかったからです」

「何故に？」

「以前、大政所さまに言われました。徳川と豊臣の家の絆になって欲しいと。淀の方にも、同じようなことを頼まれました。だから私としては、秀頼どのに生き残る道を、残しておきたかったのです。大野どのを、お連れいただくのも、そのためです」

家康は穏やかな目で、うなずいた。

「わしも、そなたを生き残らせたい。家来どもの生きる道も、残してやりたい」

そして、もういちど溜息をつくと、少し自嘲的に笑った。

「しょせん、幼かったそなたを大坂に人質に出して、見限るような父じゃ。恨まれて、裏切られても、当たり前であろう。そなたが三成についたとしても、誰も後ろ指などささぬ」

結城を離れるにあたって、家康は新たな旗を、秀康に渡した。かつて結城家に養子に入る時にも、同じものを貰った。白地に「厭離穢土欣求浄土《おんりえどごんぐじょうど》」の文字が書かれた旗指物だ。

結城の軍勢が、まぎれもなく徳川の軍勢であることを示したのだ。さらに関東各地に知行地を持つ徳川家直臣の中から、若手が秀康のもとに残された。かつての仙千代こと本多成重も、秀康配下として備えについた。

そうして秀康は、家康の大軍が江戸に戻るのを見送った。彼らが江戸から西に向かい、三成と毛利の連合軍とぶつかったところで、天下分け目の合戦が繰り広げられることになる。

秀康は関東各地の勢力に使者を送って、味方であることを確認するかたわら、奥州にも間諜を放って情報を把握した。

それによると家康の言う通り、今のところ上杉景勝は、最上や伊達との戦いに手一杯で、南下の心配はなさそうだった。ただ危険があるとすれば、やはり佐竹義宣の動向だった。

間諜から、かつての結城家の養子、結城朝勝の動きについても報告があった。今まで朝勝は、義宣のもとに身を寄せていた。それが急に水戸を離れ、会津に走ったという。

今までの動向からすると、朝勝が上杉に味方するのは疑いない。ただ、水戸を離れた意味が、今ひとつ把握できなかった。佐竹義宣が上杉に加担するつもりがないために、見限って、上杉家に奔《はし》ったのか。それとも逆に、義宣と上杉景勝とを結ぶつもりなのか。

その後も間諜の報告が続いた。それによると朝勝は、上杉景勝から、奥州最南端の白河城を預けられたという。白河の南、下那須までは、徳川方に味方しており、朝勝は最前線を買って出たのだ。

秀康は佐竹義宣のもとに、再三、使者を送っていたが、朝勝も、そうしているに違いなかった。ただ義宣は、どちらに味方するか、明らかにしない。

それに呼応して、常陸から北の海沿いが、立場を曖昧《あいまい》にしていた。彼らは雪崩を打って敵にまわる危険もある。一触即発の状態だった。

小山での評定が七月二十五日で、八月に入ると、さっそく伏見落城の知らせが届いた。予想していた通り、鳥居元忠は最後まで戦い、討ち死にしたのだ。続いて諸大名が東西の陣営に分かれ、美濃や伊勢などで局地的な合戦が始まった。

それでも家康が江戸城を出たという知らせは来なかった。秀康には父の行動の意味が、手に取るようにわかった。家康は待っているのだ。東西両軍すべてが一カ所に集まり、一気に勝負をつける時を。局地戦で終わらせず、これを最後の合戦にするつもりなのだ。

家康の江戸出陣は九月一日まで延びた。さらに半月後、早馬の知らせで、美濃と近江の国境に近い関ヶ原に、両陣営が集結し、家康も着陣したことが伝えられた。

秀康は結城城を富正に任せ、自身は最前線となる宇都宮城に入った。まさに広大な関東平野の北端の城だ。

宇都宮城から那須を隔てて、北に対峙するのが白河城だ。白河には上杉勢の先鋒として、結城朝勝が入っている。まさに結城を名乗る者同士で、南北で敵対したのだ。

だが秀康が警戒しているのは、朝勝ではない。朝勝は単独で南下できるほどの力はない。朝勝が南下するかどうかは、ひとえに佐竹義宣の動き次第だ。

秀康と義宣、そして石田三成の三人には、深い友情が築かれていた。だから義宣の心情としては、三成を助けたいに違いなかった。

だが義宣は今の状態では、上杉からの援軍を期待できない。それでも結城朝勝と手を結んで、秀康を叩き、関東一円を反徳川でまとめて、積極的に上杉と手を結ぶことはできる。それをしないとしたら、秀康に対する友情の表れに違いなかった。

家康は言った。もし義宣が攻め込んできたら、自分で判断せよと。軍勢の差を考えれば、とうてい勝ち目はない。

ただ秀康としては、徳川から離反したくはない。攻め込まれても防ぎ切り、ともかく時間を稼いで、西からの吉報を待ちたかった。勝利の吉報が届かなければ、伏見城を守った鳥居元忠のように、落城して果てたかった。

馬を駆って、友人である佐竹義宣に立ち向かい、槍を突き、刃を振りかざして、力尽きたところで死ねばいい。そんな合戦を、長く夢見てきたのだから。ただ、そうなると、父の望みには反するのだ。

秀康は全身全霊をもって、徳川方の勝利を祈った。敗戦の知らせは、どうしても聞きたくない。今ほど徳川家康の子であることを、強く意識したことはなかった。

そして家康の江戸出陣から、半月あまり後だった。江戸からの早馬が、宇都宮城に駆け込んだのだ。伝令は激しい息で、鎧の肩を上下させながら、大声で言った。

「関ヶ原での合戦は、徳川方の勝利で終わりましたッ」

秀康は突然、緊張がほどけ、その場に片膝をついて、手で顔を覆った。

かたわらで晴朝が歓声を上げた。

「勝ったかッ。勝ったのじゃなッ」

勝利を告げる声が城内を駆け巡る。

秀康は気を取り直して立ち上がり、すぐさま近隣の城への伝令を命じた。

「すぐに早馬を出せッ。勝利を知らせるのだッ」

そして本多富正を呼んで言った。

「佐竹どののもとに伝えに行ってくれ。石田どののことは心が痛むが、佐竹どのとは戦わずにすんで、私が心から安堵していると」

富正ならば、秀康の微妙な心情も、過不足なく伝えてくれるはずだった。

本丸から西の丸、足軽長屋まで、歓声が大波のように広がっていく。

「勝ったッ」

「勝ったぞッ」

城内のあちこちから、大声があがる。秀康は嬉しかった。これで寝返らずにすんだことで、心の底から喜びが沸き上がる。

家康は関ヶ原に向かう前に言った。

「しょせん、幼かったそなたを大坂に人質に出して、見限るような父じゃ。恨まれて、裏切られても、当たり前であろう。そなたが三成方についたとしても、誰も後ろ指などささぬ」

その言葉が、どんな思いから出たのかが、嫌というほどわかる。家康自身が父親に見限られただけに、親を恨むこともあったのだ。秀康の心情を、誰よりも理解しているのだ。

合戦に勝利したことで、これからも、そんな徳川家康の子であり続けられる。それが嬉しくて嬉しくて、秀康は力いっぱい両拳を振り上げ、大声で叫んだ。

「勝ったぞおおお」

続く早馬で、合戦の結果と、戦後の処分が詳しく伝えられた。

天下を二分する大合戦は、一日で決着がついたという。時間は短かったが、徳川方の圧勝とは言い難く、敵方の寝返りなどによって、かろうじて勝利を呼び込めたのだ。

家康は終戦の使者として、すぐさま大野治長を大坂城に遣わした。その結果、お茶々は何もかも治長に任せ、豊臣家の存続が決まった。

一方、石田三成は、敗戦を喫した後、逃走を図ったが、徹底した探索が行われ、近江の山中で洞窟に潜んでいるところを捕縛され、六条河原で首を刎《は》ねられた。

敗戦後に切腹しなかったことを、潔くないと批判する声も高いが、秀康は理解できるような気がした。三成は最後まで望みを捨てなかったのだ。人のために働き続ける望みを。

秀康は思う。結局、自分は父との駆け引きに負けて、優れた人物を失ったのだと。それは深い悔いであり、諦めでもあった。

まもなく家康は大坂城西の丸に入り、秀康も呼ばれて結城から大坂城に赴いた。すると早速、論功行賞が待っていた。家康は息子の到着を待ちかねたように聞いた。

「このたびの手柄に見合うよう、国替えをいたそう。越前か播磨《はりま》か、どちらがよいか選べ」

「越前か播磨？」

「そうだ。どちらにせよ石高は、さほど変わらぬ。七十万石に少し足らぬほどであろうか」

秀康は耳を疑った。結城十万石からすると、とてつもない加増だった。

昔から「一播二越」という言葉がある。戦略上の要地として、最重要なのが大坂の西の播磨、次が越前という意味だ。播磨は西国の大名を防ぎ、越前は北陸道の押さえとなる。その重要性の順序だった。

北陸の大名が京都に出ようとすれば、どうしても越前を通って、琵琶湖畔に出なければならない。特に加賀の前田家は、関ヶ原の合戦で徳川方につき、加増されるのは疑いない。今度は百万石を超えることになりそうだ。それだけの大大名となれば、徳川家にとって相当な脅威になる。それに対する押さえとして、越前の意味は大きい。

一方、播磨で押さえるべき西国大名は、関ヶ原の合戦で揃って負けており、減封や移封が予想される。抑えとしての意味は、越前の方が勝る。「一播二越」は逆転するのだ。

秀康は、あえて難しい方を選ぼうと思った。関ヶ原の合戦の際に、上杉の押さえにまわったのと同じく、今度は前田家の押さえに徹する。それが自分の役目だと思えた。ただ即答はせず、少しかしこまって応えた。

「身に余る話ですが、念のため、家来どもの声も聞いてみたいと思いますので」

重臣たちの意見を重んじようというのは、家康の書き付けにあった事柄だ。家康は満足そうにうなずいた。

「そうか。それがよい」

秀康が移封先と石高を伝えると、重臣たちは呆然とし、信じがたいという顔で聞き返した。

「越前か播磨一国を？」

秀康は希望を聞いた。

「どちらがよい？」

家臣たちも揃って越前を望んだ。越前なら京都にも近く、関東からの距離も、播磨からの距離に比べれば近い。

冬は積雪があって軍勢の動きは鈍るが、防ぐべき前田家も同じ条件だけに、そう大きな問題にはならない。むしろ雪は防火の意味では好ましい。関東の冬の空っ風は、城も城下町も焼き尽くすような大火事を呼ぶのだ。

それに冬の寒さは、京都のような盆地の方が厳しいはずだった。それに越前は北国といっても、奥州と違って夏は充分に暑く、米のできがいい土地だと聞く。

秀康は国元に急使を立て、手紙で晴朝の意見も聞いた。関東の名家を、縁もゆかりもない土地に移していいものか、その点が気がかりだった。

すぐに晴朝は返事をよこした。国元に残っている家臣たちは、少しでも結城に近い方をと、越前を望んではいるが、どちらにせよ大きな加増だけに、誰もが喜んでいるという。

ほとんど越前に決まりかけても、秀康は、まだ熟考を続けた。自分がどういう立場なのかを、もういちど顧《かえり》みたのだ。

かつて九州の名護屋に赴いた時、秀吉は秀康を警戒して、町外れに陣屋を築かせ、さらに石田三成を見張り役として隣に置いた。それは秀康が諸大名に担がれることを恐れたのだ。秀吉の養子で、家康の実子という立場は、自分自身がしっかりしていなければ、すぐに利用されてしまう危うさがある。

関ヶ原の合戦で負けた側は、これからも不満を抱き続ける。主家の断絶や減封により、大変な数の浪人も出る。彼らは、秀康が家康の子でありながら、徳川家の跡継ぎになれなかったことで、不満を抱いていると思い込む。その不満を煽って、担ぎ上げようとする者もいるはずだった。

播磨を選べば、そんな負け組の、ただ中に入ることになる。越前なら前田家を見張ればいいだけであり、その前田家も負けたわけではなく、勝ち組で不満は抱いていない。当初、越前の方が難しいように思えて、だからこそ選ぼうとしたが、実は、そうではない。播磨の方が、はるかに難しい場所なのだ。

だが難しさの意味が違う。ここは播磨を選んではならないと、秀康は判断した。

家康に越前を貰いたいと伝えると、選んだ理由を聞かれた。秀康は包み隠さず考えを述べた。自分の立場としては、負けた大名たちと距離を置くべきだと。すると家康は感じ入ったように、つぶやいた。

「そなたは、たいした男に育ったものじゃ。敵にまわしたら、怖かったところじゃ」

秀康の移封先が越前に決まると、諸大名の移封先も次々と決まった。

関ヶ原の合戦には、秀忠のさらに下の弟、松平忠吉《ただよし》も出陣した。二十一歳での初陣だったが、福島正則と先陣を争い、大きな殊勲をあげた。その忠吉でさえ尾張六十二万石に留まり、秀康の石高には及ばない。

それに十万石から突如六十八万石という加増の幅は、諸大名中で最大だった。加賀前田家は百二十万石と決まり、それに次ぐ大大名になった。

豊臣家は六十五万石にまで減封された。秀康よりも下まわったのは、家康の狙いだった。もはや豊臣家は一大名に過ぎないことを、天下に示したのだ。

秀康としては、それも止むなしと思う。秀吉のような力のある天下人は、早く跡継ぎを育てておかなければ、ならなかったのだ。秀次を切腹させてしまい、幼い秀頼だけを残したのが失敗だった。今の状態では、豊臣家は一大名として生き残れただけでも、幸いと思わねばならないのだ。

かつて織田信長には息子が十二人もいた。彼らの力を、豊臣秀吉は次々と奪った。改易、切腹、出家。暗殺されたと噂される者もいる。小大名として生き残れた者は、まだましな方だった。偉大な人物が後継者を育てることが、いかに難しいかを、秀康は改めて思い知った。

石田三成が言ったことを思い出す。

「結城どのを結城家から呼び戻してでも、関白の座につけるべきでした。秀頼さまへの中継ぎとして、結城どののほどふさわしい方は、おいでになりません」

秀康は家康の跡を継いで、将軍になりたいとは思わない。あまりに似た父子だけに、必ず衝突するのが目に見えているからだ。たがいに、それを承知しており、今までも、ぶつかるぎりぎりのところを、すれ違ってきた。

秀康としては、こんな状態を、どちらかが死ぬまで続けるのは、もう面倒だった。ただ豊臣秀頼への中継ぎとしてなら、関白になってもよかったような気はする。育ててくれた秀吉や、教えを授けてくれた石田三成にも、恩を返せたはずだった。

しかし秀康は自覚している。しょせん、過ぎたことなのだと。

そして移封の準備のために、国元に戻ると、晴朝が意外なことを言った。

「徳川どのは最初から、こうなされようと考えておいでだったのかもしれぬな」

秀康は義父の言う意味が、わからなかった。

「最初からとは？」

「秀康、よく考えてみよ。ちょうど徳川どのが、われらの城まで来たところで、石田三成の挙兵が知らされるなど、都合がよすぎるとは思わぬか。あれは、おそらく偶然ではない」

「都合がよすぎるとは、どういうことです」

「何もかも、最初から徳川どのの計算通りということじゃ」

「会津征討が石田どのに対する挑発だったということなら、気づいておりました」

「いや、それは、もちろんのこと。ただ、それだけではない。徳川どのは、そなたに花を持たせるために、小山で挙兵が知らされるよう、計らったのではなかろうか」

家康は伏見から江戸城に戻り、そこで出陣準備に半月以上もかけてから、ようやく北に向けて出発した。その間に、三成の挙兵の意思が固まったという情報を、内々につかんだのではないかという。

「そして兵を挙げたという知らせが、ちょうど小山に届くまでの日数を見計らって、家康どのは江戸のお城を出られたのではないか」

秀康は、さすがに信じられなかった。

「まさか、そのようなことは」

「いや、ありえぬことではない。そして小山での評定の場で、結城秀康の難しい役目を、諸大名に知らしめたのじゃ」

上杉に対する押さえが、伏見城の留守居と同じほどの覚悟が必要だということを、強く印象づけたに違いないという。

「そうでなければ、十万石から六十八万石の大加増など、誰も納得せぬであろう」

たしかに、その通りだった。普通に考えれば、実際に関ヶ原で戦った大名たちよりも、戦わずにすんだ秀康の方が、大きく加増されるなど、ありえない。

伏見城で命を捨てた鳥居元忠にしても、残った鳥居家は、もともと四万石だったのが、十万石になったに過ぎないのだ。

だが秀康には、なおも疑問が残る。

「いえ、あれほど大事な合戦を前にして、徳川の父が私のことなどに、そこまで細かく気を配るでしょうか。今までの父からは想像がつきません」

晴朝は微笑んで応えた。

「そなたが、それだけ侮れぬ存在になったということじゃ。結城秀康は、どうしても徳川家の味方にしておかねばならぬ男に、なったのであろう」

そう言えば、家康自身も言った。

「そなたは、たいした男に育ったものじゃ。敵にまわしたら、怖かったところじゃ」

それでも自分が、そこまで家康に評価されていようとは、どうしても信じられなかった。

その後、家康が諸大名を集めて、上杉景勝の処罰について意見を求めたことがあった。その時、秀康はひとり進み出て、上杉家の存続を主張した。

「上杉家は鎌倉以来の名家ですし、また、このたびの挙兵は、豊臣家への忠誠心から出たものであり、きびしい処罰には及ばぬものと存じます」

関ヶ原で西軍が負けた後、上杉景勝は伊達と対峙していた軍を引き、降伏の意を示した。同時に秀康に対して、家康への取りなしを依頼してきたのだ。これを受けて秀康は、家康の前で、穏便な処分を主張したのだった。

さらに、その後、景勝を家康に引き合わせ、直接、謝罪させた。結局、上杉家は会津から米沢に移封となったものの、三十万石の大名として生き残り、景勝は切腹を免れたのだった。

ふたたび結城晴朝が、秀康に向かって言った。

「そなたは火中の栗を拾うがごときことをする。石田三成どのに始まり、大野治長どのや、上杉景勝どのにまで手をさしのべる」

たしかに秀康は、家康が敵視する男たちを拾い上げてきた。下手をすれば、自分自身が割を食う。そのぎりぎりを見極めて行動していた。

「それは男気というものじゃ。それも向こう見ずではなく、きちんと結果を出す。合戦で敵の首を取る猛者《つわもの》は、いくらでもいる。だが男気のある者は、そう多くはないものじゃ」

権力者の前でへつらわず、それでいて首尾よく自分の信念を通せる者こそ、真の勇者だという。

秀康は謙《へりくだ》って応えた。

「私など、まだまだです。これから越前で、どれほどのことができるかで、評価が定まるでしょう」

何より越前での治政に期すものがあった。死んだ石田三成のように、民に愛される領主になりたかった。

秀康の手元には、三成から譲られた無銘の正宗がある。それを鞘から抜いて、目の前に刀身をかざした。充分な長さがあり、一点の曇りもなく、美しい刃紋が均一に浮かんでいる。

正宗は鎌倉時代の刀工だ。当時の刀は、馬上から振り下ろして使うために、かつては刃渡りが長く、刃に反りがあった。その後、馬上では槍の使用が主になり、刀は短くなった　そのために使いやすいように拵《こしら》え直し、どれも銘の入った手元の部分を、短く削ってしまった。

だから正宗の作といわれる刀で、銘の入ったものは、まずない。それだけに正宗は幻の名刀とされ、大名たちの憧れの刀だ。誰でもが所持したいと願い、偽物も多い。

だが三成から譲られた刀は、まさしく正宗だと確信できる美しさだった。惜しむらくは鍔元近くと、刃先近くに、それぞれ一カ所ずつ傷がある。どちらも峰側であり、相手の刀を防いだ傷に違いなかった。

もともと秀吉から拝領した刀だと聞いている。九州征討の時、大軍を動かした褒美にもらったのか。それとも小田原攻めの後か。いずれにせよ、これだけの名刀を受け取ったと言うことは、それだけの功績が、三成にはあったということだった。それが今は、自分の手の中にある。

秀康は、この刀を石田正宗と名づけ、刀に恥じないだけの領主になろうと誓った。それが三成に対する、せめてもの弔《とむら》いだと思った。

第十二章　久しき誓い

翌慶長六年（一六〇一）二月、秀康は、まず本多富正を、越前北ノ庄城の引き取りに遣わした。その後、雪解けを待って、家族や家臣団を引き連れて、北関東の結城を後にした。東海道を西に進んで、まずは伏見の結城屋敷に入った。

秀康は、かつて三成の屋敷があった跡に立った。そこは秀吉が建てた伏見城ともども、すっかり焼け落ちていた。この地の攻防が、関ヶ原の合戦の発端になったのだ。ほかの大名屋敷も焼かれていた。

結城屋敷は城から堀を隔てた北側にあり、なんとか焼けずに残っていた。いったん秀康は、ここに家族や家臣団を入れた。それから手勢のみを引き連れて、船で大坂に出た。大坂城に登城し、九歳になった秀頼と、お茶々に、まず挨拶をした。

「御家の所領を、お守りできず、申し訳なく思っています」

さすがに、ふたりの顔を見ると、自分が六十八万石で、豊臣家の六十五万石を上まわったことが心苦しかった。しかし、お茶々は首を横に振った。

「いいえ、西軍に巻き込まれなかっただけでも、ありがたいことだと思っています」

秀康としては、豊臣家と徳川家を結ぶ絆という役割が、果たせたかどうか、確固たる自信はない。ただ精一杯のことはしたという思いはあった。これで、いくさの世は終わり、豊臣家は一大名として、末永く続くのだ。

秀康は大坂から、ふたたび伏見に戻り、京都を経て、いよいよ越前を目指した。

大津で帆掛船に乗り込み、追い風を待って、一気に琵琶湖を縦断して、湖の北端から上陸した。そこから、ひと山越えると、もう越前の領内であり、京都からの近さが改めて実感できた。

日本海側の敦賀《つるが》に出て、ふたたび山中に入り、木ノ芽峠で、家臣たちに休息を取らせた。みずからは馬から降り、感慨深い思いで四方を見渡した。

道こそ乾いていたが、両側の斜面には雪が残り、黒い土との境のあちこちに、薄緑色の蕗《ふき》の薹《とう》が顔を出している。青空の下、周囲の山々は、まだ真っ白だ。特に、はるか北東に連なる白山の峰々は、神々《こうごう》しいまでの美しさだった。

北には日野川が刻む渓谷が伸びて、その先に越前平野が広がる。すでに見渡す限り、秀康の領地だった。

秀康が移封先として越前を選んだ時に、家康が江戸城の広間で、意外な話をした。三十年あまり前に家康は、木ノ芽峠まで軍勢を進めたことがあるというのだ。今の秀康より一歳上、二十九歳の時だったという。

「あれは最初の朝倉攻めの時じゃった。まだ、そなたが生まれる前じゃ」

当時、織田信長が、足利家の最後の将軍を擁して京都に上り、諸大名に挨拶に来るように命じた。しかし越前の朝倉義景が応じず、これを討つことになった。この時、家康は信長の同盟者として、朝倉討伐に加わった。徳川勢は五千、織田本隊は二万五千だったという。

家康は朝倉征伐の話を、いつになく饒舌に語った。

「あの時、信長どのに耳打ちされたのだ。越前を欲しくはないかと。それで、わしは迷わず先陣を願い出たのじゃ」

家康は先陣を許され、琵琶湖の北西岸を進軍した。敦賀に出て金ヶ崎城を落とし、さらに山中に入った。

「あの時、わしは越前を手に入れられると思い込んで、意気揚々と軍勢を進めておった。負けるなど毛筋ほども考えていなかった」

それまで家康は大きな敗戦の経験がなかった。十九歳で、今川家の人質という立場から解放されて以来、三河に帰り、遠江にも進出し、勝ちいくさ続きだったのだ。

「それが木ノ芽峠に差しかかった時だった。後方の信長どのから、急な知らせが来たのじゃ。挟み撃ちにあうゆえ、すぐに退却せよとな」

お茶々の実家である北近江の浅井長政が、信長に反旗を翻して挙兵したという。浅井家にとって朝倉は、長年の主筋だった。しかし信長は浅井長政に、妹のお市を嫁がせて、義兄弟の仲を結んでおり、よもや離反は予想していなかった。

南からは浅井、北からは朝倉が呼応して、両面から攻撃される。信長の本隊は、まだ金ヶ崎にいたが、すでに撤退を始めていた。

家康は来た道を、すぐに引き返したが、なにぶんにも大軍だけに、狭い山道で前がつかえて大混乱となった。気づいた時には、朝倉の軍勢に追いつかれていた。

敵には土地勘があり、突然、山の峰から襲いくる。それを必死に防いでいると、今度は逆の峰からも襲われた。家康は窮地に追い込まれ、みずから鉄砲を撃つほどの大混戦の末、なんとか虎口を脱したのだ。

その二カ月後、琵琶湖東岸の姉川の下流で、ふたたび家康は信長の援軍として戦い、この時は浅井朝倉軍を破った。しかし両家を滅ぼすまでには、なお三年の歳月が必要だった。ちょうどその頃、家康は甲斐の武田信玄と戦っており、浅井朝倉の滅亡には関われなかった。

家康は秀康に向かって、いまだ残念そうに言った。

「結局、わしは越前を取り損ねたのじゃ。以来、越前は憧れの地であった」

秀康は不審に思って聞いた。

「しかし越前を手に入れられたら、三河から移らねばなりませぬでしょう」

秀吉の命令で、三河から関東に移封になった時ならまだしも、それよりも、ずっと前のことだ。先祖伝来の三河を、離れる覚悟があったとは思えなかった。

するとと家康は笑って応えた。

「あの頃は、わしも若かった。先祖伝来の土地など、何ほどのものかと思うていた。三河や遠江など田舎じゃ。それより少しでも都に近づきたかった」

それほどの思い入れがあった地に、今、秀康は立っている。雄大な山々を眺めていると、ここで、そんな大混戦の撤退があったなど、信じがたい思いがした。

でも事実、この木ノ芽峠から、父は命からがら逃げたのだ。越前に未練を残しながら。そんな越前を自分が手にしたことが、改めて感慨深かった。

充分に休息を終えると、秀康は家臣たちとともに峠を後にし、いよいよ北ノ庄を目指して、北上を再開した。

一行は日野川沿いの北国《ほっこく》街道を北に向かい、広大な越前平野に出た。するとそこには、先に北ノ庄城に入っていた本多富正が、従者たちを率いて迎えに来ていた。

「お待ちしておりました」

富正は日頃から口数の多い方ではなく、この時も言葉少ないものの、さすがに嬉しそうに秀康を迎え、さらに主従は北上を続けた。

もともと越前平野は、東大寺の荘園として開かれた。都からの近さと、米のできの良さによって、この地が選ばれたのだ。

戦国の世になると、朝倉家が一乗谷に城を築いた。平野の南東の山際に、まさに一条の細長い谷があり、そこに山城を設けたのだ。向かい合う山の峰々に館を置き、谷間《たにあい》が城下町だった。谷の両側に門を設け、そこを閉じてしまえば、敵は攻め込めない造りで、町のにぎわいは都に次いだという。

しかし織田信長は難攻不落といわれた山城を、いくつも攻め滅ぼしており、一乗谷も朝倉家の内紛から、落城を余儀なくされた。

その後、越前には、織田家の重臣だった柴田勝家が入った。もはや山城の時代は終わり、柴田勝家は一乗谷を復興せず、まったく別の足羽川《あすわがわ》沿いの平地に城を築いた。それが北ノ庄城だった。

信長の安土城に次ぐ天守閣を持ち、城内はもちろん、城下の町家も、すべての屋根が笏谷石《しゃくだにいし》という石で葺かれたという。緑がかった地元産の石で、この上なく美しい町だったと語り継がれている。

だが柴田勝家は秀吉との合戦に負け、城に火を放って自刃した。美しかった天守閣も城下町も、ことごとく灰燼に帰した。

その後、越前には大大名が配備されることはなく、領地は分割され、たびたび領主が入れ替わった。その間、北ノ庄城は、大がかりなは再建はされず、城下町は寂れた。それが秀康の入城で、ようやく復興に向かおうとしていた。

一行が足羽山という小山を過ぎた辺りから、街道に大勢の人影があった。近づくと、領民たちが道の両側にぎっしりと並んで、一行を大歓迎した。

「新しい殿さまじゃ」

「よう、おいでくださいました」

「ようこそ、越前に」

秀康は片手を上げ、笑顔を返して、駒を並べる富正に聞いた。

「そなたの手配か」

富正は馬を進めながら、頬を緩めた。

「なんの。上さまのご威光を聞きつけて、おのずから集まって参ったのでしょう」

だが新領主の到着を、村々に知らせる者がいなければ、誰も集まったりはしない。富正が準備したに違いなかった。

そこからはずっと、人々の歓声が続いた。思いもかけなかった温かい歓迎だった。

北ノ庄城の手前には足羽川が横たわり、九十九橋《つくもばし》が架けられていた。南半分が石造り、城側の北半分が木造という珍しい橋だ。柴田勝家が架橋したもので、敵が迫った場合に備え、城側の木造部分を破壊しやすくしてあるのだ。

秀康は橋を渡り、かつての巨城の跡で馬を止めて、鞍から飛び降りた。石垣は立派なものが残っており、それに不釣り合いなほど簡素な茅葺き屋根が本丸御殿だった。

ゆっくりと周囲を見まわすと、足羽川の向こうに、小高い丘のような足羽山が、なだらかに横たわり、そのほかは広大な平野が広がっていた。

平野の雪は、すっかり消えているが、遠くの山並みは、まだ真っ白だ。足羽川は北に向かって流れ、九頭竜川《くずりゅうがわ》に合流して、海に向かう。海の幸も山の幸も豊かな土地だった。

秀康は大地を踏みしめ、拳を固めて、高々と掲げて叫んだ。

「ここに城を建てよう。しっかりと敵を防ぎ、末長く民百姓たちが誇りにできるような、立派な城を築くんだッ」

家臣団も領民たちも目を輝かせ、いっせいに力強く応えた。

「おうッ」

高々と上げた拳は、秀康の周りに、幾重にも幾重にも連なっていた。

北ノ庄に入城して、秀康は真っ先に領地を見まわった。そして新領主としての最初の課題は、人材の確保と、加賀前田家に対抗できる城の建設、城下の飲み水の手当、その三点であることを確認した。

まずは広大な領地を治めるための家臣団を、できるだけ早く調えなければならなかった。今までの人数では、まったく足らない。そのために、かつて朝倉家に仕えていた者や、関ヶ原の合戦で浪人した者を、人物本位で登用した。

三河の永見家からも、永見貞武を迎えた。かつて秀康が小田原攻めに向かう際に、家来になりたいと申し出た約束を、秀康は忘れなかったのだ。もともと武家であり、貞武は民百姓との繋がりも深く、統治力が期待できた。これによって知立神社は、秀康の双子の弟、貞愛《さだちか》が継ぐことになった。

秀康は、本多富正のような従来からの側近や、結城家の重臣たちには、それぞれ支城を与え、新規召し抱えの者にも、惜しげもなく高禄を与えた。蔵入り地と呼ぶ直轄地からの収入は、十二万五千石に留まり、あとの五十五万五千石は、家臣たちに分け与えた。一万石以上で大名級の重臣は、十一人に及んだ。これは、ほかの大名家にはない措置だった。

北ノ庄の築城については、すでに家康から助言を得ていた。大坂城西の丸の座敷で、家康は北ノ庄の絵図を開き、大まかな縄張りを示したのだ。

「柴田どのが造られた城より、少し北に本丸を建てるとよい。その間に堀を設けるのじゃ」

自分自身が赴くかのように、北ノ庄の地形や状況を、詳しく把握していた。

「足羽川は飲み水には向かぬと聞いている。もし遠くから水を引くなら、言うてくるがよい。江戸には神田上水を掘った者がいるゆえ、手伝いに行かせよう。城下町を末永く栄えさせるには、充分な飲み水が欠かせぬぞ」

江戸は井戸を掘ると海水が湧く。そのために家康は江戸城を築くと同時に、飲料水の確保に着手した。神田上水を掘り、武蔵野の台地の湧き水を、江戸市中まで引いたのだ。

家康の申し出に、秀康は、かしこまって応えた。

「もしかしたら、お願いするかもしれません」

そして実際に入城してみて、まさしく家康の言う通りだったことを知った。足羽川の水は鉄分が多くて飲料には向かず、別の水流から水を引かなければならなかったのだ。

土地の高さが同じ場所に、水路を掘っても、水は淀むばかりであり、充分な落差がなければ、うまく流れない。そのためには高度な測量術が必要であり、秀康は江戸から技師を派遣してもらった。

詳細な測量の結果、九頭竜川から水路を掘ることになった。曹洞宗の大寺院として知られる永平寺の山裾辺りに、取水口を設ける。北ノ庄城まで直線距離で二里半、実際の開削は、その倍にも及ぶ。秀康は、この水路を芝原用水と名づけ、大工事の采配を本多富正に任せた。

築城の方は、夏の間に詳細な計画を立てておき、稲刈りの後に着工した。堀の石垣積みなどに、領内の農家から人手を出させるため、農閑期に作業を始めることにしたのだ。

家康の縄張りを元に、本丸の周囲に内堀を築いて、その外側に家臣たちの屋敷を配置することにした。北側の外堀沿いには、特に守りの堅い枡形門を築き、加賀口門と名づけた。門の名前からして、隣国の加賀、前田家を牽制する意図を、あえて露《あら》わにしたのだ。

城の西側は城下町とし、まず大工や左官などの職人を、京都や大坂から呼び寄せて、住まいとなる町家を建てさせた。そして彼らには、そのまま本丸や武家屋敷の建設に従事させた。

職人たちが集まれば、彼ら相手に商売をする商人たちが集まり、町家が建ち並んでいく。それは、かつて豊臣秀吉が九州の名護屋城下や伏見城下で、何度も繰り返した町造りの手法だった。

大がかりな築城だけに、数年にわたる計画となり、翌年の田植えが始まってからも、当然、普請は続いた。そのために農家から次男、三男を徴用し、思い切って手当をはずんだ。

芝原用水は城下の飲用以外にも、近隣の農業用水としても利用する予定だったが、それだけでは充分ではなかった。田植えの前には、あちこちで水が足らなくなり、水争いが起きる。

秀康は、これを防ぐために、さらなる水路の開削を考えていた。九頭竜川の堤防も補強せねばならず、大がかりな土木普請が必要で、いくらでも人手は確保しておきたかった。

自分の考え通りに、町ができていくのは、心弾むものがある。秀吉の普請狂いが、ようやく理解できた。

関ヶ原の合戦から二年半後の慶長八年（一六〇三）二月、徳川家康は征夷大将軍の座についた。秀康は京都に上り、弟たちとともにこれを祝った。家康は、いくさのない世を末永く続けるために、とうとう天下を手にしたのだ。

しかし翌年末、北ノ庄築城の槌音が響き、いよいよ町が活気づく中、重臣の永見貞武が哀しい知らせを告げた。

「先月の十六日に、知立で、貞愛が亡くなりました」

秀康は呆然とした。双子の弟が、わずか三十一歳で亡くなろうとは、夢にも思っていなかった。子供の頃は病弱で、足も不自由だったが、立派に知立神社の跡を継いでいたはずだった。

「首の付け根に、悪いできものができて、それが、いつまでも治らずに、命取りになったそうです」

母のお万に知らせると、その場に泣き伏した。

「あの子には、可哀そうなことをしました。生まれた時から、知立に追いやってしまって」

だが永見貞武は首を横に振った。

「いいえ、貞愛は満足していました。特に私が、こちらに来て、やつが神社を継ぐことになった時には、それはそれは喜んでいました。自分が神社を継げることよりも、私が武士に返り咲けることを、わがことのように喜んだのです」

貞愛は自分の立場を理解し、人を羨んだり妬んだりしなかったという。

秀康は弟の性格が、自分に、よく似ていたことに気づいた。まったく別々に育った双子だけに、この性格は持って生まれたものに違いなかった。秀康は、それを誇りにしたいと思った。ただ、いつかまた会えるものと楽観していただけに、それが叶わなくなったことが哀しかった。

秀康は普請の忙しさで、気持ちを紛らわした。

翌年四月、徳川秀忠が二代将軍に就任した。家康は、わずか二年で将軍職を譲り、この先、徳川家が代々、将軍を継承することを、天下に示したのだ。秀康が将軍になれなかったことで、慰めの言葉をかける者もいたが、お門違いの同情であり、むしろ不愉快だった。

それから、ふた月ほど後のことだった。秀康は首の後ろに痛みを感じ、指先で触れてみて、ぎょっとした。小さなできものができていたのだ。一瞬、永見貞愛の死が頭をよぎった。

だが、すぐに否定した。首のできものなど珍しいものではない。すぐに治るだろうと思い込もうとした。

しかし、いつまでもよくならない。治るどころか、少しずつ広がっていく。同時に貞愛の死因が、心の中で重くなっていった。双子だけに、もしかして同じ病かと不安が増す。

夏の盛りになると、体調の不良を感じるようになった。朝、起きても、だるさが取れない。妻のお鶴が心配した。

「お医者に診《み》てもらった方が、よろしくはありませぬか」

だが秀康は気丈に振る舞った。

「少し無理が続いて、疲れが溜まったのだろう。暑気あたりかもしれぬな」

貞愛と同病かもしれないという思いは、さらに深まっている。だが同時に、否定する気持ちも強い。三十そこそこで、死病に取りつかれてたまるかと思う。

それでも起き上がるのも辛くなり、できたばかりの本丸御殿の奥で休んだ。お鶴が団扇で送る風を受け、横になったまま、すだれ越しに庭を眺めた。陽光はまぶしく、夏草は濃い緑色の葉を、力強く四方に伸ばす。蟬は、やかましいほどに鳴き続ける。

自分は今、ようやく人生の夏を迎えようとしている。今こそ越前の地を、思うままに統治するのだ。その気概は充分なのに、からだが思うように動かない。それが情けなかった。

秀康は重病と診断されるのが嫌で、医者を拒み続けた。しかし、お万が心配して、とうとう京都から名医と評判の医者を呼び寄せた。わざわざ来てもらった医者を撥ねつけるわけにもいかず、秀康は手首を預けて、脈を取らせた。

医者は脈を診てから、首のできものに目を止めた。

「これは、いつ頃から、できているのでしょう」

秀康は何気ないふりで応えた。

「しばらく前だ。どうも、すっきり治らぬ」

それから人払いをして、医者とふたりきりになり、双子の弟の死を打ち明けた。医者は一瞬、顔色を変えたが、取り繕って応えた。

「あまり気になさいませぬよう。双子といえども、同じ病にかかるとは限りませせぬ」

秀康は別の疑問を口にした。

「もしやして、唐瘡《とうがさ》ではないか」

唐瘡は恐ろしい性病で、できものや瘡蓋《かさぶた》ができることから、唐瘡と呼ぶ。直す薬はなく、十年ほどで脳を冒されて、死に至る。

遊女たちは戦場にも現れて、からだを売る。明日の命も知れない武将や兵たちは、遊女を相手にして、罹患することが多い。そのために名のある武将でも、唐瘡で命を落とす者がいた。

秀康も遊女と遊んだことが、ないわけではない。だから、もしやと思って聞いたのだ。だが医者は首を横に振った。

「いいえ、唐瘡だとしたら、まず丈夫な子供は望めませせぬ。殿には立派なお子さまが、六人もおいでではございませぬか。それに万が一、双子の弟君と同じ病であれば、なおさら唐瘡ではございませんでしょう。神官の身で、遊女と遊んだりは、なさらぬはずです」

秀康は、なるほどと思った。そして医者は湯治を勧めた。

「この辺りなら、できものに効く湯がございましょう。思い切って、お出かけになってはいかがですか。この暑さも、よくありませんし」

聞き合わせたところ、白山の麓《ふもと》にできものに効く温泉があるという。

すぐに本多富正が、温泉場に大工と材木を送り、秀康のために建物を建てた。

「どうか、ゆっくり、ご静養いただいて、お元気になってください」

秀康は築城を富正に任せ、お万やお鶴や侍女、それに小姓たちも伴って、駕籠で出かけた。馬に乗るのも辛かったのだ。

行ってみると、せせらぎ沿いの谷間に、盛大に湯気が立ち上り、木の香りも新しい建物が用意されていた。河原には石が組まれて、広い湯船ができてた。美しい白山の峰が望め、北ノ庄よりも涼しく、せせらぎの音と、小鳥の声だけが聞こえる静かさだった。

一行を追いかけるようにして、家康から薬が届いた。家康は常に健康に気を配り、自分で薬の調合もする。秀康の病気を聞いて、みずから薬研《やげん》を使って生薬《しょうやく》をすりつぶし、それを調合して、薬を作ってくれたのだった。

秀康は薬を服用し、昼も夜も湯に浸かって過ごした。越前に来て以来、目の前の仕事に夢中だったが、久しぶりに落ち着いた時間が持てた。

心地よい湯に浸かっていると、気だるさも遠のき、やりたいことが次々と浮かんでくる。秀康は母や妻を相手に、夢を語った。

「民百姓の手仕事を、もっと盛んにしたいのだ」

それは、かつて石田三成に教えてもらった産業振興だった。お鶴が首を傾げた。

「百姓の手仕事を?」

「そうだ。たとえば紙漉《かみす》きだ」

越前では冬の間、田畑が雪に閉ざされるために、農閑期の手仕事として、昔から紙漉きが行われていた。作り手の仕事が丁寧なことから、特に都の公家たちに愛用されている。秀康は、その技術をもっと広めたかった。

「できたものを家中で買い上げて、大坂に運ぶのだ。大坂の商人は、諸国に売りさばくのがうまい。その力を借りて、越前紙の名を、天下に轟《とどろ》かしたい」

大坂商人に着目したのは、かつて秀康が大坂城で暮らして、その力のほどを垣間見ていたからだ。

「鎌などの刃物でもいい。塗物でもいい。昔から越前には、人の手で作るものが盛んだ。これを、もっと広めたいのだ」

秀康は腕のいい刀工も、積極的に北ノ庄に招いて、刀鍛冶も盛んにしたいと考えていた。

「越前の米はうまい。だが北国だけに、夏に暑くならないこともある。そうなると米は不作になろう。そんな時に、諸国から米を買い入れられるよう、紙や刃物や塗物に力を入れたいのだ」

お万は息子の話に、何度もうなずいた。

「そなたは、立派になったものじゃ。そこまで民百姓のことを、親身に考えるとは」

秀康は子供の頃を思い出して、軽口を叩いた。

「昔は母上が恋しくて泣いていましたが、誉めていただけるようになって、私も嬉しゅうございます」

お鶴も、ついてきていた侍女たちも笑った。

温泉の効果はてきめんで、首のできものは表面が乾き始めた。痛みも薄らいでいく。秀康は、なんとしても完治させ、領主としての仕事に復帰したかった。

ただ傷口が塞がっても、できものの根が残り、それが首から肩にまで広がっているような気がした。手をまわして押さえてみると、肩や背中が少し痛い。だが気のせいだと思い込もうとした。周囲にも打ち明けなかった。

秋口まで滞在し、帰りは馬に乗れるほど回復した。そして北ノ庄に戻ってからは、前にも増して、懸命に働いた。

再発するかもしれないという不安は大きい。だからこそ急いで仕事を成し遂げたかった。もしかして貞愛と同病で、命長らえることができないとしても、せめて城や芝原用水の完成は、見届けておきたかった。

はたして病気は再発した。首だけでなく、痛みのあった肩や背中にも、できものが一斉に口を開け、たちまちのうちに広がった。以前よりも、はるかに悪化が早い。

予測はあったものの、秀康は絶望の深淵に突き落とされた思いがした。貞愛と同じ運命は、やはり避けられなかったのだ。

お万が、ふたたび温泉療養を勧めたが、秀康は拒んだ。

「もう、けっこうです」

「なぜです。前のように、ゆっくりお湯に浸かれば、またよくなりましょう」

「もう、よいのです」

お万は気色ばんだ。

「よくはありません。そなたは」

「もういいと、言っているでしょうッ」

思わず声が荒くなった。お万は目を見開いて立ちすくんでいる。

秀康は舌打ちをして言った。

「温泉など、一時しのぎにすぎません」

お万は息子の袖をつかんだ。

「そんなことは、ありません。きっと、よくなります。そなたは、まだ若いのだから」

「いいえ、治りはしません」

ふたたび声が高まる。

「どうせ、治らないんだッ」

お万は悲しげに口を閉ざし、かたわらで聞いていたお鶴が姑の肩を持った。

「何を仰せです。母上さまは、あなたさまのことを心配されて」

「そんなことは、わかっているッ」

思わず大声で怒鳴っていた。苛立ちが抑えられなかった。

「そなたたちに、わしの気持ちがわかるかッ。病に冒されていく者の気持ちがッ」

苛立ちが涙になりそうで、顔を背けて立ち上がり、その場から立ち去った。

背後で母と妻のすすり泣きが聞こえる。女に声を荒立てる自分自身が情けなく、涙がこぼれた。

本多富正は何も言わなかったが、主君の思いを理解し、城と芝原用水の普請を急いだ。

そして移封から五年、とうとう北ノ庄城は完成した。秀康は覆いのない輿を作らせて、苦痛をこらえて乗り込み、城の内外を見てまわった。

十一歳で初めて大坂城を見た時には、その偉容に圧倒されるばかりだった。しかし秀吉嫌いの本多作左衛門は、不機嫌そうに言い放った。

「このような仰々しい城は無用の長物。ただの、こけおどしじゃッ」

たしかに総金箔張りの茶室など、いかにも成り上がり趣味だった。どうやって運んだかと思うほどの巨石も、秀吉が自分の力を誇示するためのものにほかならない。

一方、家康が建てた江戸城は無駄がなく、簡素な美しさの中に威厳があった。巨石などを用いなくても、人々は徳川家康に付き従ったのだ。

目の前の北ノ庄城は、大きさでは江戸城には及ばないものの、上品で美しい城に仕上がっていた。秀康は美的感覚においても、家康のそれを継承したのだ。

中心部の本丸は銅板葺きの屋根が連なり、北西の角に、四層五重の天守閣がそびえている。その四方は堀で囲まれ、しっかりと石垣が積まれて、満々と水をたたえている。

内堀の外側には、富正をはじめとする重臣たちの屋敷が建ち並び、白漆喰《しろしっくい》の塀が連なる。さらに外側には堀がめぐらされ、堀は五重に及んだ。

中でも東から南に横たわる堀は、自然の河川を利用したために、ひときわ幅が広い。そのために百間堀と名づけた。百間堀は蛇行しており、ほかの直線的な堀と違って、石垣が曲線を描いている。

外堀側から眺めると、巨大な船の舳先にでも立ったかのようだった。対岸の石垣が舳先を取り囲むようにして、左右に伸びて、正面に天守閣を望む。独特の景観であり、それがまた逸興だった。

秀康は輿の上でつぶやいた。

「美しい城だ。何百年と続くであろう」

自分が死んでも、この城は残る。それが満足だった。そして富正を振り返って礼を言った。

「そなたのおかげで、立派な城ができた」

本多富正は謙《へりくだ》って応えた。

「いいえ、私など」

「いや、私ひとりであったら病に倒れ、これほどの城はできなかった。そなたがいてくれて、心から、ありがたかったと思う」

「いいえ、私が普請に力を注げたとしたら、それは上さまにお仕えしたおかげです。太閤さまのご普請を、とくと拝見できましたし」

秀吉の普請狂いから、多くを学んだという。

「それに上さまのお側で、大御所さま直々の縄張りも、見せていただきました」

家康は秀忠に将軍職を譲ってから、隠居の身となり、大御所と呼ばれている。

「ふたりの天下人のご普請を、身近で拝見するなど、まことに栄誉でございました。子供の頃、仙千代と入れ替わって、本当によかったと思っています」

輿のかたわらに立つ富正を、秀康は見つめた。

「富正、そなたは、私の生涯で、誰よりも心を通じた相手だ」

そして正直な気持ちを口にした。

「できることなら、もっと長く生きたい。まだ死にたくはない。まだまだ、やり残したことがある。そなたらとともに、この国を、どこよりも豊かな地にしたい」

富正は、うつむいて目元をぬぐった。

秀康は込み上げるものを抑え、はるか江戸の方角に顔を向けた。

「それに徳川の父のことも気がかりだ。私が死んだら、父を諫める者がいなくなる。それは父にとって不幸なことだ」

秀康には、秀吉の晩年の愚かさが忘れられない。疑い深くなり、少しでも反抗する者は、容赦なく命を奪った。家康には、あんな風になって欲しくなかった。

しかし今の秀康には、どうすることもできない。迫りくる死から、逃れることはできないのだ。

ただ心に秘めた思いが、ぽろりと口から出た。

「私が死んだら、父は、嘆いてくれるだろうか」

心やすい富正の前だからこそ、言葉になった感情だった。


慶長十二年（一六〇七）の初夏、本多成重は従者とともに下総《しもうさ》の領地を出て、馬で中山道を北西に向かっていた。

関ヶ原の合戦に際し、秀康配下で上杉の押さえ役を務めてから、すでに七年が経つ。成重は、秀康より二つ上の三十六歳。右頬の黒子は変わらないものの、もはや泣き虫だった仙千代の面影はない。

つい昨日、越前にいる従兄弟、本多富正から、秀康の死が近いと連絡があった。二年ほど前から体調を崩し、よくない状態だとは聞いていたが、よもや三十四歳でという思いがある。

大坂城に人質に出ていた時、成重は父親の意思によって、富正と入れ替わり、浜松に戻された。

その別れ際、成重は泣きながら秀康に約束した。

「私は戻ってきます。必ず若君のもとに。その時は、どうか、お仕えさせてください」

その時、秀康は家康に見捨てられて、子供ながらに死を覚悟しており、こう応えたのだ。

「わかった。もし私が生き延びたら、いつか」

その後、秀康が結城に養子に入った際にも同行を願い出たが、本多家の跡取りという立場が足かせになって許されなかった。

鬼作左と呼ばれた父、本多作左衛門は、十一年前に亡くなった。今や成重は、下総の取手《とりで》近くに知行地を授かり、まさに徳川譜代の旗本だ。

でも約束を忘れたわけではない。いつか秀康のもとに戻るつもりだった。それを果たせないうちに、秀康が死の床に伏せようとは思いもよらず、慌てて越前に向かったのだ。

成重は険しい碓氷《うすい》峠を越え、その後、中山道から外れて上越に出た。そこからは日本海側の北国街道を、西南に向かった。冬には雪で閉ざされる行程だが、夏場は東海道よりも早い。

早く早くと気が急《せ》く。なんとしても、もういちど秀康に会いたい。顔を見て、もういちど約束を確かめたかった。いまわの際に間に合わなかったら、取り返しがつかない。成重は額の汗をぬぐいつつ、従者たちとともに馬の足を速めた。

富山を過ぎ、金沢の華やかな城下町を経て、いよいよ越前に入った。越前平野のただ中に、北ノ庄城の天守閣が見えると、もう馬を駆けさせずにはいられなかった。

近づくと、六十八万石にふさわしく、雄大な天守閣だった。堀の石垣も見事だ。大手門に駆けつけて名乗るなり、中に招き入れられた。城主の死期が近いせいか、城の内外を人が慌ただしく行き来している。

すぐに本丸に案内され、富正が足早に現れた。成重は従兄弟同士の気安さから、挨拶もそこそこに聞いた。

「秀康さまは？」

「奥で、お待ちだ」

「ご病状は？」

「医者の診立《みた》てでは、おそらく五臓も、悪性のできものに冒されているという話だ」

皮膚の疾患が全身に広がったのだという。

案内されて部屋に入ると、秀康は妻のお鶴に付き添われて、床についていた。紫の病鉢巻きの下の顔色が、きわめて悪い。それでも成重の姿を見ると、頬を緩めた。

「成重か。遠くから、すまぬな」

成重は枕元に進み、両手をついて頭を下げた。

「もっと早く、お見舞いに来るべきでした」

「よい。そう易々と、国元を留守にしてはならぬ」

秀康は話をするのも辛そうで、時おり目を閉じて苦痛をこらえては、ふたたび目を開けて、かすれ気味の声で話した。

「徳川の父は、ご息災か」

「はい、もう六十六歳になられましたが、まだまだ、お元気なご様子です。ただ秀康さまのことを、お気にかけておいでだそうです」

「そうか」

ふたたび目を閉じ、また開いて言った。

「父上に、暇乞いの手紙を書きたいが、もはや、まともな字が書けぬ。どうか、そなたの口から伝えてくれ。よろしくと」

それから秀康は、お鶴に向かって言った。

「薬を頼む」

お鶴は深くうなずいて、薬を取りに立った。

「時折、父上から薬が届くのだ」

秀康は、ゆっくりと言葉を継いだ。

「成重、そなたは、私と父の関わりを、わかっているか」

「たやすくは言い表せませぬが、承知しているつもりです」

成重が秀康に仕えていたのは、もう二十年以上前であり、関ヶ原の合戦の際に配下についたのも、わずかな期間だ。それでも秀康の気持ちは、富正に次いで理解しているという自負がある。

秀康は天井に目を向けて言った。

「人は気安く申すのだ。私は徳川の父にではなく、太閤さまにこそ、心を許していたのだろうなどと。だが、そのようなことは、けっしてない」

秀康が城外で生まれ育ち、三歳まで認知されなかったことから、家康が秀康を嫌っていたと見なす者は多い。実父に愛されなかった反動で、秀康は養父である秀吉に、なついたとも思われがちだった。

秀康は唐突に話題を変えた。

「成重、そなた、ぎいという魚を知っているか」

「知っております。目の丸い、かわいらしい顔をした魚です」

「そうか。知っていたか」

秀康は微笑んで続けた。

「知らぬ者も多く、私がぎいという魚に似て、顔が醜かったから、父に遠ざけられたと信じている者もいるらしい」

親しみを込めて、おぎいと呼んだのは、切腹した兄、信康だった。それが、どう誤解されたのか、家康に嫌われた理由にされてしまったのだ。

お鶴が小ぶりの湯飲みに、煎じた薬を入れて、枕元に戻った。秀康は身を起こそうとしたが、力が入らない。かたわらにいた富正が手を貸した。

お鶴も手を貸して、床の上で起き上がらせた。秀康は眉を寄せて痛みをこらえ、それから湯飲みを受け取って、ゆっくりとすすった。

そして湯飲みを手にしたまま、ふたたび話題を変えた。

「関ヶ原の合戦の後、徳川の父は、私に播磨か越前を選べと仰せられた。だが私が越前を選ぶことは、先刻承知されていたような気がする」

成重は聞き返した。

「なぜ、そう思われます」

「関ヶ原の時と同じなのだ。あの時は上杉の押さえであり、今は前田の押さえだ。私は自分よりも大きなものに対峙する。自分でも気づかぬうちに、そういう役割を選んでいる。いや、知らず知らずのうちに、父から選ばされているのかもしれぬ」

関ヶ原の合戦時には、わずか十万石の結城家が、百二十万石の上杉家の押さえとなり、今は六十八万石で百二十万石の前田家の押さえだ。

「選ばされたからといっても、恨んでいるわけではない。むしろ、ありがたく思っている。心から、そう思っている」

秀康は、ふたたび薬を口に含んでから言った。

「私は、この越前が気に入っている。越後辺りでは、かなり雪深いらしいが、ここではさほど積もらないし、むしろ雪景色は美しい。北国とはいえ、夏は涼しすぎることもなく、予想以上に米のできがいい。海の幸も美味じゃ。都から遠すぎず、江戸に近すぎず、何より私の思い通りに治められる」

成重には秀康の思いが理解できた。江戸に近すぎれば、いつまでも家康の顔色を窺わなければならないが、ここまで離れれば自由に生きられる。

秀康は薬を飲み干し、少し声の調子を上げた。

「関ヶ原の後、私を徳川の跡継ぎにという声があったそうだが、そなた、聞いているか」

「耳に致しました」

「どう思った？」

「推されても、秀康さまは、お断りになられるだろうと」

秀康は湯飲みを妻に返し、満足そうに微笑んだ。

「さすがに、よく、わかっているな。征夷大将軍など、私には窮屈なだけだ。これは、けっして負け惜しみではない」

成重には、負け惜しみと言われる悔しさも、充分に理解できる気がした。

秀康は横たわろうとして、また苦痛が襲ったらしく、大きく顔をしかめた。ふたたび富正が手を貸して、床に寝かせた。

秀康は少し落ち着くと、話を戻した。

「徳川の跡取りは難しい立場だ。父上は、とてつもない人だけに、その意思に反せぬように、事を進めるだけでも、並々ならぬ苦労じゃ」

家康の意思に反したのが信康であり、長男でありながら切腹を命じられた。

「兄上は痛ましいことだったが、秀忠にしても、たいへんな苦労がある。わずかでも手落ちがあれば、大げさに言い立てられ、万事、父と比べられて、凡庸などと陰口を叩かれる」

秀忠は関ヶ原の合戦に向かう途中、信州上田の城攻めに手間取って遅参した。家康には叱責され、家中からも非難を浴びた。その結果、跡継ぎは秀忠ではなく、秀康になどという話も飛び出したのだ。

「秀忠は充分、よくやっている。父上と反目しないだけでも立派なことじゃ。私には向かぬ」

越前に移った翌年、秀康は越前拝領の礼を言うために、江戸に出向いた。その時、秀忠は鷹狩りと称して、品川まで迎えに出たのだ。成重も徳川勢として、その時の迎えに出て、秀忠が弟としての礼を尽くすのを見た。たしかに並ならぬ気遣いだった。

あの時、秀康は弟を立てて言った。

「徳川家の跡取りが、わざわざ出迎えなどしてはならぬ」

するとと秀忠は首を横に振った。

「いえ、兄上の家中は、制外の家ですし」

制外の家とは諸大名とは一線を画し、守るべき規則も目こぼしされる特別待遇の家だった。

秀康は枕の上から、ふたたび天井を見つめて言った。

「秀忠は父に気を遣い、兄である私にも気を遣い、さらには父の重臣たちにも気を遣っている。ああでなければ、徳川家の跡継ぎは務まらぬ」

兄、信康は、あれほど英邁だったのに、跡継ぎは務まらなかった。一見、凡庸とも見える秀忠だからこそ、家康の後継者になれるのだと、秀康は確信していた。

「もしかして私が、あと何年か長く生きたら、父とは敵対したかもしれぬ。今までは父子として、ぎりぎりのところで対立を免れてきた。今、ここで死ぬのは、私にとって潮時なのかもしれぬ」

成重は慰めの言葉を探した。

「いえ、そのようなことは」

しかし秀康は頬を緩めた。

「言葉を飾らぬともよい」

それから、かたわらの富正に視線を移した。

「のお、富正、大坂にいた頃、話したことを覚えているか。そなたと二人で旅に出て、どこかの土豪にでも仕えようかと」

富正は小さくうなずいた。

「よく覚えております」

「あの頃は土豪に仕えたいと、本気で夢見た。あの頃は、何もかも窮屈だった」

成重は秀康の心情を、改めて理解した。徳川家康の子で、豊臣秀吉の養子という立場は、実態はともあれ、とてつもない名誉ではある。だからこそ秀康には名誉などどうでもよく、気ままであることを望んだのだ。だからこそ今も、将軍という最高の名誉にさえ興味はない。

「六十八万石の大名で、私は心から満足だ。この立場を与えてくださった父上に、お礼を申し上げたい。どうか、成重、そのように伝えてくれ」

「承知いたしました」

成重は深々と頭を下げ、そして、ふたたび顔を上げてから言った。

「私からも、お願いがございます」

「何だ」

「昔のお約束を果たしとうございます」

「約束？」

「富正と入れ替わって、私が大坂城を去る時に、お約束致しました。いつか、必ず戻ってくると。その時は、お仕えさせていただきたいと」

秀康は頰を緩めつつも、首を横に振った。

「あれは、そなたが勝手に言い置いていったことだ。約束ではない」

「いいえ、お約束です。結城に、ご養子に入られる時にも、私はお願いいたしました」

成重は膝を乗り出して言った。

「恐れ多くも、こちらの若君に、私と同じ幼名をおつけになられたのは、その証《あかし》ではないのですか」

秀康の長男である仙千代は十三歳になっていた。

「不遜ながら同じ名とは、ご縁でありましょうし、どうか若君に、お仕えさせてください」

秀康本人に仕えるという約束は、もう間に合いそうにない。ならば成重としては、せめて秀康の興した家に仕えたかった。

「富正とともに、仙千代君の守役に、お命じいただければ、何よりでございます」

秀康は力なく微笑んだ。

「仙千代は少し我儘《わがまま》なところがあるゆえ、しっかりした守役は欲しい。だが将軍家の旗本を迎えるならば、それなりの待遇がいる」

成重が越前に来れば、幕府直参が陪臣に成り下がる。そのためには破格の石高を、用意するのが筋だというのだ。

「父は私に六十八万石を与えた。数字は心遣いの表れだ。私も、そなたにふさわしい数字を示さねばならぬ。だが残念なことに、わが家には、もう、それだけのものがないのだ」

すでに家臣団に分け与えてしまって、新たに成重を召し抱えるだけの余裕がないという。しかし成重は首を横に振った。

「石高など、お気遣いいただかなくて、けっこうです。ただ私は、あの時のお約束を果たしたい。それだけなのです」

あの時、幼かった成重は心引き裂かれる思いで、大坂城を後にした。秀康を見捨てて逃げるようで、それが何より辛かった。

「必ず、必ず、戻ってくるつもりでした。なんとしても、もういちど、お仕えしたかったのです」

あの別れ際を思い出すと、今も成重の胸は痛い。思わず涙が込み上げる。

「成重、そなた、相変わらずの泣き虫じゃな」

そういう秀康の目も潤んでいる。かたわらで富正も目元をぬぐった。秀康は覚悟を決めたように、枕の上で小さくうなずいた。

「わかった。父上のお許しが出たら、来るがよい」

そして富正に向かって言った。

「私の恩人である本多作左衛門の子、本多成重を迎えるのだ。その時は、無理をしてでも、相応のものを用意してくれ」

ふたたび成重に視線を戻した。

「私は作左衛門の恩を忘れぬ。もしも私が生まれる時に、誰も母に手を貸さなかったら、私は双子として忌み嫌われ、下手をすれば闇に葬られたかもしれぬ」

成重はかしこまって応えた。

「もったいなき仰せです。亡き父の墓前で伝えます。どれほど喜ぶことでしょう」

「いや私が、あの世で会って、直《じか》に話す方が早いかもしれぬな」

秀康は冗談めかして笑ってから、真顔に戻って、富正に言った。

「後は、仙千代を頼む」

富正は律儀に頭を下げた。

「かしこまりました」

「親になってみて、父上の気持ちが、初めてわかった。仙千代や虎松が生まれた頃、私は子供どころではなかった」

仙千代が生まれたのは、朝鮮半島への出兵で、秀康が九州の名護屋に滞陣していた時で、その後も、伏見に移ったり、慌ただしい時期だった。

「思えば、私が生まれた頃、父上も、武田家との攻防のただ中にあったのだ」

顧みられなくて当然の時期だったという。

「父と母は不仲であったし、まして双子で生まれたのだから、いろいろ難しいものがあったのだろう。三歳まで父子の対面がなかったのも致し方ない」

秀康は話し疲れたか、まぶたを閉じた。成重は気遣って聞いた。

「お疲れになりましたか」

「いや、まだ話さねばならぬことがある」

秀康は力を振り絞るようにして目を開け、言葉を続けた。

「実は心残りがあるのだ。今も父上には、申し訳なく思っている。結城に養子に行く前のことだ」

江戸城の櫓《やぐら》の上で、家康から初めて誉められたという。秀吉が手放すのを惜しむほど、立派に成長したと賞賛されたのだ。しかし秀康は反感を覚えて、こう言い放った。

「秀忠が、ねたましくないと言えば、嘘になる。父上に愛され、父上の跡を継げる。一方で私は、関東の果てに追いやられる。それでいいのかという思いは、今も心の隅から消えません」

さらに大事なのは忍耐力だと説かれると、なおさら反発して、亡き兄のことを言い立てた。

「私に耐えよと教えてくれたのは、兄上でした。父上に逆らってはならぬと」

そう言ってしまってから、父の苦悩に気づいたのだった。

秀康は枕の上で、ふたたび目を閉じて言った。

「大事な跡継ぎだった兄上に、切腹を命じるなど、父上も、さぞ苦しまれたはずだ。だが、そんな気持ちも考えずに、私は」

成重は、あまりに重い父子関係に、どんな慰めの言葉も軽く思えて、何も言えなかった。

秀康がまぶたを開けると、目が潤んでいた。

「もうひとつだけ、父上に伝えて欲しいことがある」

成重は少し膝を進めた。

「なんなりと」

「できれば豊臣家を、このまま一大名として、生き残らせて欲しいと、そう伝えてくれ。それが私の遺言だ」

成重は深くうなずいて承諾した。

「かしこまりました。そのように大御所さまに、お伝え致します」

秀康の生涯は、豊臣秀吉と徳川家康という、ふたりの天下人を結ぶことに費やされた。武将が戦って勝ち残るだけの時代は過ぎ、いかに戦わずに、天下を治めていくかという時代になった。秀康は、そんな時代にこそ、ふさわしい武将だったのだ。

秀康は苦痛をこらえるようにして、ふたたび眉をしかめた。

「どうやら話しすぎたようだ。少し疲れた」

そう言って目を閉じた。

その日を境に、秀康の病状は急速に悪化し、まもなく昏睡《こんすい》状態に陥った。成重は北ノ庄城に滞在して、最後の別れの時を迎えた。

結城晴朝、正妻のお鶴、そして仙千代を頭にした子供たち、さらには側室のお清。誰もが涙にくれ、ひとりずつ末期の水で、秀康のくちびるを濡らした。

お万の番がすみ、成重が枕元に進んだ時、わずかに、まぶたと唇が動いた。慌てて口元に耳を寄せると、かすかな声が聞こえた。

「母上、お許しください」

成重は、そのままお万に伝えた。

「母上、お許しくださいい、と、仰せです」

お万は口元に手を当てて、涙で言葉を詰まらせた。

「わらわが許すことなど、何も」

もういちど秀康のくちびるが動いた。

「父上に、くれぐれも」

それきり言葉は途切れた。

徳川家康のために、何人もの家臣たちが命を捧げてきた。そして息子である秀康もまた、家康のために生涯を捧げたのだ。

成重は涙をこらえ、しかと約束した。

「必ず、お伝え致します」

結城秀康は慶長十二年（一六〇七）閏《うるう》四月八日、越前北ノ庄城本丸において、家族や重臣たちに看取られ、三十四歳の生涯を閉じたのだった。


葬儀がすむと、成重は越前から近江の琵琶湖畔を南下し、さらに美濃、尾張、三河へと東進して、駿河へと向かった。

家康の隠居城である駿府城へ入った時には、すでに梅雨が始まっていた。そして家康の御前で、秀康の伝言と最後の様子を、すべて報告した。

「父上に、くれぐれも、と、それが最期のお言葉になりました」

本丸の御座所は、夏のしつらえで、障子も引き戸も取り外され、深い軒の先から雨だれが落ちる。庭先の草木も石も雨に打たれ、座敷はひっそりとしていた。

家康は黙って最後まで聞き終えると、おもむろに尋ねた。

「北ノ庄の城下の者どもや、民百姓の様子は、いかがであった？」

成重は見てきた通りを報告した。

「芝原用水という立派な水路ができており、皆々、喜んでおりました」

芝原用水は秀康の死の直前に完成し、今や六十八カ村を潤しつつ、城下町の飲料に用いられている。

家康は目を伏せて、小さくうなずいた。

「そうか。それは、秀康にとって、せめてものことであったな」

　成重もうなずいた。

「さようにございます」

「秀康は越前の地を、気に入っていたか」

「はい、それは、たいそう」

「そうか。冬は雪深いと聞くのでな」

「雪景色も美しいと仰せでした」

「そうか。それは、よかった」

　それから成重は秀康の心残りを伝えた。

「秀康さまは悔いておいででした。結城家に、ご養子に出られる前に、せっかく大御所さまに誉めていただいたのに、逆らってしまわれたことを」

「逆らった？　そんなことが、あったかの」

　成重は、あれほど秀康が気にしていたことを、家康が忘れているとは思えなかったが、さらに詳しく話した。

「切腹された兄上さまのことを言い立てて、大御所さまのご不興を買ったと仰せでした」

　家康は口元を引き締めて黙り込んだ。そして、ひとことだけつぶやいた。

「不興など」

　成重は、家康は忘れてはいないのだと確信した。秀康が悔いていたのと同じほど、やはり家康も悔いているのだ。取り繕うつもりで、成重は言った。

「秀康さまは親になってみて、父親の気持ちが初めてわかったとも仰せでした。ご自身がお生まれになった頃、大御所さまは武田家との合戦に明け暮れて、子供どころではなかっただろうと」

すると家康は、ふたたび、ひと言だけ口にした。

「そうか」

だが、それきり、また黙り込んでしまった。軒先から滴る雨音が、妙に大きく聞こえる。

家康は少し目をしばたいてから言った。

「言い訳じみて聞こえるかもしれぬが、確かに武田は強敵で、子供どころではなかった。特に三方原の合戦は忘れられぬ。あれほどの大負けは、後にも先にも、あれきりだった」

三方原は浜松城のすぐ北だが、城に逃げ帰るまでに何人もの家臣が、家康の身代わりになって死んだのだった。

「あの時、わしは心に決めた。これからは家来のために生きようと。女子供のことなどに、心砕いてはならぬと」

それから一年あまりで、秀康が生まれたのだ。

「そんな時期だったから、たしかに、わが子を顧みる余裕などなかった。それに、お万が城を出て、秀康を産んだ理由も知らなかった。双子だったと知ったのは、ずっと後のことじゃ。だから、お万には妙な疑いをかけた」

わが子ではないかもしれないと疑ったという。

「作左衛門に事情を打ち明けられたのは、小田原攻めの少し前だった。それで秀康を、大坂城から取り返そうと決めたのじゃ」

家康は雨に打たれる庭に顔を向け、小さな溜息をついた。

「作左衛門も、お万も、もっと早く話せばよいものを。双子など気にせずとも、よかったのに」

成重はかしこまって応えた。

「父は律儀者でしたので、お万の方さまに、黙っていて欲しいと頼まれて、上さまに打ち明ける時期を、見計らっていたのでございましょう」

「そうか、そうであろうな」

家康は庭を向いたままで言った。

「秀康が結城家に養子に行く折に、わしの家来どもが口を揃えて言いおった。わしの若い頃に、瓜二つじゃと。たしかに目の大きいところや、鼻の大きいところが似ていた」

長く引きずり続けた疑惑を、その時、初めて撥ねのけ、実子と確信したのだという。

「秀康は兄弟の中で、わしにいちばん似ていた。子供の頃から人質として生きた身の上も、そこで身につけた堪《こら》え性も」

似ていたからこそ、たがいの思いを推し量り合うことができた。そして乗り越えてはならない壁を隔てたまま、長い間、微妙な父子関係を保ち続けてきたのだ。

「それが、これほど早く死のうとはな」

言葉尻が潤んでいた。

「まだまだ、これからで、あったのに」

聞き取りにくい言葉が続く。

「わしは、あれが子供の頃から」

その先は、もう声にならなかった。ただ成重には続きが理解できた。可哀そうな思いばかりさせてしまったと、言おうとしたに違いなかった。

家康は幼くして人質に出た時に、父親に見捨てられて、心の底から哀しかったのだ。それと同じ仕打ちを、秀康にしてしまった。どれほど秀康が辛かったかを、哀しかったかを、誰よりも心得ていたのに。

成重は、秀康の死後に、富正から聞いたことがある。それを家康に伝えることにした。両手を前について、はっきりと言葉を継いだ。

「病が重くなられてから、秀康さまは仰せられたそうでございます」

直接、成重が聞いたわけではない。秀康は父親の耳に入れるつもりはなかったのだ。でも伝えなければならない。そう確信して、亡き秀康の言葉を、そのまま伝えた。

「私が死んだら、父は、嘆いてくれるだろうか、と、そう仰せだったそうでございます」

見る間に家康の大きな目が潤んだ。そして急に立ち上がり、大股で縁側に向かった。

後ろ手を組んで軒下に立ち、雨の庭を眺めるふりをしている。その肩が小刻みにふるえている。何度も手で顔をぬぐう。

成重は心の中で、遠い秀康に伝えた。父上さまは嘆いておいでですよ、泣いてくださいましたよと。

それから本多成重は秀康との約束を全うし、幕府直参の地位を捨てて、越前に移った。その際に四万石をもって迎えられ、丸岡という支城を与えられた。

結城家は松平に改姓し、越前松平家と呼ばれた。跡目は、秀康の長男だった仙千代が、松平忠《ただ》直《なお》と名を改めて継いだ。忠直の忠は、叔父に当たる秀忠から、与えられた名前だった。さらに秀忠の娘、お勝を娶り、将軍家の娘婿という立場を得た。

しかしその後、家康は大坂城を二度にわたって攻め、豊臣家を滅ぼした。いわゆる大坂冬の陣、夏の陣だ。お茶々も秀頼も、かつて秀康が身柄を預かった大野治長も、この大坂の陣で果てた。

秀康の死から七、八年が経っており、徳川家と豊臣家の間は、ほころびが広がり、それを修復する者がいなかったのだ。

この大坂の陣で、松平忠直は軍勢を率い、豊臣方で最強の真田幸村《さなだゆきむら》と、真っ向から対決した。強敵だけに激戦となり、おびただしい犠牲を出しながらも、真田隊を壊滅させた。

かつて真田幸村は、関ヶ原の合戦の際にも、徳川方と敵対した。信州の上田城に立てこもり、秀忠の軍勢を釘付けにしたのだ。おかげで秀忠は、関ヶ原の合戦に間に合わないという大失態を演じてしまった。

そんな真田を討ち取ったことで、忠直は鼻息が荒かった。しかし、その態度が、秀忠の癇《かん》に障《さわ》った。お勝との夫婦仲が悪かったことでも不興を買い、結局、大坂の陣随一の戦功は、幕府から無視されてしまった。

忠直は、家康、秀康と続いた我慢強さを持ち合わせてはおらず、江戸への参勤を怠るなど、不満を露わにした。その結果、秀忠の命令によって藩主の座を追われ、九州に流刑になった。越前松平家は石高を大幅に削られて、大きな汚点を負ったのだ。

この混迷に影響され、秀康の魅力も業績も顧みられなくなり、歴史の彼方に霞んでしまった。

秀康には、将軍になりそこねたという印象がつきまとい、将軍にしてもらえなかっただけの理由が、本人にあったのだろうと見なされ続けた。

とはいえ秀康の子供たちは元気に成長し、越前松平家のほか、松江松平家、津山松平家、前橋松平家、明石松平家など、各地の大名家の祖となり、多岐にわたって繁栄した。

その中の津山松平家には、石田正宗という刀が代々伝えられた。かつて石田三成が助けてもらった礼として、秀康に譲った名刀だ。現在、この美しい刀身は東京国立博物館に納められ、重要文化財の指定を受けている。

また、本多成重が城主となった丸岡城だが、今も木造の天守閣が、いにしえの姿で残っており、日本一短い手紙のゆかりの城として、人々に親しまれている。本多作左衛門が戦場から家族に宛てた、あの手紙だ。

「一筆啓上、火の用心、お仙泣かすな、馬肥やせ」

ただ結城秀康と、お仙こと本多成重とが、深い友情で結ばれていたことを知る者は、けっして多くはない。

〔主な参考図書〕
『結城秀康の研究』小楠和正著　私家版
『浜松時代の徳川家康の研究』小楠和正著　私家版
『徳川家康』北島正元著　中公新書
『豊臣秀吉』小和田哲男著　中公新書
『北の関ヶ原合戦』中田正光・三池純正著　洋泉社
『下野小山・結城一族』七宮涬三著　新人物往来社
『シリーズ藩物語　福井藩』舟澤茂樹著　現代書館
「豊臣期　大坂図屛風」大阪城天守閣
「大阪城天守閣紀要　第34号」大阪城天守閣
「豊公伏見城ノ圖」藤林武監修　京都吉田地図

この作品は「福井新聞」に二〇一一年一月一日から七月二八日まで連載され、
単行本化に際し著者が加筆したものです。

植松三十里

静岡市出身。出版社勤務、七年間の在米生活などを経て、執筆活動に入る。二〇〇二年「まれびと奇談」で第九回九州さが大衆文学賞佳作、〇三年「桑港《サンフランシスコ》にて」で第二十七回歴史文学賞、〇九年には『群青 日本海軍の礎を築いた男』で第二十八回新田次郎文学賞、『彫残二人』（文庫改題『命の版木』）で第十五回中山義秀文学賞を受賞。著書に『お龍』『達成の人 二宮金次郎早春録』『辛夷開花』『燃えたぎる石』『半鐘 江戸町奉行所吟味控』『千姫 おんなの城』などがある。

家康《いえやす》の子《こ》

二〇一一年九月二五日　初版発行

著者　植松三十里《うえまつみどり》
発行者　小林敬和
発行所　中央公論新社
〒一〇四-八三二〇
東京都中央区京橋二-八-七
電話　販売　〇三-三五六三-一四三一
　　　編集　〇三-三五六三-三六九二
URL http://www.chuko.co.jp/

DTP　平面惑星
印刷　三晃印刷
製本　大口製本印刷

Published by CHUOKORON-SHINSHA, INC.
Printed in Japan　ISBN978-4-12-004278-2 C0093

定価はカバーに表示してあります。
落丁本・乱丁本はお手数ですが小社販売部宛お送り下さい。
送料小社負担にてお取り替えいたします。